KB234468

널 사랑한다면

널 사랑한다면

1판 1쇄 찍음 2018년 8월 16일
1판 1쇄 펴냄 2018년 8월 23일

지은이 | 이나을
펴낸이 | 고운숙
펴낸곳 | 봄 미디어

기획·편집 | 김민지, 김지우, 김현주
표지 디자인 | 김수진

출판등록 | 2014년 08월 25일 (제387-2014-000040호)
주소 | 경기도 부천시 원미구 길주로 64, 1303(굿모닝 오피스텔)
영업부 | 070-5015-0818 편집부 | 070-5015-0817 팩스 | 032-712-2815
E-mail | bommedia@naver.com
소식창 | http://blog.naver.com/bommedia

값 9,000원

ISBN 979-11-5810-563-1 03810

If I love you
널 사랑한다면
이나을 장편 소설

Contents

프롤로그

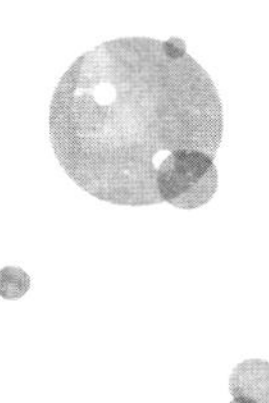

“너…….”

충격에 얼어 버린 눈동자가 달랑 수건 한 장에 몸을 맡기고 있는 채원을 향했다. 등줄기로 식은땀이 흘러내렸다. 생각할 것도 없이 새하얗게 질린 태인이 순식간에 고개를 돌렸다.

그때 그의 귓가로 채원이 맞지만 아닌 것 같은 독소리가 들려왔다.

“오지 마.”

이건 마치 말도 안 되는 저질 영상의 한 장면 같았다. 자신이 아무리 채원을 다른 눈으로 의식하게 되었다지만 이런 상황을 원한 것은 아니었다.

어차피 금방 식다 못해 지워질 감정이었다. 확실한 감정도 아니었다. 한순간 눈이 어떻게 되어 잠깐 그런 거라고, 분명 다시 돌아올 거라 믿어 의심치 않았다.

"오지 말라고."

왜. 대체 왜! 필사적으로 말간 살결을 눈에 담지 않기 위해 시선을 돌린 채 아무리 기를 쓰고 힘주어 움직여 보지만 발은 끝내 뜻대로 움직여 주지 않았다.

설마 이거 꿈? 가위에 눌린 건가? 그럼 저 여잔 채원이 아닌가? 그래. 얼굴만 확인하는 거야. 뻣뻣한 고개를 절대 아래로 내리지 않고 바짝 들어 올리자 여자와 눈이 잔인할 만큼 정통으로 마주치고 만다.

점 위치까지 똑같은 이목구비를 가진 얼굴에 태인은 낙담하며 신음을 삼켰다. 저건 누가 봐도 오채원이었다.

"오빠."

수건만 걸친 몸과는 다르게 쥐라도 잡아 먹은 듯 빨갛게 칠한 입술이 농염하게 올라가자 태인은 이것이 꿈이든 현실이든 자신이 농락당하는 것 같아 기분이 더러웠다.

석상처럼 가만히 서 있는 그와는 다르게 채원은 거침없이 다가와 태인의 뺨에 손을 올려 느릿하게 감싸다 슥 짧게 훑어 내렸다.

그런다고 누가 흔들릴 줄 알고. 네가 아무리 그래 봤자 어차피 금방 식을 감정이고 없어질 마음이야. 넌 나한테 동생 그 이상도 아니라고.

강한 조소를 짓던 태인은 한순간 웃음을 씻은 듯 없애 버리며 눈앞에 보이는 천장을 어이없이 응시했다.

내가 왜 여기에 누워 있는 거야? 소리 없는 아우성을 질러 보지만 자신을 덮치듯 위에서 내려다보고 있는 채원의 얼굴에 막혀 버리고 만다.

조금 전까지 붉어져 있던 입술은 원래의 색으로 돌아가 있었고 표정도 평상시와의 채원과 닮아 있었다. 아니, 똑같았다.

꿈이 아니라는 생각이 미치자 동공이 급속도로 흔들리며 심장이 날뛰었다. 침착해. 침착하라고. 동요하면 안 돼. 동요하면 넌 짐승보다 못한 놈이 되는 거야.

이를 악물며 점점 다가오는 얼굴을 노려보지만 이미 채원의 향기에 한껏 취한 몸은 뺨을 스치고 다가오는 입술 앞에 더없이 무력했다. 짙은 자괴감은 금방이라도 뛰고 있는 심장을 뜯어 버릴 것만 같은 난폭한 분노로 새어 나왔다.

"하지 마."

입술이 닿을 듯 말 듯 아찔한 위치에서 멈췄다. 일그러진 눈동자 속 그녀는 묘한 웃음을 지으며 수건으로 손을 옮겼다. 동시에 불안한 숨소리가 매듭을 잡고 있는 손에서 멈추지만 그 움직임을 막아야 하는 제 몸은 손뿐만 아니라 발끝조차 꼼짝도 할 수 없었다.

눈을 감아 보려고 했지만 그것조차 뜻대로 되지 않았다. 이건 현실이 아니다. 지독한 악몽이 분명했다.

"오빠."

그놈의 오빠. 누가 오빠인 줄 몰라? 오빠라고 부르면서 지금 하고 있는 짓은 뭔데? 왜 남의 꿈에 멋대로 튀어나오는 거냐고.

분노를 씹어 대는 눈빛으로 막 흘러내리기 직전인 수건을 위태롭게 움켜쥐고 있는 채원을 노려보았다.

그때 그런 그를 도발하듯 채원이 다시 한번 묘한 웃음을

12

짓고는 태인의 귓가에 속삭이며 말했다.

"이래도 아니야?"

　귓불에 닿는 숨결이 뜨거웠다. 온몸으로 순식간에 열이 올랐다. 이어서 중심부를 짓누르는 느낌이 경악스럽게 강타하자 태인은 고통에 찬 신음을 흘리고 만다. 채원이 무릎으로 그곳을 꾸욱 누르고 있었다.
　"헉!"
　침대 위에 누워 있던 몸이 숨넘어가듯 벌떡 일으켜졌다. 완전히 현실에서 돌아오지 못한 태인의 두 눈동자가 주변을 경계하는 짐승처럼 느리게 탐색하더니 이내 멀쩡하게 움직이는 팔과 다리를 확인하고 참았던 숨을 거칠게 내쉬었다. 그 상황이 고통 자체였는지 온몸이 땀으로 축축하게 젖어 있었다.
　사납게 곤두선 눈빛이 좀처럼 진정하지 못하고 어둠 속에서 날을 세웠다. 왜 이런 악몽을 꾼 건지. 분노에 찬 그의 입에서 욕설이 끊이지 않았다.
　단아하던 어깨, 적당히 일자로 패여 있던 쇄골. 그리고 가는 팔과 매끈하게 뻗어 있던 다리까지. 인정하고 싶지 않았지만 꿈에서 본 그녀의 도습은 아찔했다. 그래서 더 위흗했고.

도대체 어디서부터 꼬여 버린 걸까.

태인은 땀에 젖어 찝찝한 상의를 벗어 던지고 샤워를 하기 위해 욕실로 향했다.

상쾌한 기분으로 샤워를 하고 나오자마자 현관문이 벌컥 열렸다.

"미쳤어?"

곧장 매섭게 튀어나온 목소리 앞에 태인은 움찔 뒷걸음질을 했다. 마른침을 삼키며 떨떠름하게 시선을 돌려 보니 채원이 꿈에서 본 것과는 다르게 꾸질꾸질한 빛바랜 노란색 트레이닝 복을 걸치고 있자 태인은 자신도 모르게 안도의 한숨을 삼키고 만다.

그러거나 말거나 한 손엔 반찬통, 다른 한 손엔 빈 맥주 캔을 모은 봉지를 든 채원은 쏘아 대는 걸 멈추지 않았다.

"버리기 싫으면 마시지를 말지, 이것도 재활용하는 게 귀찮아서 우리 집에 갖다 버리냐!"

감지 않은 덕진 똥 머리가 그의 곁을 지나쳐 냉장고 앞에 당도할 때까지 태인은 따가운 잔소리를 들으면서도 그녀에게서 눈을 떼지 않았다.

"보살도 이런 보살이 없어요. 나한테 상은 못 줄망정 쓰레기를 투척해? 거기에 처박아 두면 내가 못 찾을 줄 알았냐?"

평소대로라면 약이 오를 만큼의 대꾸를 하고도 남았을 테지만 태인은 이 순간 다시 한번 제 감정을 확인하는 게 우선이었다. 심장의 움직임은 매우 규칙적이었다.

그럼 그렇지. 태인은 입매를 비틀었다.

오채원을 보고 두근거리다니, 죽었다 깨어나도 그건 있을 수 없는 일이었다. 그저 요즘 컨디션이 좋지 않아 생긴 해프닝이라고, 제 몸이 미쳐 무언가 착각을 한 거라며 안도하던 그때였다. 정신을 차리고 보니 냉장고 앞에 있던 머리가 눈앞에 와 있자 태인의 뺨이 경직되고 만다.

"오빠."

설상가상 꿈이 오버럽 되며 다시 한번 몸이 옴짝달싹 채원으로 인해 묶여 버렸다. 태인은 제 맨가슴으로 돌진해 인정사정없이 부벼지는 머리를 내버려 둔 채 고개만 천천히 흔들었다.

"왜 저래?"

당연히 칠색팔색할 거라 예상하고 한 행동인데 태인이 아무 말 없이 화장실로 들어가 버리자 재미가 떨어진 채원은 입술을 뽀루퉁 내밀며 집을 빠져나갔다.

한편 화장실로 들어간 태인은 파리하게 변한 안색과 함께 해탈한 표정으로 거울을 응시하고 있었다. 세면대 거울 속 자신의 모습은 추할 정도로 붉게 익어 정말 가관이었다. 심장은 또 어떻고. 강한 부정을 조롱하듯 쿵쿵 뛰어 대며 가슴을 쑥대밭으로 만들었다.

절망에 빠진 태인의 입에서 이내 조용한 한마디가 흘러나
왔다.

"죽자, 죽어."

1화

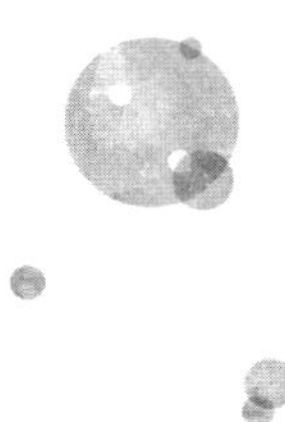

　자정이 넘은 시간임에도 채원은 TV 앞에 앉아 요가에 매진 중이었다. 요가라도 하지 않으면 제대로 잠을 잘 수가 없어서였다.

　한참을 고무줄처럼 몸을 쭉쭉 늘리던 요가 강사를 따라 동작을 반복하던 채원의 몸이 일순간 멈췄다. 어느새 TV 소리도 꺼진 집 안에는 고요한 정적만이 그녀를 맴돌았다.

　"빌어먹을, 박태인."

　아니나 다를까 채원은 잇새로 거친 말을 내뱉으며 이젠 요가가 아닌 온 신경을 현관 쪽으로 집중했다. 분노가 넘치다 못해 폭발할 지경이었다. 가뜩이나 직장에서도 한창 스트레스를 받고 있는데 태인의 일까지 더해지자 누가 툭 건드리기만 해도 폭주할 것만 같았다.

직장에서의 일은 이유라도 있다 치지만 태인의 경우에는 이유도 모른 채 눈뜨고 당하는 꼴이었다. 요즘 태인의 행동을 보면 딱 방황하는 사춘기 소년, 그 이상도 이하도 아니었다.

며칠씩 외박을 하는 건 기본이고, 그게 아니면 술과 담배에 절어 집에서 한 발짝도 움직이지 않기 일쑤였다.

거기다 제일 이해할 수 없는 건 아무런 잘못도 없는 자신을 완벽히 투명 인간 취급하고 있다는 것이다. 그 정도가 나아지기는커녕 점점 더 심해지고 있어 분노와 함께 채원의 불안감도 커져 가고 있었다.

물론 내색하지 않았지만 오랜 시간 함께하면서 한 번도 이런 적이 없었기에 당황스러움은 말할 필요도 없었다.

머리를 붙잡고 몇 번이고 쥐어짜도 갑자기 돌변한 이유를 찾을 수가 없었다. 지금도 노심초사 언제 올지 모르는 태인을 기다리며 그 이유를 떠올려 보지만 역시나 터지는 건 복장뿐이었다.

그때였다. 오래된 복도식 아파트답게 문 밖으로 발걸음 소리가 들려왔다. 그리고 얼마 안 가 옆집 문이 쿵 닫히는 소리가 크게 들려오자 채원은 어금니를 지그시 물었다.

“오늘 끝장을 보겠어.”

이가 갈릴 만큼 참고 또 참았다고! 이유를 들어 보겠다는 강한 의지가 들어간 입술이 힘을 싣고 눈빛을 살벌하게 세웠다.

급한 마음에 외투도 걸치지 않은 채 맨발에 슬리퍼만 끌고 나온 채원은 두 팔을 방패 삼아 몸을 움츠리고 바로 옆집 앞에 멈춰 섰다.

습관처럼 코를 훌쩍이며 킁킁거리는데 술과 담배에 찌든 냄새가 바람만큼이나 세차게 코끝을 강타해 얼굴이 곧장 구겨졌다.

진저리치듯 냄새를 떨치며 비밀번호를 꾹꾹 눌렀다. 한데 이게 무슨 일인지 열려야 할 문이 열리지가 않았다. 채원의 입에서 어이없는 헛바람이 새어 나왔다.

“이, 이거 왜 이래?”

어처구니없는 상황에 다시 한번 손에 익혀진 비밀번호를 빠르게 눌러 봐도 여전히 굳게 닫힌 문은 얄밉게 열릴 줄 몰랐다.

설마 비밀번호를 바꿨다는 거야? 입술 끝이 딱딱하게 올라가며 애써 실소를 자아내지만 두 눈동자는 이미 충격에 급격히 흔들리고 있었다.

“이러면 누가 무서운 줄 아나 본데.”

어림도 없다는 표정을 애써 지으면서도 충격이 꽤 큰 듯 도어록 키패드를 누르는 손길은 점점 이성을 잃어 가고 있었다.

"이것도 비밀번호라고."

우쭐한 표정을 짓지만 간신히 맞춘 비밀번호였다. 분명 이 소리를 들었음에도 꿈쩍도 않는 태인 때문에 약이 바짝 오른 채원은 문을 세차게 열고 안으로 들어갔다.

안으로 들어서자 자신의 집과 똑같은 구조가 눈에 익숙하게 들어왔다. 밖과 다를 게 없는 싸늘한 실내 온도에 채원은 서둘러 거실로 들어가 보일러를 틀고 전등을 켰다. 밝은 조명 아래 작은 거실의 모습은 썰렁할 정도로 단조로웠다.

평소에 태인이 맥주 캔을 끼고 뒹굴거리던 소파, 그리고 맞은편에 놓인 TV. 마지막으로 오래된 장식장만이 휑한 거실을 채우고 있었다.

그중 유일하게 복작거린다는 말이 어울리는 곳은 앤티크한 디자인의 고풍스러운 장식장뿐이었다. 그곳엔 가족으로 보이는 세 사람을 담은 액자와 직접 접은 카네이션, 어린아이의 솜씨로 보이는 그림들이 아기자기하게 모여 있었다.

추억을 그리듯 시선을 천천히 움직이던 채원은 누가 봐도 아름다운 얼굴로 아이 같은 미소를 짓고 있는 여성의 모습을 유독 그리운 눈빛으로 응시했다. 그러다 태인으로 생긴 답답함과 억울함을 속으로 털어놓기 바쁘다.

"그러니까 제가 어떤 과한 짓을 해도 봐주세요."

싱긋 웃음을 짓던 채원은 곧장 집 안을 날카롭게 둘러보았다. 그런데.

"고작 며칠 안 왔다고 집 안을 돼지 우리로 만들 줄 알았는데."

자신만만하게 둘러보는 눈길이 시무룩하게 돌아오고 만다.

"……제법 깨끗하네."

흠잡을 곳이 보이지 않는 멀쩡한 집 안의 상태에 김이 빠져 버렸다. 갑자기 바빠진 일 때문이기도 했지만 태인이 괘씸해 채원도 보란 듯 그를 무시하고 지냈었다.

근데 그 결과, 그녀가 예상한 것과는 너무 다른 모습을 보이자 노골적으로 실망을 해 버리고 말았다. 평소에 제발 좀 치우고 살라고 잔소리를 퍼붓던 자신이었음에도.

인정할 수 없는 현실에 채원은 몸을 돌려 주방으로 향했다. 설마, 하는 표정으로 전기밥솥을 열었다.

"평소엔 밥도 안 해 먹던 인간이."

비록 말라 있었지만 분명 밥알은 멀쩡하게 존재하고 있었다. 밥솥을 거의 장식용으로 사용하던 태인이었다. 보고도 믿기지 않는 상황에 고개를 흔들며 냉장고 문을 열었다.

집에 있을 땐 인스턴트 아니면 자신이 해 준 밥을 먹었기에 지난 일주일을 꼭 뒤를 닦지 않는 찝찝한 기분으로 살았었다. 분명 굶지 않고 제대로 밥을 먹고 살았다는 것에 안심을 해야 하건만, 무슨 심산인지 괜스레 밀려오는 억울함에 냉장고 문만 세게 닫아 버린다. 인내심 없는 걸음으로 태인의 방 쪽으로 재빨리 걸어가 문을 벌컥 열어젖혔다.

"남의 속은 다 뒤집어 놓고 본인은 참 잘도 주무시네."

삐딱한 말이 절로 나왔다. 그런 자신에 비해 이 모든 원흉인 태인은 불편한 기색 하나 없이 알코올 냄새까지 폴폴 풍기며 아주 편안히 잠들어 있었다.

그 평온한 모습을 내려다보고 있자니 열이 안 뻗힐 수가 없었다. 아니, 아주 속이 뒤틀릴 지경이었다. 그대로 몸에 잔뜩 힘을 실어 풀썩 주저앉아 버리자 그 반동에 침대가 출렁거리며 요동쳤다.

"이유가 뭐냐고 도대체."

하지만 정작 그 말을 들어야 할 사람은 여전히 요지부동이었다. 태인을 알아도 너무 잘아는 채원으로선 이 모습이 가소롭기만 했다.

더 이상의 무시는 참을 수 없었다. 미간에 단단히 힘을 주며 눈앞에 있는 얼굴로 손을 뻗는데 그보다 먼저 얼굴을 가리고 있던 손이 알아서 싱겁게 비켜났다. 그러자 살이 빠졌는지 베일 것같이 날렵해진 턱에 지원과 많이 닮은 얼굴이 까칠하게 드러났다.

아줌마가 물려주신 우월한 유전자를 저렇게 엉망진창으로 써 먹다니, 형편없는 얼굴에 어쩔 수 없이 화보다 한숨이 먼저 쉬어지고 만다. 속만 썩이는 얼굴이 뭐가 예쁘다고 이렇게 보고 있는 건지 채원은 너무나 쉽게 꺾여 버린 제 의지를 비웃으면서도 시선을 떼지 못했다.

역시 난 마음이 너무 약해. 너무 이해심이 많다니까. 마음은 당장이라도 태인을 깨워 따져 묻고 실토하게 하고 싶었지만 결국 자화자찬만 남기며 미운 얼굴만 빤히 보고만 있었다. 그럼에도 태인은 눈을 뜨지 않았다.

그렇게 혼자만의 지루한 싸움을 이어 가던 채원은 이내 두 손을 짚고 몸을 일으키는가 싶더니 돌연 팔을 뻗어 태인의 흐트러진 앞머리를 젖히고 손을 올렸다.

혈색이 안 좋아 만져 본 것뿐인데 생각지 못했던 미열이 느껴지자 대번 채원의 인상이 찌푸려졌다. 삭히려 했던 화가 또다시 입술을 밀어내고 터져 나오려 했지만 입술을 꽉 여미며 자리에서 일어서는 걸로 대신했다.

그 순간, 태인이 천천히 감고 있던 눈을 떴다.

"체력도 참 좋아. 이 꼴로 술까지 다 마시고."

빈정거림이 속사포처럼 터져 나왔다. 눈은 마주쳤지만 아직 정신이 현실로 돌아오지 않았는지 태인은 충혈된 채 몽롱

한 눈빛으로 채원만 뚫어져라 응시했다.

"갔네, 갔어."

딱 봐도 정상이 아닌 상태라 믿어 의심치 않는 채원은 한심한 어투로 혀를 차며 일어나려 몸을 트는데 열이 손에도 옮겼는지 뜨거움이 불쑥 그녀를 붙잡았다. 잠기운 있는 사람의 힘이라고는 볼 수 없을 정도로 느닷없이 움켜잡아 오는 손과 태인을 잠깐 번갈아 보던 채원은 무심히 시선을 돌리며 입술을 뗐다.

"일어났으면 꿀물이라도 마시고 자. 금방 가져올 테니까."

"……."

대답 대신 자리에서 일어나는 태인을 멀뚱히 응시하다 나가기 위해 잡힌 손을 빼내려는데 이건 또 무슨 짓인지 그가 잡은 손을 놓아주지 않았다. 인상을 쓰며 붙잡힌 손을 빼기 위해 당겨 보지만 무슨 힘이 이렇게나 센지 오히려 더 꽉 잡힌 형국이 되고 만다.

"왜 이래? 지금 주사 부리는 거야? 좀 놓으……!"

다소 짜증이 베인 목소리가 갑자기 뚝 끊겨 버리고 만다. 불시에 찾아온 얼어붙은 정적을 타고 피할 새도 없이 그 중심에 있던 채원은 마주한 입술 위로 붕어처럼 눈만 깜빡였다.

대체 이게 무슨!

당장 이 경악할 짓을 벌이고 있는 태인의 멱살을 붙잡고 흔들어야 하건만 너무 어이가 없어서인지 그림자처럼 내려앉은 속눈썹만 멍하니 보고 있었다. 다행인 건 태인이 가만히 입술만 대고 있을 뿐 어떠한 움직임도 없다는 것이었다.

근데 이것이 다행인가? 아니, 아니지. 뒤늦게 이건 다행도 뭣도 아닌 일이라고 깨달은 눈동자에 빨간 불길이 확 켜지며 아직 잠에 취해 있는 듯한 흐릿한 두 동공을 세차게 노려보았다.

한편 잠에 취해 있는 태인은 뭔가 이상함을 느끼고 있었다.

분명 꿈일 텐데 입술에 부드러운 뭔가가 밀착되어 있는 야릇한 느낌이 전해져 왔다.

꿈인지 현실인지 애매모호한 경계에 선 눈동자가 천천히 아래로 떨어지더니 곧장 어이없는 웃음이 비집고 나왔다.

이 지경이 되도록 변한 것 없는 마음에 한탄스러워하며 태인은 짜증스럽게 다시는 눈을 세게 감았다 떴다.

그런데 꿈은커녕 또다시 선명하게 보이는 사나운 하얀 얼굴과 웬 미친놈을 보는 듯한 살벌한 눈동자가 빈틈없이 꽉 차게 들어오자 그제야 불길한 느낌을 받은 태인의 전신이 뜨거워졌다.

"너, 이게 무슨 짓이야."

경악에 가득 차 창백해진 얼굴로 아연하게 뒤로 물러나며

짓씹듯 말하자 마치 자신이 덮친 것처럼 몰아가는 행동에 그
야말로 더 어이가 없는 채원은 실소를 지으며 답했다.

"눈이 있으면 좀 보고 말하지? 언제까지 이러고 있을 셈이
야? 입술만 떼면 다야?"

그 말에 설마 하는 시선이 황망하게 떨어지더니 자신이 채
원을 넝쿨처럼 칭칭 감듯이 끌어안고 있는 것을 확인한다.

미친놈. 열망이 지나간 자리에는 절망만이 뒤덮여 태인은
파리해진 얼굴로 몸을 떼어 냈다.

끓어오르는 창피함과 참담함에 쥐구멍이라도 찾고 싶은지
아니면 이왕 이렇게 된 거 이판사판 쌓아 두었던 마음을 폭
발시켜 버릴지 아주 잠시 갈등하지만 이미 몸은 침대 헤드에
꼭 붙어 있었다.

"무시할 땐 언제고 이제 와서 애정이라도 구걸하고 싶은
모양이지?"

"왜."

"그건 내가 묻고 싶다, 대체 왜야? 왜냐고!"

"왜 네가 여기 있는 건데?"

한 치의 물러섬 없는 두 고함 소리가 팽팽히 맞부딪쳤다.
화 낼 사람은 자신인데 그보다 더 화를 내며 버럭버럭 고함
을 지르는 적반하장 태인이었다. 그런 태인을 눈이 아프도록
쏘아보던 채원은 피곤함이 급 밀려오는지 자리에서 벌떡 일

어났다.

"미쳤어? 평상시에 힘만 잘 쓰는 게 왜 이럴 때만 가만히 있어!"

"그럼 발정 나지 말든가!"

"뭐? 발, 발정? 이게 진짜!"

"시끄러워! 그냥 입술 박치기 갖고 되게 땍땍거리네."

"야!"

"가족끼리 하는 뽀뽀라고 생각하면 될 거 아니야? 뭘 이리도 유난을 떠는지 누가 보면 내가 덮친 줄 알겠네."

"너랑 나랑 진짜 가족이냐? 피 한 방울 안 섞였어! 우린 성인 남녀에 남남이라고!"

"그동안 뻑 하면 가족 핑계 대면서 부려 먹던 게 누구시더라? 그동안 내가 해 덕인 밥공기 수가 억울해서라도 오빠, 넌 나한테 죽어도 가족이세요. 노총각 히스테리는 그만두고 어서 잠이나 자!"

무신경한 소리가 비수로 변해 가슴에 빈틈없이 박혔다. 울컥한 태인은 상처를 받는 동시에 말문을 잃어버리며 어느새 문 앞에 서 있는 채원을 노려보았다. 그때 문을 열던 채원이 뒤를 돌아보며 한마디를 날렸다.

"정 억울하면 날 엄마라고 생각해."

대못이 아니 전봇대가 가슴에 퍽 꽂히며 입술이 벌어졌다.

“나도 늙은 아들의 철없는 애정 표현이라 생각할 테니까.”

퍽! 베게가 닫힌 문을 타고 마음처럼 하염없이 툭 떨어졌다.

“내가 저…… 저런 걸!”

왜 하필! 어디서 속 시원히 말도 못하고 그저 눈앞에 볼썽사납게 떨어진 베개만 분에 찬 시선으로 응시했다.

그마저도 꼴보기 싫은지 태인은 힘 빠진 몸짓으로 침대에 드러누웠다. 그러나 자신의 행동에 후회가 밀려와 격렬한 몸부림을 쳤다.

잠시 후 풀어내지 못한 뒤범벅된 감정으로 인해 가슴이 거칠게 오르내렸다. 천장을 원망스레 보던 태인은 낮게 깔린 목소리로 말했다.

“이 나쁜 기집애야, 나도 남자다.”

남자라고. 꼴사나운 짓에 자조적인 웃음을 짓지만 그의 눈빛은 심연처럼 깊게 가라앉아 있었다. 평소 한심하게 여기고 비웃던 짝사랑이 자신의 일이 될 줄은 누가 알았을까.

창피함에 어디 가서 말도 못 하고 뒤늦게 열병 같은 가슴앓이를 제대로 겪고 있었다.

몸도 마음도 너무 괴로웠다. 이미 엎어진 물을 다시 주워 담을 수 있다면 주저하지 않았을 것이다. 하지만 현실이다. 주워 담기는커녕 갈수록 빠지고 있는 빌어먹을 현실!

어쩔 도리가 없는 그저 착잡한 마음에 천장만 죽어라 응시하는 시선이 별안간 돌연 날 선 눈빛으로 변했다. 그러, 결국 채원은 이미 자신에겐 동생이 아닌 여자였다. 어쩌겠는가? 별의별 짓을 다 해 봐도 그건 바뀌지 않는 진실이었다.

하지만 그렇다고 달라지는 건 없었다. 답답함에 태인은 움켜쥐고 있던 베개를 아무 잘못 없는 천장을 향해 던져 버렸다. 얼굴을 세차게 문지르던 태인의 손이 어느 한부분에서 멈추고 만다.

아무것도 할 수 없는 처지에 당장이라도 머리와 가슴이 터질 것 같은데도 그 와중에 입술을 의식하는 자신이 기가 막히게 한심했다.

키스도 아닌 입술 박치기에 가까운 입맞춤이었지만 잠깐 닿았던 입술의 촉감이 아직도 선명하다 못해 강렬하게 남아 있었다.

그대로 삼켜 버리고만 싶은 몰캉함과 가둬 버리고만 싶은 향기가 순식간에 열기를 불러일으켜 가슴까지 번졌다.

"미친놈. 이러니 발정 났다는 소리나 듣지."

조소진 말과는 다르게 그의 온몸은 너무나 정직하게 반응하며 민망할 정도로 두근거리고 있었다.

그렇게 해탈한 사람처럼 울렁거리는 가슴을 진정시키기 위해 무성의하게 심장 부근을 툭툭 두드리던 태인은 허망하게 읊조렸다.

"그래, 난 썩었다."

썩었어.

❖　　　❖　　　❖

옛 향수가 느껴지는 작은 포장마차 안은 삼삼오오 모여든 손님들로 빈자리 하나 없이 꽉 차 있었다.

단골집인 이곳은 여사장님의 시원시원한 입담과 노련하고 워낙 빠른 솜씨에 나날이 입소문을 타 문전성시를 이루고 있었다. 더군다나 내년이 불과 몇 시간 남지 않은 12월의 마지막 날은 망년회다 뭐다 회포를 푸는 장소로 찾는 이들이 많았다.

"오늘은 너냐? 아주 두 놈 다 돌아가면서 가지가지 한다."

12월의 마지막 날까지도 음지의 기운을 있는 대로 내뿜고 있는 두 남자에게 붙잡혀 있는 수진은 신세를 한탄하며 하하 호호 웃음이 넘치는 주변을 부럽다는 듯 응시했다.

"그럼, 죽마고우가 실연을 당했는데 너 혼자 의리 없이 신나게 보내려고 그랬냐?"

연이어 술을 들이붓던 주겸이 벌써 취기가 도는 눈빛으로 이죽거리자 거기에 티끌만큼 동정도 느껴지지 않는 표정으로 수진은 제 잔에 술을 따르며 말했다.

"웃기고 자빠졌어, 진짜. 헤어지면 그만인 놈이 실연 같은 소리를 하네. 술 마실 핑계로 실연을 핑계 삼겠지. 그리고 의리? 너야말로 진정 의리가 있으면 이런 날 더더욱 날 불러내면 안 되는 거지. 하긴 결국엔 불러낸다고 나온 나도."

욕을 삼키고 있는 수진의 머리를 강아지처럼 주겸이 쓰다듬었다.

"기특한 녀석. 이러니 내가 한결같이 싹퉁머리 없고 야박한 너한테 맞아도 쌍욕을 안 하지."

말이 떨어지기 무섭게 청순한 이목구비를 비집고 쌍욕이 서슴없이 주겸의 귓속으로 파고들자 그는 큭큭 웃어 대기 바빴다.

"누가 우리 조 아니랄까 봐."

"솔직히 말해 봐. 나 괴롭히려고 일부러 돌아가면서 이러는 거지?"

"실연을 일부러 당하냐? 내 이 뼈에 사무칠 고통을 눈앞에서 지켜보면서 그런 소리가 잘도 나오다니, 너무 매정한 거 아니냐."

대꾸도 아까운지 수진의 시선이 가만히 앉아 통 무슨 생각을 하는지 마시지도 않는 술잔만 만지작거리고 있는 태인에게 옮겨 갔다.

“기껏 건진 줄 알았더니 알아서 죽자고 또 기어들어 가
네.”

“저건 도무지 중간이 없어.”

옆에 앉은 태인을 흘기며 주겸은 또다시 소주잔을 입술로
가져갔다. 수진은 그새 다른 안주를 주문하고는 맞은편에 앉
아 말 한마디 없이 냉랭한 기운을 담고 있는 얼굴을 유심히
응시했다. 그 빤한 시선을 눈치챘는지 태인이 눈매를 추켜올
리며 물었다.

“뭐.”

“실연이지. 실연이야.”

“신경 꺼.”

“신경 끌 거 왜 불렀는데? 그동안 네가 피워 댄 담배로 인
해 썩은 피부 때문이라도 억울해서 오늘은 이유를 들어야겠
다. 당장 피부과 갈 돈 안 줄 거면 이유를 말해.”

“야, 조수진. 이거 섭섭하다? 내 일엔 관심도 없어 보이더
니 왜 이 자식 일엔 잔뜩 흥분하고 난리냐?”

이 와중에도 주겸은 진심으로 서운한지 들고 있던 소주잔
을 테이블에 소리 나게 놓으며 불만을 토로하지만 수진의 관
심은 이미 태인에게 향해 있었다.

태인을 알고 지낸 지 10년이 훌쩍 넘은 세월이지만 저렇게
음침한 기운을 달고 침울하게 빠져 있는 모습은 처음이었다.

워낙 포커페이스긴 하지만 한창 방황을 하던 학생 때도 지금 만큼은 아니었다.

거칠긴 했지만, 적어도 말은 했었는데 지금은 입어 쇠심 줄이라도 박았는지 도두지 입을 열려고 하지 않았다. 이유를 캐내려 아무리 물어도 날카롭게 가시를 세우는 모습어 수진 과 주겸은 두 손 두 발을 다 들었다.

하지만 몇 주 전 친동생이나 다름없는 채원을 가던 길에서 우연치 않게 만나고 생각이 바뀌어 버렸다.

대체 얼마나 피 말리게 했으면 겉으론 괜찮다고 말하지만 저 녀석 얼굴처럼 어찌나 똑같이 암울하게 내려앉아 있는지 본래의 특유한 상큼한 기운이 하나도 느껴지지 않았었다.

"얼마나 신경을 쓰게 했으면 채원이 얼굴 꼴이 삐쩍 말라 그게 뭐니. 어? 내가 아주 억장이 다 무너지더라."

"그건 누가 봐도 아니지 싶은데."

주겸이 고개를 흔들자 태인이 맞장구치듯 코웃음을 치며 실소를 지었다.

"설마 오늘 아침에도 밥 두 공기를 거뜬히 비우다 못해 후 식으로 빵까지 야무지게 잡수시던 요즘 세상 누구보다 행복 모드로 살고 있는 그 오채원을 말하고 있는 건 아니겠지?"

말처럼 요즘 채원은 최악의 컨디션을 달리고 있는 자신과 다르게 봉오리가 활짝 핀 꽃처럼 최상의 컨디션으로 하루하루를 참으로 행복하게 살고 있었다.

뭐가 그리도 좋은지 평소 잘 웃지도 않던 게 요즘은 심장이 덜컥 내려앉을 만큼 생글생글 잘도 웃었다.

입맞춤은 저 혼자만 의식하고 있는지 오히려 피하려는 자신을 채원은 더욱 붙잡고 늘어지며 함께 하길 원했다.

뭐가 그리도 맛있는지 빵빵한 두 볼이 다람쥐 같던 채원의 얼굴이 순간 불시에 떠올려지자 화를 담던 삐딱한 입매가 무력하게 곧게 펴지고 만다. 결국 인정한 마음이었지만 보답받지도 내색하지도 못할 그저 민폐만 될 마음에 시간만 믿을 수밖에 없었다.

하지만 가끔씩 채원이 제 손에 잡힐 때마다 시한폭탄처럼 터지려는 감정은 여전했기에 온갖 감정으로 짓눌러진 가슴은 한없이 무겁고 버거웠다.

오죽하면 그동안 여자들의 마음을 우습게 봐서 벌을 받는 건가 자기반성까지 해 봤을까.

그때 그런 속을 전혀 알 리 없는 수진과 주겸이 작은 설전을 벌이며 투덕거렸다.

"채원인 그만큼 먹어도 되거든? 안 그래도 말라서 속상한데 제발 그 음침한 바이러스를 우리 상큼한 채원이한테까지 옮기지 마."

"가만 보면 네가 문제야. 자꾸 감싸고 도니까 오빵이 날

하찮게 보다 못해 지 아래로 보잖아.”

“하찮게 볼 만하지. 여기가 너보다 한참이나 성숙한데.”

“내 머리가 뭐가 어때서? 이 비상한 두뇌로 네가 얻어먹은 술이고 밥이 몇 그릇인 줄 알아? 하여튼 오빵이라면 날 못 물어뜯어서 안달이지. 젠장, 자꾸 오빵, 오빵 거리니까 우리 오빵이 갑자기 보고 싶네. 불러 봐?”

“놔둬, 바쁘대.”

연애 사업 때문에 요 근래 채원과 통 만나지 못한 주겸이 급하게 휴대폰을 꺼내는 걸 수진이 막아 세웠다.

그것도 잠시, 막 나온 매콤한 냄새가 일품인 오돌뼈가 수진의 시선을 잡았다.

제일 좋아하는 안주가 눈앞에 보이자 벌써부터 입안에 침이 고인 그녀는 잽싸게 젓가락을 들고 접시로 돌진하는데 주겸의 실망한 목소리가 들려왔다.

“쳇, 바쁘긴 뭐가 바쁘다고. 이제 머리 좀 커졌다고 비싸게 구는 거지, 뭐.”

“나니까 너희들 만나 주지. 애인 있는 애가 왜 이런 날 곰팡내 나는 니들 보러 나오겠니?”

“곰팡내 같은 소리 하시네. 야! 이런 섹시하고 치명적인 곰팡내 나는 사람도 다 있냐?”

곰팡내란 소리에 발끈한 주겸이 옆에 있는 태인에게 어깨

동무를 하지만 이미 저기압으로 기분이 바닥까지 떨어지다 못해 파고들 기세인 태인은 무표정하게 주겸을 쳐다보고 있었다.

"알았어, 알았어! 안 하면 될 거 아니야. 아주 죽일 기세네. 이쯤 되면 심각하게 조울증 의심해 봐야 되는 거 아냐? 오락가락하는 감정 기복에 내가 제 명에 못살겠어. 이런 놈을 오빠랍시고 모시고 사는 우리 오빵은 오죽하겠냐고."

"그럴 날도 얼마 안 남았지."

매운지 빨갛게 변한 입술이 통통하게 오른 입술로 부채질을 하면서도 먹는 걸 멈추지 않는 수진이 뜬금없이 한마디를 거들자 주겸이 궁금한 얼굴로 호기심을 드러냈다.

"뭐가 얼마 안 남았는데?"

"채원이 결혼하고 싶어 하던 눈치던데."

"뭐? 결혼?"

"귀청 떨어지겠네."

그게 뭐 그리 충격인지 소리를 버럭 지른 주겸 때문에 졸지에 사람들의 시선을 한 몸에 받게 된 수진은 못마땅하게 눈살을 찌푸렸다.

한편 술잔을 움켜잡고 있던 태인은 전혀 생각지도 못한 결혼이라는 단어에 제 귀를 의심하느라 손이 그만 미끄러지고 말았다.

반쯤 차 있던 소주가 엎질러지고 잔이 넘어지는 소리가 들렸지만 예상치 못한 결혼이라는 단어 앞에 누구도 신경을 쓰지 않았다.

특히 검게 퇴색된 처 바짝 말라 아래로 곤두박질 부서지는 태인의 심장은 더욱 아무도 보지 못했다.

“야, 걔가 나이가 몇인데 벌써 결혼을 하냐? 말도 안 되는 소리 하지 마.”

“맨날 오빵, 오빵 놀려 먹다가 그래도 시집보내려니 친정 오라비 비슷한 마음이 들긴 하나 보지?”

“비슷한 게 뭐냐? 난 우리 오빵한테 충분히 친정 오라비나 마찬가지거든? 난 절다 인정 못해! 아니 절대 결사반대다.”

“네가 왜 난리야? 정작 친오라비 같이 자란 이분은 조용하신데.”

“야, 너도 입이 있으면 말해 봐. 당연히 말도 안 되는 소리 아니냐? 걔가 나이가 몇인데 무슨 벌써 결혼을 하냐?”

주겸의 시선을 받으며 태인은 자신의 처지와 같이 위태롭게 넘어져 있는 잔을 서 웠다.

“하고 싶으면 해야지.”

“뭐?”

낮지만 단호한 독소리에 주겸은 잘못 들었다는 식으로 되묻고 수진은 의외의 눈빛으로 어느새 빈 술잔에 술이 흘러넘

칠 만큼 따르고 있는 태인을 본다.

"진심이야? 야, 나이가 이제 스물여섯이다. 사귄 지 얼마 되지도 않았는데 어떤 놈인 줄 알고 결혼을 시켜."

"진심 아닐 게 뭐야. 자기가 좋다는데 내가 말릴 권리가 어디 있다고 말려. 진짜 친오빠도 아닌데."

"술 들어가니까 청승 떨고 싶냐? 친오빠가 아니면 뭔데? 너네한테 둘 말고 다른 가족이 어디 있다고 어울리지도 않는 풀 죽은 소릴 해?"

옆에서 뭐라고 주겸이 시끄럽게 주절주절 말하지만 이미 닫혀 버린 태인의 귀엔 하나도 들리지 않았다. 그저 해야 하는 것도 할 수 있는 것도 모두 가시처럼 박힌 웃는 얼굴을 지워 내는 것뿐인데. 그것뿐인데 술은 지워지기는커녕 오히려 쓰리게 더 박히기만 했다.

그래서 미칠 것 같았다. 아니 차라리 미치기라도 했다면 좋았을 것이다. 적어도 미쳤다면.

태인은 삐뚤어진 웃음을 지으며 이젠 쓰지도 않는 술잔을 기계적으로 비워 냈다.

"물론 안 그런 놈들도 많겠지만 솔직히 같은 남자가 봐도 똥인지 된장인지 헷갈리는 판에 얼마나 만났다고 결혼이냐고."

얼마전 회사를 들썩이게 했던 스캔들 때문에 자존심에 스크래치를 입은 주겸의 심경으로 현재 채원의 결혼은 매우 부정적이었다.

입에 올리기도 싫은 그 사건과 직접적인 연관은 없었지만 그 사람과 형, 동생 하며 잠시나마 친하게 지냈던 일은 그의 인생은 큰 오점을 남겼었다.

마지막까지도 부인은 나 몰라라 하며 불륜녀를 감싸고 회사를 떠나던 파렴치한 얼굴은 선한 인상으로 수줍게 저 미혼이에요, 라며 순박하게 웃음 짓던 얼굴이 아니었다.

충격일 수밖에 없었다. 입술은 가벼워도 사람 보는 눈은 완벽하다 생각하고 나름 자부심이 대단히 컸는데 완벽히 속아 넘어가 놀아나다니, 아직도 뒷덜미가 화끈거렸다.

"적어도 채원인 너보다 사람 보는 눈 정확해."

"정확하긴 개뿔. 걔도 은근히 헛똑똑이 맹탕이야."

"이건 가만 보면 지한테 할 말을 지가 너무 잘해. 그러니까 이거나 먹어."

입막음으로 당근 하나를 입안으로 쑤셔 넣자 그런 수진을 노려보면서도 또 입에 물린 당근을 잘도 받아먹는 주겸이었다. 그러는 사이에 술을 물 마시듯 퍼붓던 태인은 말릴 새도 없이 소주 한 병을 더 시키고 있었다.

그렇게 어느덧 빠르게 비워지는 빈병만큼이나 둥근 테이블 위로 술병들이 하나둘 모여져 갔지만 그래도 아직 부족한

지 새 병을 따고 있는 태인을 보는 수진과 주겸의 표정은 똑같았다.

색기가 넘치고 있다고.

"야, 이제 그만 마셔. 한 시 넘었어. 집에 안 들어갈 거야?"

우수에 찬 태인의 눈빛은 그의 외모를 더욱 빛나게 만들었다. 여자들의 시선이 점점 노골적으로 한 곳으로 향하는 걸 보다 못한 수진은 그 중심지에 있는 태인을 만류했다. 태인은 들은 척도 하지 않고 실없이 낮은 조소만 흘리며 차갑게 입술을 뗐다.

"조수진."

턱을 괸 채 태인이 인상을 찌푸리고 있는 수진을 물끄러미 응시했다.

그 농염해 보이는 시선에 여자라면 심장이 갓 잡은 생선처럼 펄떡 뛰어야 하는 게 정상이지만 이미 그런 것 따위 옛날 옛적에 초월한 수진은 꿈쩍도 하지 않았다.

"아무 여자한테 팔아넘기기 전에 그만 마셔라, 응?"

"나랑 사귈래?"

들은 당사자보다 주변을 지루하게 탐색하던 주겸이 오히려 요란한 반응으로 태인을 경악스럽게 봤다. 그리고 즉시 빠르게 고개가 돌아가는데 아무 감흥도 없는 시큰둥한 목소리가 들려왔다.

“당장 내 손에 죽어 준다면 한번 생각해 볼게.”

즉각 돌아온 대답에 짧게 웃음을 짓던 태인은 미련 없이 갑자기 뒤를 돌더니 자신의 눈에서 가깝게 앉아 있는 여자에게 무작정 말을 걸었다.

“저기요.”

“네?”

몰래 훔쳐보긴 했지만 갑자기 말을 걸어온 태인 때문인지 놀란 척 눈매를 올리지만 미소가 보일 듯 말 듯한 입술은 은근히 좋아하는 기색을 보이고 있었다. 자신을 보며 부끄러움을 타고 있는 여자를 무감각하게 응시하던 태인은 연이어 돌발 언행을 이어 갔다.

“사귈래요?”

“어머, 네? 저, 저요?”

“하하. 미안합니다, 아가씨들. 이 녀석이 많이 취했네요.”

“죄송합니다, 얘가 좀 드물게 미친놈이라서.”

불쾌한 기색이 역력한 여자와 덩달아 매서운 눈초리를 보내는 친구들에게 주겸이 대신 사과하는 사이 수진은 태인의 등짝을 때리며 몸을 돌려세웠다.

“아무리 드문 미친놈이라도 그렇지! 외로우면 재한테 소개팅을 해 달라 해. 어울리지도 않게 이딴 가벼운 짓거리하지 말고.”

"놔둬. 얼마나 굶주렸으면 이러겠냐? 그동안 그 지랄 떤 게 다 외로워서 그랬던 거였어. 아이고, 이 불쌍한 자식아. 허우대가 아깝다."

"그래. 굶주렸지. 그래서 절대 안 되는 걸 알면서도 자꾸만…… 싶어지는 거야."

드디어 술기운이 몸에 흐르는지 단단하게 세워졌던 상체가 허물어지며 테이블에 얼굴을 박고 만다.

"걱정 마라, 친구야. 내가 오빠 시집가는 거 보기 전에 너부터 해치워 준다. 그래, 이제 연애할 때가 되었지. 사리가 나올지언정 언제까지 썩히고 있겠냐. 오빠도 제 짝 찾아가는 마당에 너도 얼른 가야지. 오빠 없으면 외로워서 어떻게 살래? 장담하는데 너 혼자 못 살아, 인마."

"얘가 여자 없이 못 사는 너랑 같아?"

"굶주렸다잖아!"

"이거 진짜 실연인데."

"말 같지도 않는 소리 한다."

주겸은 콧방귀를 끼며 들은 채도 않지만 수진은 엎드려 있는 태인에게 의심의 눈초리를 접지 못하고 눈빛을 가늘게 뜨는데 흐트러진 목소리가 불분명하게 들려왔다.

"뭐라고 하는데?"

"뭐?"

둘의 고개가 동시에 자석에 이끌리는 것처럼 태인에게 향했다.

"네가 여기 왜 있어?"

술에 취했다더니 멀쩡히 서서 신경질을 있는 대로 내는 꼴을 보니 술 취한 사람이 맞나 싶었다.

채원은 온갖 못마땅함을 노골적으로 드러내고 있는 태인에게 성큼 다가가 그의 앞에 섰다. 가까이 가자 거짓말은 아닌 듯 소주 냄새가 진동을 했다.

"빨리 죽고 싶어? 진짜 왜 이래? 적어도 자기가 한 말은 지켜야 될 거 아니야."

"겁도 없이 이 시간에 여길 왜 오냔 말이야."

"부른 사람이 누군데?"

이미 꽁지를 감추고 만 주겸과 수진을 떠올리며 태인은 이를 갈았다.

"부른다고 이 새벽에 겁도 없이 나와?"

"술 취해서 객사라도 할까 봐 겁나서 왔다. 왜? 고마우면 고맙다고 말해! 괜히 성질부리지 말고."

뾰족한 말과 함께 붕어빵 같이 닮은 표정이 지지 않고 맞부딪혔다.

그때 강한 추위에 어쩔 수 없이 연신 발끝과 손끝을 오므리며 떨면서도 지지 않게 눈에 힘을 주던 채원은 갑자기 한 걸음 바짝 다가가더니 태인의 두 뺨을 힘주어 감쌌다.

"이것 봐, 뜨겁잖아. 이런데 또 술을 마시다니 진짜 죽고 싶어?"

"너."

"내 잔소리가 싫으면 제발 잔소리 들을 짓을 하지 마."

가만히 숨죽여 있던 태인이 막 뺨에서 떨어지려던 채원의 손을 다시 붙잡았다. 자신과 다르게 차가움만 전해져 와 소주를 들이부은 것보다 더한 쓰림이 찾아왔다.

"춥지? 하여튼 애도 아니고 관심 받으려고 별짓을 다 해요. 정말 귀찮아 죽겠어."

가만히 붙잡혀 주며 발을 동동 굴리는 채원을 두고 태인은 잡고 있는 손에 힘을 주며 수진의 말을 떠올렸다.

결혼. 그래 차라리 그 편이 좋았다. 적어도 다른 마음 따위 먹을 순 없을 거고 다른 남자와 행복하게 웃고 있는 채원을 보며 이 마음도 단념될 것이었다.

그런데 새벽임에도 불구하고 완벽히 풀 메이크업을 유지하고 있는 윤기 나는 얼굴을 보고 있자니 불길이 확 치솟으며 속이 먼저 뒤집어지고 만다.

"이 시간까지 밖에서 싸돌아다닌 거냐?"

"밖은 아니고 정확히 안에서 싸돌았지."

'안'이라는 말에 뒷골이 확 당겨져 온 태인은 그만 목에 핏대를 세우며 버럭 고함을 질렀다.

“미쳤어? 말만 한 애가 어디서 외박질이야! 내가 너 그렇게 교육시켰어?”

“이게 무슨 외박이야? 이것이 외박이라면 오빤 맨날 밥 먹듯이 한 거네. 그리고 무슨 교육을 시켜? 난 혼자서 충분히 잘 큰 케이스야!”

“저 입을 그냥. 이제부터 무조건 10시 안으로 들어와.”

“말도 안 되는 소리 그만하고 빨리 집에나 가.”

“뭐가 말이 안 돼? 10시까지면 충분하잖아! 그 시간 넘어서까지 네가 할 게 뭐가 있다고 싸돌아다녀? 그리고 장갑 뒀다 뭐 해, 구워 먹었어? 손이 이게 뭐야.”

말도 안 되는 어깃장을 부리더니 불쑥 잡고 있던 손을 자신의 코트 주머니에 집어넣었다.

밖에 노출되었던 얼음장처럼 차가운 손이 주머니 속에서 따뜻함을 찾자 새침함을 털어 낸 입술이 저절로 벙긋 벌어졌다.

근데 새삼 갑자기 왜 이런 짓을 하는 거지? 멀뚱히 태인을 올려다보던 채원은 문득 스치는 옛날 생각에 혼자 웃음을 삼켰다.

“속도 모르고 웃기는.”

“내 마음대로 웃지도 못하냐?”

또다. 불어오는 바람에 섞여 들려오는 웃음소리가 여지없이 가슴을 울리게 만들어 가던 길을 멈추고 웃고 있는 채원을 붙잡게 만들었다.

"왜 이래?"

불시에 양쪽 뺨이 조여지자 웃음이 짜증으로 바뀌며 눈초리가 올라가는데 퉁명스러운 목소리가 들려왔다.

"웃지 마."

"그럼 더 웃어야겠네, 하하하하."

정말 속도 모르고 지나친 썩소만 짓기 바쁜 채원을 가만히 보고 있던 태인은 말할 수 없는 속만 터져 한숨 같은 코웃음을 치며 몸을 돌렸다. 그러자 얄밉게도 환한 미소를 지으며 채원이 말했다.

"왠지 이번 해는 아주 운수 대통일 것 같단 말이지."

"퍽이나."

"밉살스럽기는."

"너만 하겠냐."

평소처럼 옥신각신하는 사이 두 사람은 같으면서도 다른 마음으로 새로운 해를 함께 맞고 있었다.

2화

채원은 아침부터 이리저리 집 안을 종종거리며 닦고 쓸고 정리하며 바쁘게 움직이고 있었다.

씻었는지 젖은 타월로 머리를 돌돌 감은 채 바쁘게 거실과 방을 오갔다. 미뤄 뒀던 청소를 하는 얼굴이 발그스레하게 잔뜩 상기되어 있었다.

그때 주방 쪽에서 뭔가 끓어 넘치는 소리가 들리자 아차 하는 눈빛으로 돌아서는데 언제 왔는지 불을 줄이고 있는 태인의 뒷모습을 발견했다.

"웬일이야? 부르기 전에는 오지도 않던 사람이."

빠르게 다가온 채원이 태인을 옆으로 물리며 냄비 뚜껑을 열어 안을 확인했다. 뿌연 김과 함께 고소하면서도 구수한 냄새가 식욕을 당기게 했다.

"아침부터 펄펄 나시네."

"내가 기운 빼면 시체지. 부지런한 걸 다행으로 여겨. 안 그럼 오빠 밥도 못 얻어먹었어."

해가 서쪽에 떴는지 소파로 직행하지도 않고 선반 위에 두었던 참기름을 찾기도 전에 알아서 건네주면서 태인의 시선이 문득 곧 흘러내릴 듯 아슬하게 걸려 있는 타월 쪽으로 향했다.

아니, 솔직히 말하자면 그보다 타월 사이로 감질나게 보이는 하얀 목덜미가 난감할 정도로 눈에 들어오고 있었다.

무방비하게 밀려오는 열기를 느끼며 또 망신당할 생각이 미치자 채원의 머리에 걸쳐져 있던 타월을 급히 풀어 버리고 만다.

하지만 이런 일이 일상인 것처럼 채원은 별 반응을 보이지 않으며 오목한 그릇을 꺼내 떡국을 담기 시작했다.

어제 저녁을 부실하게 먹었더니 자신이 만들었지만 완벽한 자태를 뽐내고 있는 떡국을 보니 벌써부터 배 속이 요동을 쳤다.

만족스러운 웃음을 지은 채 그릇에 듬뿍 담는데 뒤에서 못마땅한 목소리가 들려왔다.

“머리 말리고 와. 물 떨어지잖아.”

“시간 없어.”

“그럼 옷이라도 제대로 갈아입던 가. 그런 걸 집에서 왜 입어?”

“항상 입었거든? 아침부터 심심한가 봐.”

“요즘 독감 유행하는거 몰라? 한여름도 아니고 겨울엔 터틀넥이지, 그런 기본 상식도 없어?”

“언제부터 그런 개풀 뜯어먹는 상식을 챙겼는지 모르겠지만 그렇게 좋으면 오빠나 많이 입어. 난 늙은 오빠와는 다르게 아직 젊어서 그런지 혈기가 왕성해서 가만히 있어도 땀이 날 지경이니까 감기 같은 건 신경 쓰지도 마.”

빈말이 아니라 아침부터 너무 열심히 움직인 탓인지 몸에 열기가 올라온 채원은 태인의 앞에서 아무렇지도 않게 티셔츠 목 부분을 잡고 펄럭거렸다.

갑작스럽고 무신경한 행동앞에 외면할 타이밍을 놓쳐 버린 태인은 입안이 바싹 마르며 극심한 갈증을 느끼고 있었다.

“작작 마셔. 물 끓인 지 얼마 안 되었단 말이야.”

“내가 마시는 게 아까워? 아니꼬워 다 마시고 말지.”

냉장고에서 반찬을 하나둘 꺼내 식탁 위로 세팅을 하던 채원은 오기로 물귀신처럼 물을 거의 흡입하고 있는 태인을 어이없다는 듯 바라보고는 떡국을 가져왔다. 새빨갛게 타오르던 속을 겨우 물로 그나마 진정시킨 태인은 마지막 참기름을 뿌려서 그런지 고소한 냄새가 나는 떡국을 시비 걸 듯 내려다보고 있었다.

"화수분도 아니고."

"빨리 먹고 출근해야 하니까 정신 사납게 하지 마."

불평하면서도 어차피 깨끗하게 다 먹을 걸 아는 채원은 본격적으로 식사에 열중했다. 먹어도 먹어도 참 맛있는 떡국이었다.

하얀 떡을 수저에 쉬지 않고 올리며 채원은 자신이 생각해도 요즘 입맛이 좋아도 너무 좋다고 뜬금없이 생각하고 있었다.

태인이 없을 때는 무엇을 먹어도 돌을 씹은 듯 입맛이 없더니 요즘은 뭘 먹어도 이상하게 다 맛있었다.

"굶었냐."

그러면서 물컵을 손에 잘 잡힐 곳에 놓아주고 있었다.

"오늘 빨리 나가 봐야 해, 바빠."

"그러니까 그 바쁜데 왜 굳이 내 밥까지 하냐고. 안 챙겨도 된다고 몇 번이나 말했잖아."

"나 아니면 누가 챙겨 줘? 오빠를 위해서가 아니라 날 위해서야. 챙기다 안 챙기면 내가 찝찝해서 안 된단 말이야."

"별게 다 찝찝하다. 내가 한두 살 먹은 어린애냐? 너 아니라도 충분히 해 먹을 수 있어. 아니면 사 먹던가."

"기껏해야 아침밥 정드거든? 한 끼도 같이 못 먹어? 그리고 참 잘도 챙겨 먹겠다. 분명 굶거나 사 먹겠지."

"사 먹는 게 왜? 그럼 평생 내 밥이나 챙겨 주면서 내 생활에 일일이 참견하고 살 거야? 아니잖아."

"못할 게 뭐야."

"결혼 안 할 거야? 난 평생 혼자 살아?"

그냥 넘어가기엔 까칠한 말투 속 진지함이 숨어 있는 것 같아 채원은 의아한 눈빛을 띠며 물었다.

"여자 친구 생겼어?"

"생겼으면 뭐."

"흠……. 그래서 나랑 거리 두고 싶은 거야? 밥 핑계 대면서?"

"그래, 제발 거리 좀 두고 싶다. 됐냐?"

"혹시 그 여자가 나 봤어? 하긴. 우리는 서로 가족이라고 생각하고 드나들고 있다지만 남이 본다면 이상할 수밖에 없겠지. 알았어, 앞으로 조심할게."

답답함에 내뱉은 소리를 그대로 믿어 버렸는지 채원이 서운할 정도로 가볍게 수긍해 버리자 태인은 차라리 잘되었다는 듯 시선을 허탈하게 내렸다.

“그래도 그 여자보단 내가 오빠 입맛에 맞게 음식은 더 잘 만들 텐데.”

내가 무슨 말을 한 거지. 불쑥 튀어나온 서운함에 속에 있는 말을 그대로 내뱉은 채원은 뒤늦게 상황을 인지하고 자신을 보고 있을 시선을 외면한 채 얼른 자리에서 일어났다.

자신이 한 말이 마음에 들지 않아 혼자 인상을 찌푸리며 다 먹은 그릇을 설거지하기 위해 수세미를 집으려 하는데 언제 다가왔는지 태인이 뒤에서 손을 뻗어 수세미를 낚아챘다.

“놔둬, 내가 할 테니까.”

“철들었어? 진짜 하려고?”

“말했지. 너한테 유리한 일들만 기억하는 버릇 고치라고, 비켜.”

“내 대답이 대단히 만족스러웠나 보네. 바로 태도가 돌변하는 거 보니. 진짜 여자 친구 생겼어?”

“10시 반까지 무조건 들어와.”

“거리 두자는 사람이 왜 내 사생활에 관여하는 거야.”

자신이 느끼기에도 목소리가 몹시 퉁하게 나왔지만 채원은 무시했다.

“거리는 거리고, 이건 오빠로서 동생 관리하는 차원이야.”

“언제는 방목 형으로 강하게 키워야 된다고 오밤중에도

시도 때도 없이 심부름시키던 사람이 누군데.”

그래, 나다. 빌어먹을!

태인은 이미 돌이킬 수 없는 과거에 입술만 꽉 물어 애꿎은 고무장갑에게 화풀이를 하고 만다.

“아무튼! 다음 날 피곤해서 구르지 말고 일찍 들어오란 말이야.”

“늦게 똑바로 들어올 거야. 나도 할 일이 많은 사람이라고, 봐야 하는 사람도 많고.”

‘매일 한 공간에서 지겹도록 보면서 뭘 또 봐!’ 라고 불쾌함이 목구멍까지 치밀고 올라오지만 그전에 이미 얄밉게 돌아 서 있는 뒷모습을 바라보는 눈은 반대로 깊게 가라앉아 있었다.

뭔 놈에 준비 속도가 총알 수준인지 식탁을 정리하던 태인은 스키니진과 패딩을 걸치고 아직 젖어 보이는 짙은 밤색의 머리를 늘어뜨리고 나온 채원을 마주했다.

“문단속 잘 하고 가.”

“일찍 들어……”

뒷정리다 끝나자 나갈 겸 걸음을 옮기던 태인은 발끝에 차이는 뭔가를 발견하고 멈춰서 시선을 내렸다.

“깜박했네.”

신발장에서 운동화를 구겨 신던 채원이 다시 쏜살같이 달려와서 쏟아진 내용물을 빠른 손길로 주워 담고는 여전히 굳은 얼굴로 시선을 정지시키고 있는 태인을 지나쳤다.

"오채원."

"왜?"

"그게 뭐냐."

"이거? 보면 몰라, 청첩장이잖아."

그것도 모르냐는 귀찮은 얼굴로 채원은 무심히 날벼락 같은 말을 비수처럼 꽂고는 냉정하게 집을 나가 버린다.

그리고 혼자 남은 태인은 마치 풍파 맞은 얼굴로 멍하니 앞만 응시하며 믿기지 않는 상황에 채원이 나간 문만 하염없이 뚫어져라 응시했다.

다만 아무것도 잡지 못한 텅 빈 손만이 어쩔 줄을 모르고 흔들리고 있었다.

결혼. 물론 언젠가 할 거라 생각했다. 다만 그게 지금 당장일 줄은 몰랐다. 태인은 예상보다 훨씬 강한 충격에 좀처럼 정신을 차리지도 현실을 인정하지도 못했다.

"이건 말도 안 되잖아, 무슨……. 나한테 한마디 상의도 없이 무슨 결혼을 한다는 거야……."

제발 꿈일 거라 생각하며 머리를 억세게 움켜쥐지만 분명 아팠다.

아무리 보고 또 봐도 눈앞에 청찹장이 있는 것처럼 지금 마주하고 있는 이 잔인한 순간은 냉정한 현실이었다.

눈앞에 모든 사물들이 흔들리게 보였다. 후폭풍처럼 배신감이 견딜 수 없을 만큼 밀려 들어왔다.

입버릇처럼 항상 입으로는 가족, 가족 달고 살더니 정작 자신과 상의조차 없이 결정을 내린 채원의 일방적인 통보에 상처 받은 눈동자는 끝내 격분하고 만다.

"으, 언니. 배고파 죽겠어요."

"애들은 언제 오는 거야. 올 때가 된 것 같은데."

곧 신학기가 시작된 중심가에 위치한 큰 규모의 명은서점은 사람들로 북새통을 이루고 있었다.

그 덕분에 캐셔를 맡고 있는 채원도 눈코 뜰 새 없이 바쁘게 움직였다. 그래도 즐거운지 손님을 맞는 채원의 얼굴은 한결같이 밝고 친절한 미소를 짓고 있었다.

"결제해 드리겠습니다."

"네. 근데 언니 이 화보집 사면 사은품으로 달력 준다는 거 맞죠?"

"당연히 드리죠. 잠시만요."

여학생이 내민 카드로 재빨리 계산을 마치고 익숙한 동선으로 걸어간 채원은 한쪽 사은품이 마련된 박스에서 익숙하게 탁상용 캘린더 하나를 가져 와 화보집과 함께 봉투 안에 넣었다.

"교환 환불은 7일 이내에 가능하시구요, 내용물 훼손 시 반품 환불은 불가능하세요. 다음 손님 결제해 드리겠습니다."

"언니, 달력 아직 남았죠?"

"네, 아직 있습니다. 회원 카드 있으신가요?"

빠른 손놀림으로 계산을 막 마치는데 다소 흥분한 목소리가 코앞에서 들려왔다.

"저기! 화보집 두 개 사면 친필 사인 들어간 달력 두 개 주는 거 맞죠? 맞죠?"

기다리는 게 애가 타는지 발을 구르는 어린 여학생의 모습이 귀여웠다. 맞다고 대답하고는 웃으며 사은품을 가지러 갔는데, 마침 같은 걸 찾으러 왔는지 선아가 알 만하다는 표정을 지어 보였다.

"대세 아이돌이라지만 진짜 대단하네요. 이 기세로는 금방 동나겠어요. 진짜 얼마 안 남았는데요?"

"인터넷은 벌써 품절이야."

"헐, 대박. 근데 애들이 환장할 만도 하겠더라. 아까 잠깐 봤는데 사진이 아주 넋을 놓게 만드는 거 있죠? 원래 이런 스타일 아니지 않나? 어쩜 살결 하나 노출되지 않았는데 왜 이렇게 야시시하게 보이는지 괜히 내 눈이 썩은 줄 알았다니까요. 아무튼 여자애들이 열광할 만하다는 건 팩트예요.”

“뭐 사진이 잘 나오긴 했네.”

무심히 말했지만 돌아서는 채원의 입가에 어렴풋 흐뭇한 미소가 어쩔 수 없이 피어올랐다.

하지만 미소가 지어진 이유는 아이돌에 열광하는 여학생들과는 상이하게 틀렸다.

그건 바로 아이돌의 화보집을 찍은 사진 작가가 태인이었기 때문이었다.

여기까지 오기 위해 겪었던 힘든 모든 과정들을 지켜봤던 채원은 지금처럼 태인이 만들어 낸 결실물을 볼 때마다 자랑스럽지 않을 수가 없었다.

오늘 와 있겠지? 그 생각이 미치자 연이어 손님을 맞이하면서 지쳐 있던 몸에 한결 힘이 들어가 기운이 났다.

하지만 그것도 잠깐, 오늘 아침 일이 떠올라 어깨가 아래로 쳐졌다.

대체 또 왜 그러는 거야? 요 며칠간 평상시대로 돌아오는가 싶더니 태인은 오늘 아침 또다시 고슴도치처럼 날을 세우고 있었다.

정말 노총각 히스테리라도 부리고 있는 건지, 이랬다저랬다 손바닥 뒤집듯 변하는 감정 변화 앞에 채원은 환장할 노릇이었다.

대체 왜 그러냐며 물으면 돌아오는 건 냉소적인 말과 그리고.

"네가 너한테 뭐냐?"

차가운 비난이었다. 처음이었다, 그런 눈빛은. 또다시 이유도 모른 채 소리 없는 실랑이를 벌일 생각을 하니 답답함이 밀려왔다.

그래도 이번은 그때처럼 무시하지 않는다는 것에 위안 삼는 자신이 한심해 어이없는 한숨 소리가 목구멍 안으로 삼켜졌다.

"아! 드디어 허리 한번 제대로 펴 보네, 윽."

서점에서 나오자 쌀쌀하다 못해 매서운 바람이 제일 먼저 그녀들을 맞았지만 선아는 개의치 않은 듯 오히려 상쾌한 얼굴로 두 팔을 올려 기지개를 폈다.

무슨 배짱인지 카디건만 달랑 걸치고 나온 선아와는 다르게 패딩을 입고서도 두 팔로 몸을 감싼 채원은 어이없는 표정으로 혀를 두른다.

“넌 춥지도 않니?”

“한곳에 계속 갇혀 있었더니 춥기는커녕 속이 뻥 뚫려요. 그나저나 점심 뭐 먹을까요? 순두부찌개? 아님, 김치, 된장? 비빔? 제육?”

“얼큰한 순두부나 먹을까?”

“역시 통한다니깐! 얼른 가요.”

“불고기도 같이 시키자. 그 집 고기 맛있잖아. 아, 배고파.”

채원이 어깨를 부르르 떨며 발걸음을 재촉하자 선아가 같이 동조하며 살갑게 달라붙는다.

점심시간이라 그런지 거리엔 직장인들로 어디든 붐볐다. 지나가던 사람들을 하릴없이 잠시 구경하던 선아는 옆에서 조용히 걷고 있는 채원의 얼굴을 문득 살피더니 조심스레 물었다.

“통 기운 없어 보이더니 요즘은 밥도 다시 잘 먹고. 이제 괜찮아진 거예요?”

“안 괜찮을 게 뭐야. 너무 멀쩡해서 탈이지.”

“맞아요. 사실 너무 멀쩡해 보여서 좀 무서웠어요.”

눈이 마주치자 선아가 배시시 웃으며 속내를 털어놓았다.

“한동안 밥도 시원찮게 먹더니 갑자기 또 너무 잘 먹으니까 혹시 스트레스성 폭식 증상 있는 건 아닌지 그런 생각까지 들었다니까요."

"다시 정상으로 돌아간 것뿐이야."

"그거야 그렇지만. 난 또 언니가 계속 저기압에다 힘없는 거 보고 김도한 때문에 그런 줄 알았어요. 안 마주치려 해도 일단 같은 직장이니 얼마나 스트레스겠어요."

"무슨, 아니야."

가당치도 않다는 단호한 얼굴로 채원이 입매를 치켜 올리자 예상과는 다른 대답에 선아는 눈을 크게 뜨며 궁금증을 드러냈다.

"그럼 뭐 때문에 그런 건데요?"

"있어. 구제 불능 오빠."

"오빠? 혹시 친오빠요? 오빠 있었어요?"

"내가 말 안 했어?"

"안 했어요. 근데 오빠가 왜요? 싸웠어요?"

"이유 불문 갑자기 날 투명 인간 취급하잖아."

"에? 그거 오히려 좋은 거 아니에요? 난 우리 오빠가 제발 좀 그래 줬으면 소원이 없겠는데."

인상까지 찌푸리며 말하는 선아의 모습에 채원은 갑자기 가던 걸음을 멈췄다.

"그게 왜 좋아? 답답하고 화 안 나? 안 섭섭해? 안 서운해?"

“에이, 그게 왜 섭섭하고 화낼 일이에요. 어릴 때 그러면 모르겠는데 다 큰 성인한테 그러면 오버죠. 오히려 참견 안 해 주는 게 고마운 일이지.”

난 불안하기까지 했어!

채원은 이 말까지 내뱉으면 진정 자신을 이상하게 볼 것 같아 가만히 선아만 물끄러미 쳐다보더니 아무 말 없이 앞으로 걸어갔다.

“요즘 소 닭 보듯 말도 안 나누는 남매도 얼마나 많은데요. 언니 화났어요?”

“화는 무슨.”

“심통 난 것 같은데?”

선아가 다시 팔짱을 끼며 웃음소리를 내지만 채원은 풀어지지 않는 얼굴로 곰곰이 그때 자신이 느꼈던 감정을 돌아보기 바빴다. 하지만 아무리 생각해 봐도 이건 이상할 게 전혀 없었다.

“언니가 오빠 많이 좋아하나 봐요. 그래도 이상하다. 난 당연히 김도한 때문에 그런 줄 알았는데.”

채원의 빠른 걸음 속도가 더뎌졌다. 그래, 확실히 지금 생각해 보면 그 점은 이상했다. 도한과 그렇게 되었을 때 채원은 화는 났지만 허무할 정도로 금방 식어 버렸었다.

하지만 태인은 그게 안 되었다.

가족이니까.

당연하게 흘러나온 가족이라는 단호한 대답에 채원의 표정이 명쾌해졌다. 하나밖에 없는 가족이니까! 다른 이유 같은 건 없다는 듯 채원은 단호하게 고개를 끄덕였다.

"어!"

"왜?"

갑자기 선아가 어느 한 곳을 바라보며 걸음을 멈추자 채원은 왜 그러냐는 눈빛으로 그녀의 시선을 따라 고개를 돌렸다. 낯익은 존재가 제 몸을 한껏 과시하며 저 멀리서 자신을 쳐다보고 있는 게 뚜렷하게 보였다.

"저, 저 여자! 그때 김도한이랑 같이 있었던 그 여자 맞죠? 기막혀서 정말…… 뻔뻔하게, 뭐 잘했다고 언니를 똑바로 보고 있대요? 재수 없게 왜 이쪽으로 오고 난리야?"

선아의 집으로 놀러 갔다 도한이 바람피우는 현장을 목격했기에 한가해의 얼굴은 선아도 이미 잘 알고 있는 상태였다.

거기다 그때 뻔뻔스럽게 사람 약을 살살 올리며 도발하던 가해에게 아직 악감정이 그대로 남아 있는 선아의 눈빛은 날카롭게 곤두서 있었다.

그에 비해 채원은 무표정한 얼굴로 이미 앞에 서 있는 그녀를 빤히 응시할 뿐이었다.

"우리 얘기 좀 할까?"

"이게 어디서 반말이야? 언니가 너랑 더 이상 할 얘기가 뭐가 있다고 그 뻔뻔한 얼굴을 재수 없게 내밀어?"

"빠져. 네가 대변인이야? 어디서 재수 없게 나대는 거야? 오채원 씨, 추운데 계속 여기서 이럴 거야? 할 말 있다잖아."

"남의 남자랑 잘도 붙어먹은 년이 참 당당하게도 할 말 요구하네. 네가 할 말이 뭐가 있다고?"

"야, 너 안 닥쳐?"

"너나 닥쳐. 닥칠 입은 너야, 너!"

"선아야. 먼저 가서 밥 먹고 있어."

"언니!"

들어 볼 것도 없다며 선아가 강하게 말리지만 채원은 볼록한 가슴을 당당히 내밀고 자신을 한껏 깔보고 있는 가해를 감흥 없이 지나치며 먼저 걸음을 옮겼다.

손님이 드물게 앉아 있는 카페 안은 요즘 유행하는 최신 곡만 흘러나올 뿐 대체적으로 조용한 편이었다.

곧 그 조용함이 깨질 테지만, 어쨌건 따뜻한 온기에 만족스러운 채원은 직원이 놓고 간 아메리카노를 의미 없이 입술로 가져가는데 공격성이 다분한 한가해의 목소리가 날아왔다.

"기가 막혀서. 무슨 배 채우러 왔니?"

언제 다 먹었는지 금세 비워진 조각 케이크가 있던 접시는 텅 비어져 있었다. 그것도 한 조각이 아닌 두 조각을! 속편한 행동에 시작도 하기 전 벌써부터 약이 바짝 오른 가해였다.

"보시다시피 배가 고프면 좀 예민해지는 터라 어쩔 수가 없네요."

느긋한 목소리가 더없이 평온 그 자체였다. 듣고도 어이없어 입술이 치켜 올라갔다.

"너 생각보다 철면피다. 언제까지 거기에 다닐 생각이야?"

기억 상실증이라도 걸렸는지 너무 당당한 말에 조소가 불쑥 튀어나온 채원은 짧게 취향도 아닌 아메리카노를 한 모금하고는 테이블에 내려 둔다.

"웃어? 넌 지금 이게 웃겨?"

"아니, 그 나이에 벌써 치매라도 오셨나 싶어서요."

"뭐?"

표독스러움이 드러나며 목소리가 높아졌다.

"그렇잖아요. 내가 철면피면 한가해 씨야말로 뭘까 생각하니 웃음이 절로 나오잖아요."

"언제까지 도한 씨 눈앞에 얼쩡거릴 건데?"

"계속 다닐 건데요? 듯 다닐 이유 없잖아요."

"넌 자존심도 없니? 당장 그만둬!"

"이름처럼 정말 한가하시네요. 이젠 내 자존심까지 생각해 주시고. 시간이 꽤 많은가 봐요?"

한마디도 지지 않는 채원을 노려보며 가해의 한쪽 뺨이 부자연스럽게 떨렸다. 당황함을 드러내지 않으려 표정과 고개는 한껏 곧추세우고 있었지만 머릿속은 엉망진창으로 꼬여 가고 있었다.

저한테 잘근잘근 밟히긴커녕 오히려 자신이 채원의 페이스에 휘말려 혼자 날뛰고 흥분하는 꼴이었다.

저런 앙큼하고 당돌한 속내를 가지고 있을 줄은 몰랐다. 도한과 함께 있는 모습을 걸렸을 때 채원은 어떤 말을 해도 벙어리처럼 침묵만 유지한 채 서 있었다.

그래서 보란 듯 노골적으로 비웃으며 깔보고 무시했었다. 이번에도 역시 그럴 거라 생각했다. 그런데 자신이 원하는 상황대로 돌아가지 않자 가해는 자존심이 상해서 미칠 것 같았다.

"너 때문에 도한 씨가 나한테 마음을 못 잡잖아! 우리 곧 결혼할 거야. 아이까지 가졌는데 그 사람이 계속 이런 식이면 안 되잖아? 네가 자꾸 옆에서 얼쩡거리는데 마음을 어떻게 잡냐고!"

결혼. 아이. 그새 모든 게 철저하게 이루어지고 있었다. 그런 주제에 날 그런 시선으로 봐?

정신없이 내뱉어진 말들을 불쾌하게 곱씹으며, 채원은 여전히 저밖에 모르는 가해를 똑바로 응시한 채 입을 열었다.

"그 정도 각오도 없이 남의 남자를 건드린 거예요?"

"뭐?"

"김도한 씨가 그렇게 나온다면 감당하면 되겠네요. 사랑한다면서요? 아주 절절하다 못해 절실한 사랑이라면서요? 그런 갸륵한 사랑이라면 김도한도 언젠가는 감동받아서 그쪽을 봐 주지 않겠어요?"

"이거 아주 무섭고 독한 년이었네."

분노에 찬 붉어진 얼굴이 바들바들 떨렸다.

"이런 모습 도한 씨는 알고 있니?"

"이제 와서 그게 무슨 상관인지 모르겠네요. 정 싫으면 김도한을 그만두게 하면 될 걸 굳이 여기까지 날 찾아와 부탁하다니 많이 불안했나 봐요. 하긴, 한 번 바람피운 놈이 두 번은 못 피우겠어요."

동의를 구하는 눈빛과 속마음을 정확하게 찌르는 말이었다. 모를 수가 없었다. 여자 친구가 있음에도 유혹에 쉽게 넘어오는 도한을 누구보다 자신이 정확히 보고 있었으니까.

하지만 지금은 그런 불안함보다 채원에게 보기 좋게 당하고 있는 자신이 우선이었다.

자존심이 일그러질 때로 일그러진 가해는 당장이라도 도한을 데리고 와 저 모습을 낱낱이 까발리고 싶어 안달이 날 지경이었다.

"설마 아직 도한 씨한테 마음 있는 거니?"

"그걸 내가 그쪽한테 갈해야 되요?"

"말해. 못 할 게 뭐야?"

"한가해 씨한테 못 하겠네요."

"야!"

"그만 일어나도 되겠죠?"

"도한 씨한테 마음 별로 없었던 거 알아. 아니 지금 보니 확실히 알겠네. 진짜 사랑했으면 너처럼 이렇게 담담하다 못해 정떨어지게 못 굴어. 그런 주제에 뭘 그리 당당한데? 내가 더 사랑해서 더 사랑하는 사람이 당연히 가진 것뿐인데 그게 뭐가 잘못이라고 네 따위가 내 앞에서 시건방지게 굴어? 억울하면 좀 잘 지키지 그랬어? 틈을 준 건 너야. 원인 제공한 건 너라고. 혹시라도 도한 씨 흔들기만 해 봐. 너 같은 거 절대 용서 못 해!'

"웃기지도 않는 소릴 참 뭐 같이 잘도 하시네. 그런 남자라서 버렸어. 버려도 절대 후회할 일은 없을 것 같아서. 이렇게 보니 결국 우리 모두 다 잘한 짓이었네."

"그렇게 믿으면 좀 편해? 정말 못 봐 주게 불쌍하다. 이러니 도한 씨가 널 두고 질린다는 소리를 하지. 얼마나 재미없게 굴었으면 나무토막이란 소리까지 나와."

비웃는 시선으로 가해가 등을 뒤로 기대며 의기양양하게 비꼬아 말하지만 채원은 피식 웃으며 자리에서 일어났다.

"그런 나무토막한테 왜 자꾸 치근덕거리는지 모르겠네. 그리고 그렇게 믿으면 편하냐고 물었죠? 불편하기엔 전적이 있어서요. 그게 내가 헤어지려고 했던 이유였는데 마침 그럴 틈도 없이 또 이럴 줄은 몰랐지만."

오히려 딱하다는 시선을 받은 한가해는 발끈한 눈빛으로 등을 떼어 내며 어쩔 줄을 몰라 했다.

그에 비해 채원은 벗어 두었던 패딩을 다시 느긋하게 걸치고 눈이 빠질 것처럼 자신을 노려보는 가해에게 친절함까지 발휘하는 것도 잊지 않았다.

"아직 마음 남은 거냐고 물었죠? 굳이 내가 말하지 않아도 아마 나중에 내 입장되면 그쪽도 잘 알게 될 것 같네요."

"……."

"보아하니 그리 오래 걸리지는 않을 것 같지만."

채원은 싱긋 웃어 보이고는 유유히 자리를 떴다.

완벽히 당했다는 생각밖에 할 수 없는 한가해는 독기가 오른 얼굴로 온몸을 바들바들 거리더니 제 성질을 못 이겨 새

된 고함을 지르기 시작했다.

차마 입에도 담기 거북한 온갖 상스러운 욕이란 욕이 뒤에
서 날라왔지만 채원은 꿈적도 하지 않고 제 할 일만 할뿐이
다.

"계산은 저년이 할 거예요."

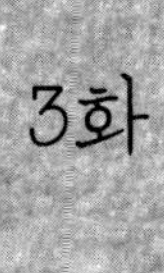
3화

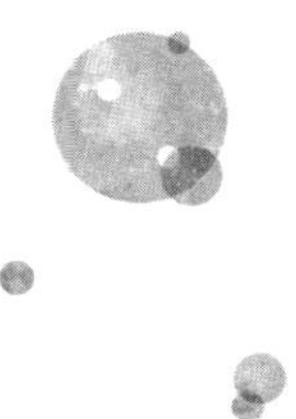

"형, 화보 나온 거 봤어요? 결과물이 생각보다 더 끝내주는데요? 이때 진짜 촬영이고 뭐고 도망가고 싶었을 만큼 로케 중에 제일 힘들었는데……."

어시스트를 맡고 있는 승준은 현수가 가져다준 화보집을 보며 감회에 젖은 눈으로 고개를 가로저었다. 유독 변덕스러움을 자랑하던 저주와 같았던 날씨와 뭐만 하면 트집 잡기 바빴던 소속사 측과의 의견 충돌로 이래저래 중간에 끼여 정말 죽을 맛이었던 촬영이었었다. 뒤늦게 화보집을 보는 승준의 눈과 입술은 좀처럼 다물어지지 않은 채 연신 감탄을 쏟아 내기 바빴다.

　정말 입이 다물어지지 않는 실력이었다. 화보를 응시하는 두 눈 안에 부러움과 존경심이 강하게 맺혔다. 섹시하다는 게 무조건 벗기면 그만인 건지, 못 벗겨서 안달 났던 진상 소속사가 왜 지금까지 조용한지 이유를 알 것 같았다.

　"이건 진상을 부릴 게 아니라 절을 해야지."

　"벌써 인터넷은 물론 매장에서도 난리 나서 없어서 못 판답니다."

　어질러진 장비를 말끔히 정리하고 퇴근할 준비를 마친 막내 스텝 현수가 옆에서 한마디를 거들자 승준은 그 정도냐는 놀라운 얼굴로 그룹명을 다시 보았다.

　"이닉스? 그렇게 인기 많아?"

　현수의 기막힌 눈동자는 지금 그걸 말이라고 하는 듯 강하게 따지고 있는 것 같았다.

　"형 걱정돼서 하는 말인데 혹시라도 버스나 길 가다 이닉스 욕하지 마세요. 언제 어디서건 공격당할 수 있을 테니까요. 형은 촬영하면서 누군지도 모르고 했습니까?"

　"알지. 알고 말고. 근데 여자 아이돌도 아니고 시커먼 남자 아이돌이 뭐가 좋다고 내 머릿속에 아직 남아 있겠냐? 설마 너도 팬이냐?"

　"여자 친구가 팬입니다."

　당당히 얘기하면서도 어쩐지 시무룩하게 들려오는 대답에

승준은 알 만하다는 얼굴로 혀를 찼다.

"쯧쯧, 팬 사인회 때문에 밤을 샌다는 여자 얘기가 네 여자 친구구나? 그걸 보고만 있었냐? 어이고, 이 한심한 놈아."

"무, 무슨 소리하는 겁니까. 절대 아닙니다!"

현수가 붉어진 얼굴로 발끈 소리치지만 승준은 들은 척도 안 하고 최근에 바짝 깎아 더 밤톨 같은 머리를 세게 쥐어박으며 짓궂게 윽박을 질렀다.

"너 혹시라도 촬영 펑크 내고 네 여자 친구랑 팬 사인회 졸졸 따라가기만 해 봐, 그 즉시 이거야! 알았어?"

"진짜 아닙니다! 제가 거길 왜 갑니까?"

"넌 도시락이라도 싸서 갈 놈이야. 여자 친구 말이라면 간이고 쓸개고 다 빼 줄 놈이 너잖아!"

"그러면 안 됩니까? 제가 사랑하는 여자인데! 저 말고 누가 챙깁니까?"

"얼씨구, 남자 망신 다 시키네. 이 자식아, 넌 내 앞에서 그런 낯 뜨거운 소리 할 때 입안에 가시도 안 생기냐?"

"제 진실한 마음인데 가시가 왜 돋습니까? 가볍게 사시는 형님이나 가시가 돋겠죠."

"오냐, 그 가시에 한번 작살나게 찔려 봐라."

승준이 무게를 실어 장난을 치자 지겨워 죽겠다는 얼굴로 현수가 표정을 구겼다.

"저 퇴근해야 된다고요, 자꾸 저 괴롭히시면 제 결혼식에 초대 안 합니다!"

결혼이라는 느닷없는 소식에 승준이 장난치던 걸 멈추고 현수의 등 위에서 훌쩍 내려왔다.

"결혼? 누가. 네가?"

"네, 저 결혼합니다."

빤한 시선에 쑥스러운지 다시 터질 것처럼 순식간에 얼굴이 붉어졌다. 자신의 결혼이 뭐가 그렇게 충격인지 얼빠져 있는 승준을 두고 현수는 제 백팩에서 청첩장 두 개를 들뜬 마음으로 꺼내 들었다.

"여기 청첩장입니다."

"뭐, 뭐……. 진짜냐? 무슨 결혼을 번갯불에 콩 볶아 먹는 것처럼 해!"

친절히 손에 직접 안겨 준 청첩장을 보고서야 현수의 말이 거짓이 아니란 걸 깨달은 승준은 고개를 힘없이 흔들었다.

"버르장머리 없는 놈. 가장 어린놈이 먼저 가다니, 속도위반이냐?"

"절대 아닙니다! 저흰 아직……. 아무튼 그건 절대 아닙니다."

"아직이라는 건?"

미심쩍은 눈빛으로 눈을 묘하게 자꾸만 피하고 있는 현수에게 얼굴을 기울였다.

"왜, 왜 그러십니까? 아무튼 전해 줬으니 오시든지 마시든지 마음대로 하세요."

"덩치는 산만 해서 삐지기는. 아무튼 축하한다! 벽에 똥칠할 때까지 배터지도록 까 볶아 먹으면서 잘 살아!"

"고맙습니다, 근데 작가님은……."

"네가 줘. 네 청첩장인데 내가 전해 주냐?"

"어……. 그게 청첩장 주기엔 지금 분위기가 좀 그러셔서."

"분위기가 왜."

현수의 곤란한 눈빛을 따라 승준이 고개를 돌렸다. 실의에 빠진 사람처럼 차가운 바닥에 널브러져 담배 연기만 날리고 있는 태인을 발견했다.

"저 형 지금 시체 놀이하냐?"

"그건 아닌 듯합니다."

"일할 때 지랄하는 거 보면 제정신인데 또 저러고 있는 거 보면 정상은 아닌 것 같고, 여자한테 차였나?"

"애인도 없으신데 차일 게 뭐가 있겠습니까? 혹시 어디 아프신 건 아닙니까?"

"아픈 인간이 촬영 때 그 난리를 피우냐? 에잇, 담배 냄새! 이러다 내가 억울하게 다 죽겠네. 아, 형! 담배 좀 그만 피워요!"

너구리 굴을 헤치며 승준이 버럭 고함치자 까칠한 태인의 목소리가 바로 날아왔다.

"지랄 말고 퇴근해."

"살아 있긴 하네. 대체 무슨 번뇌를 안고 혼자 똥폼을 잡고 있는 건데요?"

보다 못한 승준이 현수의 손에 들려 있던 청첩장을 빼앗아 이미 불씨가 꺼진 담배를 입술에 물고 천장만 응시하고 있는 태인을 내려다보았다.

참 완벽한 피사체이긴 하지. 사진 작가보다는 모델이 더 잘 어울릴 것 같은 비주얼을 두고 어쩔 수 없이 승준은 당장 이 모습을 카메라에 담고 싶은 욕구에 손끝이 근질거렸다.

"헛짓하면 당장 잘라 버린다."

너무 노골적인 시선으로 본 탓일까. 귀신같이 그 마음을 눈치챈 태인이 차갑게 경고하자 승준은 무안한 듯 헛기침을 하더니 시큰둥하게 말했다.

"계속 찬 바닥에 누워 있으면 입 돌아가요."

"차라리 입이 돌아가면 괜찮겠지."

"그게 뭔 헛소리예요?"

"개소리다."

"실없긴. 혼자서 똥폼 좀 그만 잡으쇼. 저놈이 겁나서 형 근처에도 못 오잖아요."

“다 귀찮아. 옆에서 알짱거리지 말고 꺼져.”

“벌써 갱년기예요? 이거나 받아요, 현수 청첩장이에요.”

승준이 전해 준 청첩장을 얼떨결에 받아 든 태인의 눈빛이 무섭게 굳어졌다.

이놈의 청첩장 때문어 아직도 그의 마음속은 허리케인이라도 지나간 것처럼 온통 쑥대밭이었다.

이젠 충격과 배신을 넘어 무기력증까지 찾아오고 있었는데 청첩장이 또 손에 들어오자 태인은 담배를 거칠게 빼내며 자리에서 일어났다.

“너, 결혼하냐?”

갑자기 날아온 날카로운 물음에 현수는 취조당하는 사람처럼 몸 둘 바를 모르고 발만 동동 굴렸다.

“네. 저, 저 결혼합니다.”

“현수, 너 몇 살이지?”

형. 제가 뭐 잘못한 거 있어요? 갈수록 서늘하게 올라가는 매서운 눈초리에 현수가 도와 달라는 시선으로 애타게 보지만 승준은 휴대폰을 붙들고 이미 퇴근 준비에 여념이 없어 보였다.

“스물여덟입니다.”

“스물여덟?”

“네, 네!”

맹수한테 붙잡힌 먹잇감이 이런 심정일까. 그저 태인이 두렵기만 한 현수의 몸은 갈수록 경직되고 있었다.

"근데 결혼을 한다고."

"네, 그렇게 되었습니다."

"나이가 몇인데."

또 말해야 하나? 벌벌거리는 입술을 열어 보지만 반복되는 음침하고 살벌한 목소리 앞에 재차 다물어지고 만다.

"나이가 몇이라고……."

시한폭탄을 끌어안고 있는 기분을 만끽하며 현수가 울상을 짓는데 순간 정신을 아득하게 만드는 목소리가 눈앞에서 신랄하게 터져 나와 기겁하고 만다.

"벌써 결혼을 한다는 거야! 빌어먹을, 이놈이나 저놈이나 왜 전부 결혼 타령이야!"

"헉."

가슴이 튀어나올 것처럼 놀란 현수는 바닥에 주저앉아 버리고 덩달아 한참 통화로 작업에 매진 중이던 승준도 놀란 얼굴로 고개를 돌리지만 이미 싸늘하게 닫혀 버린 문만 보일 뿐이다.

❖　　　❖　　　❖

정류장을 떠나려는 마지막 버스를 겨우 잡아탄 채원은 유독 피곤한 얼굴로 빈자리에 힘없이 앉았다. 일도 일이었지만 하루 종일 끈질기게 자신을 뒤쫓던 도한의 시선은 정달이지 참을 수 없을 만큼 피곤하고 질려 버리게 만들었다.

거기다 그로 인해 직원들 입에 안주처럼 씹히는 것도 인내심을 있는 대로 발휘하게 만들었다. 이래서 사내 연애는 하는 게 아니었는데. 아니, 애초에 김도한과 엮이는 게 아니었는데.

이제 와 부질없는 후회가 매번 똑같이 밀려오며 채원은 창문에 힘없이 머리를 기대었다.

"안 되겠어. 당을 섭취해야지."

다운된 기분을 참을 수 없어 가방을 연 다음 양갱 하나를 꺼내 들었다. 피곤할 때 습관처럼 먹던 양갱은 채원이 어릴 때부터 유일하게 좋아하던 간식이었다. 포장지를 얼른 벗겨 내자 갈색으로 반질반질 윤이 나는 양갱이 모습을 드러냈다. 참지 못하고 급하게 한입 베어 물고 나니 달콤함에 얼굴이 저절로 활짝 펴졌다.

"하. 살 것 같아."

목 안에서 퍼지는 단맛을 음미하다 문득 자신과 같은 표정을 짓던 한 사람을 떠올렸다.

"곧 아줌마 기일이게."

목소리에 진한 그리움이 묻어났다. 채원은 창밖으로 빠르게 지나가는 불빛을 쓸쓸하게 응시했다. 태인의 엄마였지만 자신에게도 지원은 엄마나 마찬가지였다. 아니, 엄마였다. 그냥 무의미하게 습관처럼 오물거리던 양갱을 정말 좋아하게 된 것도 다 지원 때문이었다.

갓난쟁이 때 집을 나갔다던 기억에도 없는 엄마와 집을 비우기가 일상이었던 아빠. 그 사이에서 사랑도 보살핌도 모르고 자란 아이는 늘 혼자인 게 당연했었고 익숙했었다.

지원을 처음 본 날도 여느 때와 똑같은 날이었다. 기척도 없이 왔다 다시 집을 비운 아빠가 놓아둔 지폐 몇 장을 들고 마트로 가 양갱과 함께 밥과 먹을 수 있는 것들을 사고 집으로 돌아와서는 혼자서 TV를 보고 있는데 초인종 소리가 울렸다.

집에도 잘 들어오지 않는 아빠였지만 그래도 자식은 자식이었는지 가끔 볼 때마다 모르는 사람에겐 절대 문 열어 주지 말라며 술 주정 속에서도 당부를 남겼었다. 그래서 오도카니 앉아 양갱만 베어 물며 TV만 보고 있는데 밖에서 나긋한 목소리가 들려왔다. 들어 본 목소리였다.

"안녕?"

현관 쪽으로 달려가 발끝을 들어 인터폰을 확인하니 얼마 전 옆집으로 이사 온 예쁜 아줌마, 지원이었다. 잠금장치를 풀고 문을 열어 보니 제일 먼저 싱긋 웃는 미소가 보였다. 입고 있는 하늘하늘한 블라우스처럼 몹시 해사한 미소였다. 어린 눈엔 마치 동화 속 선녀 같았다.

"안녕하세요."

지원은 인사를 하는 채원의 머리를 부드럽게 쓰다듬어 주었다. 그 낯선 손길이 너무 상냥하고 다정해 어린 채원은 움츠러들기보단 빤히 얼굴만 올려다봤었다.

"앞으로 아줌마가 옆집에 살게 되어서 인사하러 왔는데, 이렇게 깜찍하고 예쁜 꼬마 아가씨가 있는 줄 몰랐네? 잘 부탁해."

볼이 패이게 웃는 지원의 얼굴을 보며 심장이 콩닥거려 채원은 그녀가 건넨 떡이 담신 접시를 힘주어 꼭 잡았다.

"고맙습니다."
"인사도 예쁘게 잘하네. 천천히 물 마시면서 꼭꼭 씹어서 먹어. 알았지?"

엄마가 하는 말이었다. 아니 항상 보던 드라마에서 엄마가 딸에게 하는 말이었다. TV에서나 듣던 생소한 말을 직접 들으니 어떻게 반응해야 할지 몰라 꾸벅 인사만 하고 바로 문을 닫아 버렸었다.

떡이 담긴 쟁반을 식탁 위에 올려 두고 TV앞에 다시 앉았지만 채원은 먹다 만 양갱도 먹지 못한 채 산만하게 눈동자만 굴렸다. 그러다 봉지 안에 가득 담긴 양갱을 보며 갈등을 했다.

어려도 사람들의 시선이 어떤지, 자신을 어떻게 보는지 잘 알았다. 사람들은 언제나 딱하다며, 불쌍하다며 다가오는 듯했지만 막상 자신이 다가가면 멀리하고 경계했다.

"엄마, 쟤랑 왜 놀면 안 돼?"
"그냥 안 돼. 기분 나쁘니까 같이 놀지 마."

아이를 데리고 돌아서며 힐끗 돌아보던 아줌마의 눈초리는 여느 때와 같이 이상할 게 없었다. 그래서 아무렇지 않았다.

"무슨 애가 감정도 없는 인형 같다니까."

"보고 있으면 꺼림칙해."

꺼림칙한 게 무슨 말인 줄도 몰랐지만 날카로운 눈초리에 방어하듯 작은 몸집은 언제나 한껏 위축되어 있었다. 외롭지도 쓸쓸하지도 눈물이 나지도 않았다.

철저한 무관심과 방치 속에서 할 수 있는 거라곤 자신을 감싸고 있는 벽을 점점 견고하게 굳혀 혼자만의 세상을 만들어 가는 것뿐이었다. 그렇게 점점 상처를 받고 있는지도 모를 만큼 감정은 서서히 결핍되고 무뎌져 있었다.

그런데 지원을 만나고 난 후 자꾸만 얼굴과 몸이 멋대로 움직였다. 인사를 하는 것도 모두 드라마를 보고 따라 한 것뿐인데 그녀는 참 착하다며 머리를 쓰다듬어 주었다. 처음이었다. 누군가의 손길을 느낀 것도 그런 포근함과 따뜻함을 느낀 것도 모두 다 처음이었다.

결국 몇 번이고 현관문을 초조하게 보며 엉덩이를 들썩거리다 봉지 안에 가득 들어 있던 양갱을 접시 위로 한 움큼 올려 후다닥 달려 나갔다.

정말 선녀가 아닐까 싶을 정도로 창턱에 팔을 걸친 채 햇빛 아래 서 있는 지원은 창백하고 가녀렸다. 그리고 그 속에 서린 눈빛과 표정은 마른 가지처럼 너무 연약하고 금방이라도 부서질 것같이 슬퍼 보였다.

진짜 하늘로 올라갈 것만 같아 불어오는 바람에 나풀나풀 날리는 치맛자락을 꼭 잡고 말았다. 돌아보는 지원은 웃고 있지 않았다.

그럼에도 치마를 붙들고 있는 자신의 손은 고집스럽게 매달려 있었다.

그런 채원을 두고 지원은 한참을 어딘가 응시하더니 천천히 고개를 돌려 떨고 있는 손을 마주 잡아 주며 젖은 눈빛으로 가까이 다가왔다.

"양갱이네. 아줌마 주려고 갖고 왔니?"
"기브 앤 케이크랬어. 그러니까 이거 아줌마 줄게요."

소리 내어 웃는 지원의 앞에서 웃지 못했다. 대신 손을 들어 야윈 뺨으로 흐르는 눈물을 닦아 주었다.

"아줌마 아파?"
"안 아파."

하지만 눈물은 멈추지 않았다. 어떡해야 될지 몰라 하루 종일 켜 놓고 있던 TV 안에서 항상 보던 드라마 속 엄마라는 사람을 따라하고 말았다.

뭔가 잘못된 건지 목을 끌어안고 있는 짧은 두 팔이 흔들릴 만큼 어깨는 떨리고 도덜미는 눈물로 젖어 갔다.

"괜찮아."

누구에게 향한 말인지 모를 속삭임이 계속, 계속 주문을 외우듯 파고들었다.

"괜찮아."

그래서 지원을 따라 말했다. 잦아드는 목소리 대신 자신이 계속 말해 주었다.

"괜찮아."
"그래. 응."
"괜찮아, 아줌마."
"응. 고마워."

그때 더 이상 둥이 굽어지지 않게 강하게 끌어안아 주던 지원의 품은 저릿할 만큼 아프고 좋았었다. 그 후로 함께 먹는 양갱은 눈물이 나올 정도로 달콤하고 맛있었다.

지금보다 훨씬. 아주 훨씬, 더 많이. 두 눈에 담기엔 너무 많은 추억들 사이에서 헤매던 눈동자가 다시 현실로 돌아오며 채 정리되지 못한 감정의 잔해에 잔잔하게 흔들렸다. 하지만 채원은 그럴수록 먹던 양갱을 씩씩하게 한입 베어 물며 힘을 내었다.

아직도 지원의 부재는 씻을 수 없는 슬픔으로 남았지만 그녀와 함께했던 추억은 자신의 인생에서 가장 반짝이고 행복했던 때였으니까. 곧장 입안에서 퍼지는 진한 단맛을 느끼며 채원은 웃었다.

괜찮아.

지친 마음을 쓸어 주는 목소리가 신기하게도 어디선가 들려오는 것 같아서.

"저기서 뭐하는 거야."

추워서 거의 뛰다시피 걸어온 채원은 아파트 입구를 지나쳐 살고 있는 동 앞으로 걸어가다 미동도 없이 가만히 서 있는 태인의 뒷모습을 발견했다. 순간 장난기가 발동한 채원은 짓궂은 웃음을 짓더니 기척 없이 빠르게 다가갔다.

혼자만 시간이 멈춘 듯 태인은 암흑처럼 깔린 제 마음처럼

아직도 불이 꺼져 있는 채원의 방만 하염없이 보고 있었다.

지금도 그 자식이랑 있겠지? 그렇게 좋냐, 그놈이? 닫힌 입술 대신 움켜쥔 주먹에만 청승맞게 힘이 들어갔다. 그러다 이게 다 뭐하는 짓인지 짙은 자괴감이 덮쳐 비틀어진 웃음만 허무하게 내짓다 충동적으로 속마음을 내뱉고 만다.

"죽겠다."

"그래. 얼어 죽겠다."

뒤에서 불쑥 튀어나온 목소리에 놀랄 틈도 없이 채원의 무릎 힘에 무방비한 몸이 앞으로 쏠려 버렸다. 하지만 금방 중심을 잡은 태인은 곧장 뒤돌아 속도 모르고 해맑은 표정을 짓고 있는 채원을 노려봤다.

"감당도 못하는 게 건드리지."

"감당할 수 있으니까 건드렸지. 동상이라도 걸린 줄 알았는데 뭐 멀쩡하네."

채원이 뿌연 입김을 내뿜으며 추위에 덜덜 떨리는 목소리로 말하자 미간을 찌푸리며 시계를 들여다본다.

"10시 반까지는 들어오랬더니 11시가 다 돼서 들어와? 시간 개념 없어?"

"그나마 개념이 꽉 찼으니까 그 뭐 같은 성질 다 받아 주고 이렇게 꼬박꼬박 대꾸도 해 주는 거야. 다른 사람 같았으면 진즉 나가떨어졌어"

오늘 아침 일을 떠올리며 목소리에 잔뜩 감정을 실어 말하자 태인은 뚱딴지같은 딴소리를 했다.

"너, 나한테 할 말 없어?"

"무슨 말?"

"아, 왜 이래!"

차가운 뺨이 기분 좋게 손에 잡혔다. 금방이라도 터질 것 같은 감정이 진하게 맺혀 있었지만 음울 진 시선은 결국 다른 말을 내뱉었다.

"그거, 내 앞에 데리고 와 봐."

그래. 같이 있는 모습을 눈앞에서 보면 그러면 어쩔 수 없이 포기가 될 것이다. 그럴 것이다. 그래야 한다. 그렇게 태인의 눈빛이 절박하게 말하고 있었다.

"뭘 데리고 와?"

채원이 영문을 모르겠다는 표정으로 붙잡힌 얼굴을 짜증스럽게 흔드는 동시에 차가운 손이 힘없이 떨어져 나갔다.

손끝에 남아 있는 온기를 움켜잡고 어둠 속에서 실망한 눈빛이 그녀를 비난했다. 앞뒤 다 잘라 먹고 말하는 '그거'라는 단어가 무엇을 가리키는지도 몰라 채원도 억울한 얼굴로 똑같이 쏘아보았다. 그때 갑자기 잠시 잊었던 무언가가 머릿속을 치며 곧 제 불찰에 고개를 끄덕였다.

"맞다! 이걸 말하는 건가? 아침에 주고 간다는 걸 까먹고 그냥 갔지. 여기 있을 텐데. 잠시만."

황망한 시선으로 자신을 보고 있다는 것도 모르고 차원은 들고 있던 가방에서 청첩장 하나를 꺼내 들어 불쑥 건넨다.

"자."

"……."

"뭐해, 안 받아?"

얼른 받으라는 재촉에 끝내 받고 만 태인의 손등에 힘줄이 불거졌다. 외면하고 싶은 현실에 좀 전 다짐은 어디 가고 당장 도망치고 싶었다.

"결혼이 남 일이냐?"

"친구 일이지."

"뭐?"

"세정이가 오빠한테 전해 달래. 더불어 축의금도 두둑하게 하길 바란다고. 그럼 난 추워서 이만."

뭐? 세정? 세정이라고? 그대로 얼어붙은 눈동자 속으로 혼자 신나게 아파트 안으로 들어가고 있는 채원의 뒷모습을 멍하니 담는다. 그럼 오채원이 결혼하는 게 아니……. 생각이 끝나기도 전에 거의 손에 반쯤 구겨지고 있던 청첩장을 떨리는 숨보다 더 빠르게 펼쳐 보았다.

신부 한세정

하. 막혀 있던 숨이 한꺼번에 터지며 허공에 입김이 번졌
다. 보고 또 봐도 눈에 정확히 들어오는 신부의 이름은 오채
원이 아니라 한세정이었다. 그래도 믿을 수 없어 한참을 몇
번씩이나 보고 있던 태인은 맥이 탁 풀려 버리며 바람 빠진
웃음을 싱겁게 내뱉었다.

"그래, 아직은 아니지. 아직은……. 아니었어."

입술을 감싸며 고개를 돌리지만 웃음은 미친놈처럼 새어
나왔다.

❖　　　❖　　　❖

그 후로 며칠 뒤. 9시가 넘어 채원이 일하는 서점 앞에 도
착한 태인은 주차장에 차를 주차시키고 채원을 기다리는 중
이었다. 엄마 지원의 기일이 코앞으로 다가와 있었다. 장을
보러 같이 가자던 채원의 부름에 광고 지면 촬영 계약 건과
콘셉트로 긴 미팅을 마치고 바로 달려온 터였다.

요즘 빡빡할 정도로 많은 촬영 스케줄을 바쁘게 소화하느
라 태인의 얼굴엔 어쩔 수 없는 피로감이 물들었지만 표정은
어느 때보다 밝았다.

"아직 안 마친 건가."

시계를 보니 퇴근 시간은 다 된 것 같았다. 올 때까지 잠깐 눈 좀 붙이자는 생각으로 뻑뻑한 눈을 감았다. 하지만 눈만 감았지 좀 전 유독 흥분해 있던 채원의 목소리가 떠올라 그의 정신은 잠을 거부하고 있었다.

고마웠다. 혼자 가야 했을 그곳을 항상 함께 가 준 것도 고마웠고 무엇보다 지원을 기억하고 생각해 주는 마음이 말할 수 없이 고맙고 또 고마웠다. 지원도 자신보다는 채원을 더 보고 싶어 할 것 같아 짧은 웃음이 스쳤다.

처음으로 근심 없이 밝고 환하게 웃던 지원과 그런 지원을 따라 웃어 보이던 어린 채원의 모습이 머릿속에 그려졌다. 둘을 무관심한 척 따라다니면서 친밀한 두 사람의 관계에 소외감이 느껴질 만도 했지만 태인은 모녀 같은 두 사람의 모습을 보고만 있어도 행복했다.

끝나지 않을 것만 같던 무수한 기억들을 두고 한결 가벼워진 눈을 천천히 뜨는데 시야 속으로 채원이 보였다. 눈빛이 부드럽게 펴지기도 전에 채원을 붙잡는 남자가 눈에 들어왔다. 아마도 사귀는 남자인 것 같았다. 미미한 한 줄기의 빛이 소리 없이 다시 꺼지더니 무엇을 봤는지 태인은 차 문을 거칠게 열고 나갔다.

❖　　　❖　　　❖

“언니, 수고했어요.”

“어, 너도.”

“다음 주에 봐요.”

약속이 있는지 몸매가 고스란히 드러나는 타이트한 원피스를 입고 화장까지 고친 선아가 발랄하게 인사를 하고 탈의실을 빠져나갔다. 짧은 시간을 두고 그새 모든 직원들이 나가자 탈의실에는 썰렁한 정적이 감돌고 그제야 한숨 돌리겠다는 얼굴로 채원은 뒤늦게 유니폼을 갈아입었다.

“왔겠네.”

상의를 바꿔 입으며 시계를 확인하니 태인이 왔을 법한 시간이었다. 마트 가서 장까지 봐야 했기에 행동이 빨라지는데 아직 퇴근을 안 했는지 이지경 팀장이 탈의실 안으로 들어왔다.

“자기, 아직 안 갔어?”

“지금 가려고요.”

가방까지 확실히 들어 보이며 의사를 보였지만 이미 팀장의 두 다리는 탈의실 안으로 입성하고 있었다. 안 들어도 뻔한 내용이 벌써부터 귀에 딱지처럼 앉기 시작한 것 같아 채원의 눈매가 절로 짜증스럽게 올라갔다. 그리고 역시나 한 치의 어긋남도 없이 그녀의 말이 들려왔다.

“힘들지, 채원 씨.”

또다시 안쓰러워 죽겠다는 얼굴을 하고 있는 팀장을 지켜 보던 채원은 갑자기 가방에서 수첩 하나를 꺼내 들었다.

“뭐해, 채원 씨?”

“팀장님, 제가 신기해서 한번 세어 봤는데요.”

“응?”

“팀장님이 요즘 저한테 괜찮아? 힘들지? 라고 물은 게 몇 번인 줄 아세요?”

“으응?”

안경 속 팀장의 무지한 눈이 깜박였다.

“총 95번이네요, 곧 100번 채우시겠어요.”

“그, 그걸 왜 세고 있어?”

“신기해서요. 헤어진 지 한 달이 넘었는데 계속 이러시니까 신기할 수밖에 없네요.”

“참, 채원 씨도 엉, 엉뚱하단 말이야. 호호.”

특유의 간드러진 웃음을 어색하게 쏟아 내며 예상되는 레퍼토리를 떠들기 시작했다.

“설마, 화났어? 난 자기가 그만둘까 싶어서 그런 거지, 자기만큼 똑 부러지게 일하는 사람이 어디 있어? 자기 그만두면 진짜 난감하단 말이야. 또 새로운 사람 구하고 교육시키는 게 얼마나 힘든데. 여기서 꽤 오래 일했잖아? 올해가 7년

째지?”

변화 없는 표정을 본체만체한 팀장은 오지랖 넓은 제 감정에 빠져 촉새 같은 입술을 멈추지 못했다.

“이봐, 7년이면 얼마나 노련한 거야. 아무튼 난 그게 걱정되고 또 같은 여자로서 자기 안쓰러운 마음에 그랬던 거지. 절대 다른 이유가 있어 그런 게 아니니까 오해하지 마. 이래서 사내 연애는 여자가 손해라니까.”

“그럼 팀장님 때문에 나가는 일 없도록 앞으로 그런 말은 자제해 주세요.”

“어? 어…….”

입으로는 수긍하지만 슬슬 삐뚤어지고 있는 입 모양을 보니 당분간은 저 끝도 없는 오지랖과 아낌없는 관심에서 제외될 것 같았다.

워낙 남 얘기를 좋아하는 사람이라 이렇게라도 말하지 않으면 아마 한도 끝도 없이 계속 물고 늘어질 것이었다. 그런 점 때문에 직원들이, 특히 사내 커플들이 팀장을 유독 기피하는 건데 정작 본인은 그걸 전혀 모르고 있으니 답답한 노릇이었다.

채원은 서둘러 태인에게 가기 위해 벌써 팔짱을 끼고 ‘나 삐졌다’는 기운을 팍팍 풍기고 있는 팀장에게 태연히 말했다.

“그럼 전 이만 퇴근하겠습니다.”

“그래요, 오채원 씨. 쉰다고 너무 나태해지지 말고 다음 주에 늦지 않게 제때 출근하세요.”

“네, 그럼.”

쌀쌀맞게 돌변한 호칭에도 채원은 짧은 인사와 함께 잽싸게 문을 열고 나갔다.

1층으로 내려가기 위해 엘리베이터 앞에 서서 시간을 확인하는데 언제 이렇게 시간이 지나갔는지 만나기로 한 때보다 15분이나 지나 있었다.

“안 온 건가.”

지금쯤이면 왜 아직 안 내려오냐며 성질을 부리고도 남았을 텐데 웬일로 휴대폰은 잠잠하기만 했다. 하긴 또 무슨 심경의 변화인지 요즘 기분이 괜찮아 보이는 태인이었다.

오락가락 멋대로 움직이는 감정 변화에 이젠 이상할 것도 없는 채원은 그래도 좋은 게 좋은 거라고 쭉 이 상태로만 가길 바라며 엘리베이터에 올라탔다.

그때 뒤를 따라 누군가 황급히 엘리베이터 안으로 들어서자 곧장 채원의 표정이 굳어졌다.

“채원아.”

젠장. 도한을 무시하며 빠르게 내려가는 층수만 뚫어져라 응시했다.

“우리 잠깐 얘기 좀 하자, 어?”

채원의 무시에 도한이 답답함을 드러내며 언성을 높였다. 팔이 잡히자 채원은 단칼에 뿌리쳤다.

“끝난 지가 언제인데, 우리가 무슨 사이라고 얘기를 해요?”

“난 있어! 최소한 내 변명은 들어 봐야 하잖아.”

“이미 한 달 전에 다 끝났어요. 이제 와 변명 따위 들을 이유도, 필요도 없어요.”

때마침 엘리베이터 문이 열리자 제발 내 말 좀 들어 보라며 구질구질하게 붙잡는 도한을 두고 채원은 매몰차게 나와 버렸다. 하지만 이내 도한이 채원의 앞길을 막자, 할 수 없이 가던 걸을 포기하고 삐딱하게 그를 올려다보았다.

“무슨 변명?”

싸늘한 목소리가 날카롭게 울려 퍼졌다. 도한이 입술을 떼기도 전에 그녀의 입에서 먼저 냉소적인 말들이 가차 없이 날아와 입술을 막아 버렸다.

“외로워서 다른 여자의 품이 그리웠다고 말하고 싶었나? 아님 내가 혹여 질투라도 해 주길 원해서 한가해와 붙어먹었다고. 이것도 변명이라고 추접스럽게 지껄이고 싶은 거예요, 설마?”

“난, 난! 그래. 한가해는 미안해. 잘못했어. 하지만 마음은 아니야! 한가해 혼자 일방적인 마음이야. 그 여자가 날 작정하고 꼬드긴 거라고. 난 그 여자한테 절대 아무런 마음 없어!"

"내가 얼마나 등신처럼 보였으면 아직도 이런 소릴 잘도 지껄이는지 모르겠네."

"끝났어. 정말이야! 나한테 너밖에 없어, 채원아."

이미 끝났다고 무시하려 했지만 도저히 저 뻔뻔스럽고 가증스러운 말은 안 그래도 더럽던 기분에 오물을 투척하는 것 같았다. 기억이란 건 이럴 때만 참 쓸모없는 것이었다. 채원은 자신을 봤음에도 비웃듯 붙어서 떨어질 줄 모르고 온몸을 주무르며 키스를 나누던 추악한 얼굴을 똑똑하게 기억했다.

"이봐요, 김도한 씨. 난 티끌만큼도 당신한테 마음 없으니까 나한테 이러지 말고 제발 너 좋다는 다른 여자들이랑 구워 먹든 삶아 먹든 알아서 놀아요. 귀찮게 하지 말고!"

"따지고 보면 나도 잘한 거 없지만 너도 잘한 거 없잖아."

굽히고 나가던 도한의 모양새가 달라졌다. 짜증나는 눈빛으로 메고 있던 넥타이를 신경질적으로 끌어당기더니 짧은 욕설을 내뱉었다. 그런 모습을 똑똑히 지켜보며 채원은 싸늘한 웃음을 지었다.

"나만 맨날 네 뒤꽁무니 쫓았지. 실은 나 사랑한 적 없잖아? 어떡하면 헤어질까 맨날 그 구실만 잡고 나 만나는 거

모를 줄 알았어? 드디어 원하는 대로 헤어지게 됐는데, 내심 좋았던 거 아냐?"

"맞아요. 원하는 대로 되어서 아주 좋아 죽겠으니까 그만 초 쳐요."

"역시 넌 날 사랑하지 않았어."

기가 차서 실소밖에 나오지 않았다. 도대체 무슨 정신으로 저렇게 당당하게 사랑을 운운하는지 채원은 어이없는 목소리로 반문했다.

"사랑? 그럼 네가 한 건 사랑이었니? 사랑이 그딴 거면 평생 사랑 같은 거 너 때문에 안 하게 될 테니 오히려 내 쪽에서 고마워 절이라도 해야 할 판이네."

"야!"

"머리는 뒀다 뭐하니? 시간 있으면 지난 시간 동안 네가 한 짓들 좀 제대로 돌아봐. 유치하고 비열해서 더 이상은 못 봐 주겠으니까."

"이게 보자 보자 하니까 뭐가 잘났다고, 어어! 너, 코피!"

흥분한 가슴을 들썩이며 버럭 고함을 지르던 도한이 채원의 인중으로 떨어지는 붉은 액체에 소리를 질렀다. 가지가지하네, 진짜. 평소 흘리지도 않던 코피가 왜 이때 터져 버리는지 코밑으로 손을 가져가는데, 순간 눈동자에 불꽃이 튀기며 다가오는 손을 야멸차게 뿌리쳤다.

"가만히 있어 봐! 일단 피는 멈춰야 할 거 아니야."

"내가 알아서 해."

"거봐. 너도 잘한 게 없으니까 코피가 다 나잖아."

뒷목이 진심 뻐근하지 당겨 왔다. 대꾸할 가치도 없어 도한을 한심하게 쏘아보는데 그 빈틈을 제멋대로 착각한 도한은 다시 끈질기게 손을 뻗었다. 그 순간 뒤에서 억센 힘이 그의 팔을 빠르게 낚아채 꺾어 버렸다.

"뭐, 뭐야, 너? 이거 안 놔? 너 뭐 하는 새끼야!"

"그건 너 새끼가 알아서 뭐 하시게."

채원의 코에서 흐르는 붉은 피에 태인의 눈에 불길이 치솟았다. 둘이 같이 나오는 모습에 잠깐 들떴던 가슴이 곤두박질치더니 남자가 손을 치켜드는 모습에 이성이 한순간 박살 났었다.

당장이라도 분노가 치밀어 오르다 못해 눈앞에 있는 놈을 있는 대로 짓밟아 버리고 싶었지만 채원이 먼저였다.

"그냥 차에 있지. 왜 나와."

코맹맹이 소리로 신경질을 부려 보는데 정말 화난 듯 차가운 시선과는 다르게 조심성 있는 손길이 아무 말 없이 그녀에게 다가왔다. 그때 뒤에서 기습적으로 우악스런 손길이 뻗어 왔다.

"이 새끼가! 내가 먼저 물었잖아. 너 누구냐고!"

일은 순식간에 일어났다. 채원이 고개를 드는 순간 도한이 보란 듯 태인의 얼굴로 주먹을 날린 것이다. 갑작스럽게 벌어진 상황에 코를 부여잡고 있던 손수건을 내린 채원은 놀란 얼굴로 태인을 쳐다봤다.

"코 제대로 막아. 피 흐르잖아."

그 와중에도 채원에게서 시선을 떼지 않는 태인이었다. 하지만 채원은 말을 듣지 않은 채 굳은 얼굴로 태인에게 다가갔다. 그때 뒤에서 도한이 강하게 잡아채며 윽박질렀다.

"오채원, 저 새끼 뭐야? 헤어진 지 얼마나 되었다고 그새 딴 놈이 옆에 붙어 있어?"

어쩐 일인지 잡힌 팔을 그냥 냅두고 채원이 눈앞의 도한을 응시하자 도한은 자신도 모르게 뒷걸음질을 쳤다. 어쩐지 방금 전 마주쳤던 눈빛과 닮아 순간 기가 눌린 도한은 이내 다시 비틀리는 속을 참지 못하고 이죽거렸다.

"뭐, 너도 별반 나랑 다를 게 없네. 난 세상에 둘도 없는 더러운 놈 취급하더니 정작 너도 뒤에선 딴 놈 품에……! 억!"

채원의 돌발 행동을 보며 놀란 것도 잠시, 태인은 제 귀를 의심하고 만다.

헤어졌다고? 귀를 의심하게 하는 소리에 태인은 분노를 잠시 멈추고 채원을 보는데 커다란 목소리가 울려 퍼졌다.

“그래! 헤어졌는데 내가 이놈을 만나든 저놈을 만나든 그게 너랑 무슨 상관인데!”

선명히 파고드는 확인 사살이 온몸을 전율하게 만들었다. 암흑처럼 꺼지던 머릿속이 섬광처럼 일순간 번쩍하며 참을 수 없는 은밀한 미소가 지어졌다. 채원을 두고 말 같지도 않은 개소리를 더 이상 들을 필요도 없이 도한에게 다가가는데 채원이 막아섰다. 혹시 하는 생각으로 눈빛을 굳히는데 입술에서 기막힌 탄성이 짧게 나왔다.

어디서 저런 무지막지한 힘이 나왔는지 우스꽝스럽게 바닥에 쓰러진 채 도한은 말도 못하고 제 손목을 돌리고 있는 채원을 보며 삿대질을 했다.

“너, 너……!”

“한 대 더 맞고 싶으면 어디 계속 지껄여 봐.”

여자에게 이런 대접을 받는 것도 맞은 것도 처음인 도한은 얼마나 분한지 채원을 무섭게 노려보는데 일순간 표정에 당황함이 묻어났다. 태인이 다가올수록 도한은 자신도 모르게 주저앉은 엉덩이를 뒤르 물리고 만다.

“누구야? 채, 채원이랑 무슨 사이야!”

“봤잖아.”

뒤에선 채원을 향해 고개를 까닥하더니 태인은 씩씩거리고 있는 도한에게 다가가 고개를 내려 낮게 깔린 독소리로 말했다.

"죽고 못 사는 사이지."

웃고 있는 얼굴을 보며 왜 간담이 서늘해지는지 전신에 소름이 돋는 것 같았다. 풍겨지는 위압감에 도한은 새어 나오지 않는 목소리 대신 입술만 뻥긋거리다 결국 줄행랑을 쳤다.

"싸움 자, 잘해서 좋겠다, 이 새끼야!"

어떻게 저런 놈을 사귀었는지. 태인은 그저 기가 막힐 따름이었다. 헛웃음도 나오지 않아 황당하다는 듯 채원을 바라보았다.

굳이 보지 않아도 어떤 눈을 하고 있을지 짐작하고도 남았다. 채원이 할 말 없다는 표정으로 돌아서는데 뭔가 마음에 안 드는지 시선을 삐딱하게 들었다.

"뭐가 좋아 웃어?"

"헤어졌어?"

"그게 웃겨?"

"웃기진 않고, 좋다."

"참 고소해 죽네. 보기 안쓰러울 지경이니까 그냥 참지 말고 웃지 그러냐?"

"그래도 돼?"

"언제는 묻고 좋아했어?"

그러자 태인은 진심이었는지 유쾌하게 웃기 시작했다.

내가 헤어진 게 저만큼 기쁜 일인가? 소리까지 내어 웃는 태인을 보며 슬슬 기분이 나빠 오는데 아니다 다를까, 아! 하고 짧은 신음 소리가 들려왔다.

"그러게 터진 입술로 웃긴 왜 웃어?"

웃음이 잦아든 얼굴로 제 입술을 보고 있는 채원을 내려다본다.

"뭐하는 짓이야?"

"그냥 피를 보니 오처원이 갑자기 섹시하게 보여서."

"미쳤네."

입술 위 인중에 멈춰 있던 손가락을 밀어 버리며 손수건으로 코와 입술까지 감싸 버렸다.

"입술도 피 나는 건가."

"흥."

"문질러 줘?"

장난기를 담은 눈빛이 어둠 속에서 진심으로 변하며 손을 뻗어 오자 채원은 기겁하며 차가 서 있는 곳으로 총알같이 뛰어갔다.

그런 뒷모습을 흥미롭게 지켜보던 태인은 입술 느낌이 그대로 남은 손끝을 제 입술에 짧게 쓸고는 낮지만 선명한 목소리로 읊조렸다.

“이제 시작이다, 오채원.”

짙어진 마음만큼이나 진해진 미소가 붉어진 입술 위로 각
오처럼 맺혔다.

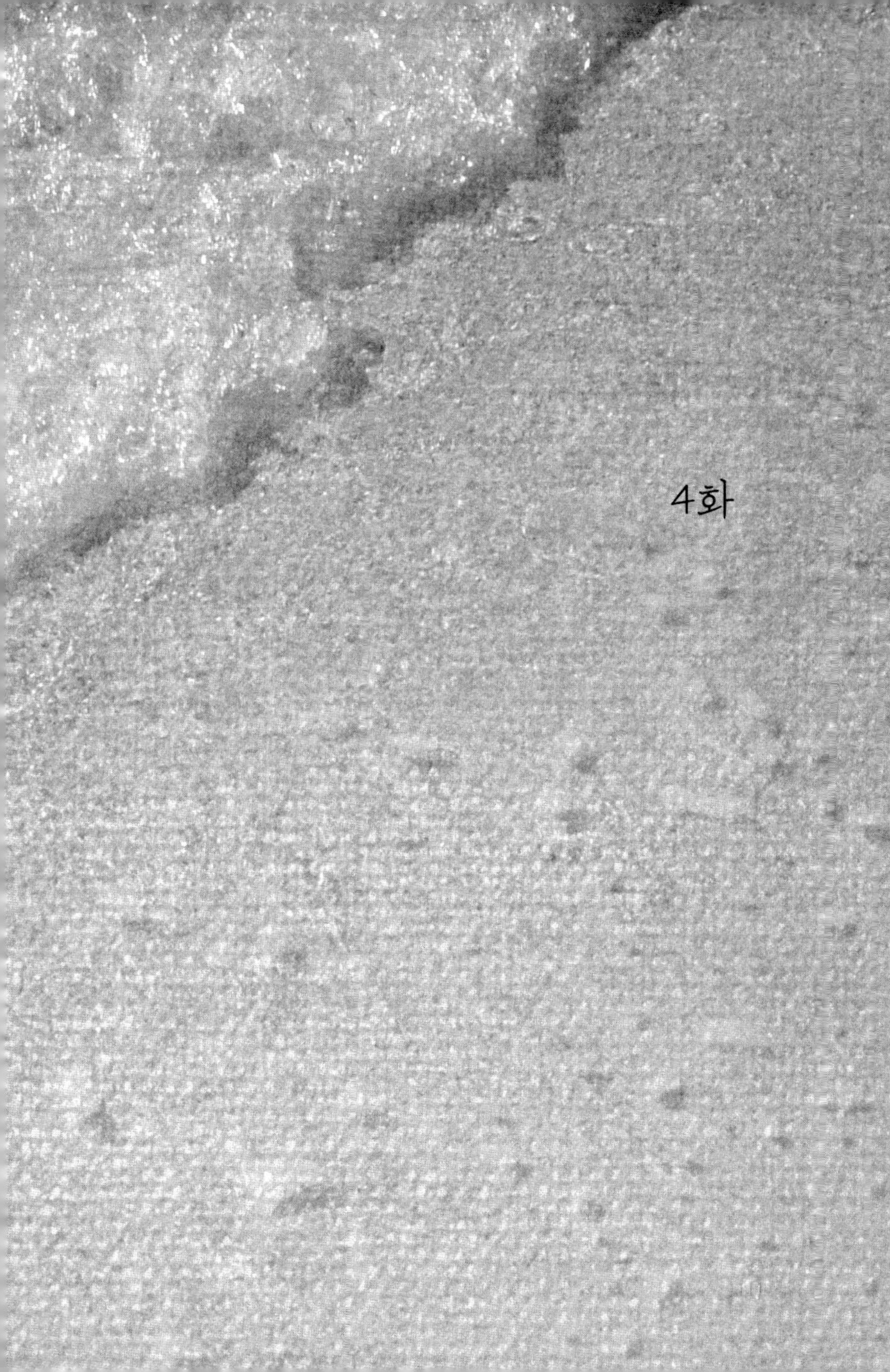
4화

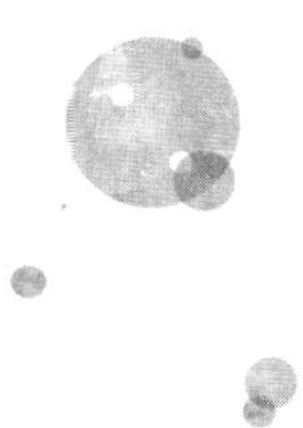

시계 바늘이 정오가 다 되어 가도록 블라인드가 내려진 채 원의 방은 아직도 한밤중이었다.

그 와중에 무슨 일이 있어도 삼시 세끼는 꼭 챙겨 먹어야 하는 원칙 탓에 아침을 든든히 차려 먹은 배는 이불 속에서 통통하게 불려진 채였다.

그렇게 간만에 누구의 방해도 없이 꿀잠을 자던 중 거침없는 걸음 소리와 함께 난데없이 방문이 활짝 열렸다.

"잠 귀신이 붙었나."

아직도 자고 있을 줄을 몰랐던 태인은 간편한 외출 차림으로 방 안으로 들어오더니 침대에 한 몸처럼 붙어 잠들어 있는 채원을 발견하고 이불을 휙 걷어 버렸다. 다행히 오늘은 목 부분이 전혀 늘어나지 않은 병아리처럼 노란 트레이닝 복을 입은 채원이 한껏 늘어져 있었다.

"자다가 굳어 버린 거 아니야?"

배에다 두 손을 모은 채 정자세로 잠들어 있는 참으로 고집스러운 자세에 입술이 저절로 올라갔다. 별게 다 귀여워 보이네. 바보처럼 입술이 벌어졌다.

"단무지 같은 게."

상체를 기울여 손가락으로 통통한 뺨을 짓궂게 쿡 찔러 보았다. 자신의 마음도 모르고 속 편하게 잠들어 있는 채원이 얄미웠을까. 이번엔 촉감 좋은 말랑한 뺨을 살짝 집어 흔들었다.

마치 찹쌀떡을 만지는 것같이 손을 뗄 수 없는 느낌이 손끝을 타고 오르자 태인은 침대 앞에 한쪽 무릎을 굽히고 본격적으로 채원의 볼을 요리조리 만지기 시작했다.

하지만 애석하게도 별안간 귀신같이 번쩍 뜨인 눈에 좋은 시간은 아쉽게 끝나고 만다.

"죽을래?"

잠에 덜 깬 걸걸한 목소리조차 옥구슬처럼 청아하게 들리다니 미쳐도 단단히 미친 것 같았다. 한편 채원은 여전히 제 볼을 늘어지게 붙잡고 있는 태인을 날렵한 눈초리로 쏘아보기 바빴다.

"깨워 줘도 난리냐."

"이게 뭐가 깨우는 거야. 자기 만족에 날 괴롭히는 거지."

"괴롭히는 것도 다 애정이지. 너만 보면 없던 애정도 솟는 걸 어쩌겠냐? 그만 뱁새눈 하고 일어나."

"그딴 애정 이쪽에서 거부하니까 내 방에서 퇴장이나 해."

귀찮게 하지 말라는 얼굴로 아직도 미련을 떨치지 못하고 근처에 맴도는 손을 떨쳐 내며 채원은 눈을 감아 버렸다.

정말 잠 귀신이라도 붙었는지 자도 자도 끝도 없이 눈꺼풀이 무겁게 내려앉아 머리만 눕혔다 하면 잠이 밀려왔다. 한동안 이래저래 몸도 정신도 피곤했던 탓인지 옆에서 태인이 무슨 짓을 하든 말든 채원은 오로지 잠만 생각하며 아래로 밀려난 이불만 끌어당겼다.

"진짜, 귀찮게 이럴래?"

하지만 이불이 아닌 몸이 강제적으로 일으켜지자 못마땅함에 신경질이 터져 나왔다.

"내가 할 말이다. 그만 늘어지고 옷이나 입어."

발이 빠른 태인이 그새 옷장에서 평소에 잘 입던 두툼한 패딩을 꺼내 오지만 여전히 일어날 생각은 조금도 없는 채원은 표정만 삐딱하게 지어 낼 뿐이었다.

"심심하면 혼자 놀라고, 왜 간만에 찾아온 내 휴일까지 방해하는 건데?"

"내가 요즘 스트레스가 엄청 쌓였잖아. 그러니까 같이 가서 풀어 줘야지."

"기가 막혀서. 하고 싶은 거 다하고 산 사람이 뭐가 스트레스가 쌓였다는 거야? 정 풀고 싶으면 혼자 가서 풀고 와!"

"몸이 열 개라도 바쁜 와중에 운전기사 노릇하며 다 따라가 줬더니 나는 고작 이거 하나 못 해 줘? 그래, 필요할 때만 가족이라는 거지. 이 비통하고 쓸쓸한 모습을 엄마가 보고 있다면 얼마나 속상……."

"가, 가면 되잖아!"

"얼른 나와라."

매끈한 웃음이 사악하게만 보였다. 머리를 쓰다듬고 나가는 얄미운 뒷모습을 지그시 쏘아보던 채원은 잠은 다 잤다는 현실에 손바닥으로 침대가 요동칠 정도로 탕탕 내려쳤다.

"웬 자전거야."

지프 뒤편 캐리어에 매달려 있던 자전거를 떠올리며 채원이 떨떠름한 얼굴로 묻자 태인은 핸들을 돌리며 무심히 대답했다.

“타려고.”

“오빠가?”

“그럴 리가.”

“그럼.”

“너.”

그 소리에 표정이 대번 못마땅하게 구겨졌다. 역시나 슬쩍 시선을 돌려 보니 곧장 부정적인 표정에 태인은 웃음을 삼켰다.

“안 타. 내가 왜 타? 스트레스 푼다면서? 그럼 오빠나 타. 난 절대 안 타.”

“그 나이에 아직도 자전거 하나 제대로 못 타고 있는 게 말이 되냐?”

“안 될 게 뭐야. 그리고 내 인생은 굳이 자전거를 필요치 않아.”

“필요치 않은 계집…… 흠, 필요하지 않는 애가 왜 그땐 기를 쓰고 배우려고 했어?”

자전거 하나 가르치려다 종일 싸우기만 하다 끝나 버린 참혹했던 그날을 굳이 상기시키자 채원은 듣기만 해도 질리는지 고개를 저어 보였다.

“그래서 그때처럼 또 신랄하게 한 판 붙어 보자고?”

“얌전히 배울 생각부터 좀 하지? 무슨 싸움닭도 아니고 툭
하면 싸움질하자고 시비야.”

“그게 다 누구 때문에 시작된 건데? 오빠가 하도 옆에서
사람 염장 지르고 윽박지르니까 그렇게 된 거 아니야. 아무
튼 난 절대 안 타.”

“됐고 그냥 고분고분히 따라오기만 해.”

“안 타, 안 탄다고. 뭐 잘못 먹었어? 아침부터 왜 이래? 평
소 같았으면 늘어져 있을 인간이.”

“아침이 아니라 낮이다. 그것도 대낮.”

“알 게 뭐야.”

채원이 입술을 불퉁하게 내밀며 몸을 신경질적으로 기대
었다. 사실 마음은 당장이라도 배우고 싶은 게 솔직한 마음
이었지만 가르쳐 주는 상대가 태인이라는 것이 마음에 들지
않았다.

그날 얼마나 갖은 구박과 잔소리를 한 무더기로 들었으면
그 이후부터 자전거는 꼴도 보기 싫었다. 물론 한여름 더위
속에서 짜증과 성질을 있는 대로 부렸던 자신도 잘못이었지
만 그래도 태인보다는 아니었다.

그날의 섭섭함이 아직도 마음속에 꽁하게 남은 채원은 오
늘은 또 무슨 소릴 듣게 될지 생각만 해도 머리가 지끈거려
인상을 썼다.

문득 머리를 톡 치고 지나가는 손길이 느껴졌다.

"그때처럼은 안 해."

"퍽이나. 그리고 누가 배우기나 한대?"

흥, 콧방귀를 끼고는 채원은 빠르게 스쳐 지나가는 창가 쪽으로 고개를 돌렸다. 가는 날이 장날이라고 이제 곧 봄이라도 오려는지 겨울치고는 날이 무척이나 화창하고 좋아 보였다.

어느새 바깥 풍경에 빠져 있는 채원과는 다르게 태인의 신경은 온통 그녀에게만 향해 있었다. 맑게 내리쬐는 햇볕은 썩 마음에 드는지 퉁퉁 부어올랐던 두 뺨이 언제 그랬냐는 듯 따뜻한 봄 햇살에 싱그럽게 빛이 났다.

바람결에 삐져나온 잔머리가 귓바퀴에서 흔들릴 대마다 둥근 귓불이 바쁘게 숨바꼭질을 하며 마치 그의 심장을 놀리는 것처럼 간질간질 열이 오르게 괴롭혔다.

지금 이 순간 얕은 숨소리조차도 그에겐 그냥 지나칠 수 없는 강한 유혹이었다. 그만큼 좋아하는 여자를 옆에 두고 앞만 보고 운전한다는 건 지옥이었다. 태인은 그저 불가마 같은 심장으로 핸들만 부서져라 쥔 채 달릴 뿐이었다.

한옥을 개조한 식당은 마당에 작은 연못을 두고 원형으로 빙 둘러져 있는 형태로 운치가 절로 묻어 나왔다. 거기다 손님이 앉아 식사를 할 수 있는 곳들이 모두 마루 형태로 이루어진 채 사방이 탁 트여져 있어 마치 옛날 주막 같은 정겨운 느낌도 들게 했다.

"이런 덴 어떻게 알았어?"

원래 맛집인지 아님 점심시간이라서 그런지 사람들로 꽉 찬 실내를 한번 쭉 훑어보며 채원이 넌지시 말하자 태인은 수저를 앞에 놓아주며 오히려 되물었다.

"마음에 들어?"

"나 때문에 여기 온 거야?"

"그럼 누구 때문에 와."

"왜?"

채원은 진심 이해할 수 없는 표정으로 물었다. 평소 같았으면 밖에서 먹자고 조르고 졸라도 귀찮다며 소파나 침대에서 절대 떨어지지 않을 사람이 눈앞에 있는 태인이었다.

해는 분명 동쪽에 떴건만 서쪽에 뜬 것 같은 찝찝한 행동에 커다란 상 위로 빈틈없이 채워지고 있는 음식들을 보고도 마음껏 좋아할 수가 없었다. 그 의심 많은 눈빛을 지켜보면서 태인은 답답한 한숨을 흘리더니 들고 있던 수저를 마저 놓아주었다.

"그냥 간만에 몸보신 시켜 주려고 온 거다. 사 줘도 난리냐?"

"그러니까 왜 갑자기 몸보신 시켜 주겠다는 건데? 설마……."

설마 이 정도로 벌써 눈치챈 건가?

태인은 점점 눈빛이 가늘어질 때마다 타고 오르는 긴장감에 목울대가 저절로 꿀꺽 움직이며 천천히 벌어지는 입술만 뚫어져라 응시했다.

"아하, 자전거 가르쳐 준다는 핑계로 신나게 굴리려고 그러는 거지?"

굳었던 어깨가 맥없이 풀어지며 조금도 의심 없는 얼굴로 맛있게 반찬을 집어 먹는 채원을 어이없이 바라보았다.

"다른 쪽으로는 굴릴 수 없냐."

"뭐?"

입술은 묻고 있지만 채원의 시선과 눈은 먹음직스러운 백숙에 온통 마음을 빼앗겨 있었다. 그래도 좋아하는 모습을 보니 정말 먹지 않아도 벌써 배가 불러 오는 것 같았다. 덩달아 허기가 져 비닐장갑을 끼고 뽀얀 자태의 닭고기를 향해 손을 가져가는데 채원이 말렸다.

"진짜 왜 이래? 내가 해. 오빠가 언제 이런 거 했다고."

"됐어, 먹기나 해."

말리는 손을 물리고 뜨겁다는 걸 상대방이 못 알아챌 정도로 먹기 좋게 다리와 몸통 부분을 떼어 냈다. 큼지막한 닭다리 하나를 얼른 채원의 접시로 가져다주는데 무척이나 떨떠름한 눈빛이 반겼다.

"얼마나 굴리려고 이런 과한 서비스를 하는 건지."

"당장 그 닭다리 입에 안 물면 진짜 제대로 굴려 줄 테니까 빨리 먹기나 해."

그제야 안심이 된 듯 채원은 닭다리 하나를 복스럽게 뜯기 시작했다. 먹는 것도 어쩜 저렇게 사랑스럽게 먹는지. 태인은 닭을 뜯다 멀고 채원만 멍하니 바라보는데 빤한 시선이 언짢았는지 그녀가 툭 말을 내뱉었다.

"왜? 또 내가 짐승처럼 보여?"

젠장. 할 말이 없어진 태인은 얼굴에 힘을 잔뜩 주고 다시 열심히 닭을 뜯기 시작했다. 그때 옆 테이블에서 자꾸만 귀에 거슬리는 소리가 들려왔다.

"자기야. 아, 해."

"아이 참. 먹여 줄 거야? 여기 사람 많은데."

"자기, 뜨거운 거 못 만지잖아. 어서 아, 해."

"못살아, 정말. 아."

"옳지 잘 먹네. 요 살도 부드럽다. 이것도 먹게 아, 해."

사실 자리에 앉을 때부터 표현은 안 했지만 매우 거슬리는 상태였다.

본인들만 있는 것도 아니고 사람이 이렇게나 많은 곳에서 시도 때도 없이 애정 표현과 스킨십을 하다니 민폐 그 자체였다.

여자가 어린애도 아니고 멀쩡히 두 손 다 있는데 왜 저런 쓸개 빠진 짓을 하는지 태인은 속이 미식거리다 못해 거북했다. 못마땅함을 드러내듯 살을 바르던 손이 문득 허공에서 멈칫했다.

그리고 멈춰 있는 시선을 따라 불길하게 고개를 돌리니 역시나 그 민폐 커플이 눈에 들어왔다. 설마 저 여자가 부러운 걸까? 흔들리는 동공과는 다르게 머릿속은 생각할 것도 없이 이미 결론이 난 지 오래였다. 그렇다면야.

얼굴에 힘이 들어가며 태인은 고개를 들렸다. 오글거리는 애정 행각 앞에 거북함과 불쾌함을 드러내던 남자는 더 이상 없었다.

"뭐 해?"

태인은 무표정한 얼굴로 닭고기가 떨어지지 않게 젓가락에 힘을 주며 입술로 더 가까이 가져갔다.

"아."

"미쳤어?"

"아!"

그럴수록 채원은 얼굴을 강하게 뒤로 물리며 인상을 쓰기 바빴다.

하지만 물리기엔 이미 늦은 태인은 점점 뜨거워지는 주위의 시선을 느끼며 우격다짐으로 밀어붙이는데 다행히 채원이 부릅뜬 두 눈과 구겨진 얼굴로 받아먹어 준다.

"꼭 이렇게까지 해야 해, 응? 자! 아, 해!"

태인은 눈앞에 와 있는 고기 한 점을 뚫어져라 응시했다. 채원이 설마 먹겠어? 하는 눈으로 웃는 게 보였다.

귀여운 것. 확 잡아먹을 수도 없는 노릇이고.

조바심 나는 마음이 눈빛에 들어차며 태인은 한입에 맛있게 먹어 버린다. 만족스럽게 풀어 준 손목을 얼른 빼며 채원이 기가 찬 웃음을 짓는 게 보였다.

이것도 아예 못할 짓은 아닌 것 같아 뺨을 무심히 쓸며 슬쩍 입꼬리를 올리는데 지나가던 직원 아주머니의 목소리가 들려왔다.

"아이구, 보기 좋아라. 남자 친구가 여자 친구가 좋아서 어쩔 줄을 모르네. 여자 친구도 그렇고, 선남선녀야."

뒤에서 똑같은 커플인데 우린 왜 그런 소리 안 해 주냐는 시선이 따갑게 쏟아지는 게 보였지만 밀려오는 감격이 먼저였다.

우리가 연인으로 보이다니!

마음 같아선 이 집에서 파는 닭을 모조리 다 사 버리고 싶었다. 그러다 문득 채원을 의식하고 표정 관리를 하는데 다행히 채원은 별다른 반응 없이 남은 살들을 야무지게 뜯어 맞은편 자신의 접시로 옮기기 바빴다.

"왜 그렇게 봐? 설마 또 해 주길 바라는 거야?"

"아니 저 아주머니가 우리 보고 연인라고 그러잖아. 괜찮아?"

"그런 거 하나하나 다 따지고 들면서 어떻게 살아. 그냥 그러려니 하면 되지."

어쨌든 부정하는 대답을 안 들은 게 어디냐며 태인은 이마저도 고마워 고개를 끄덕이는데 채원이 또 할 말 없게 만드는 소리를 쏘아 댔다.

"그러고 보니 웃겨! 내가 그랬어? 오빠가 그런 소리 들을 때마다 항상 칠색 팔색 했잖아! 또 그 뭐야, 어?"

어떤 소리가 이어질지 너무나 잘 아는 태인은 하나 남은 닭다리를 얼른 채원의 일안으로 집어 넣어 말문을 굳게 막아 버렸다.

"여기서 타게? 사람 많은데."

막 도착한 호수 공원을 차 안에서 쭉 둘러보았다. 주말이라 그런지 주차장은 물론 사람들이 여기저기 북적거렸다.

"안 내리고 뭐해?"

언제 내렸는지 차 문을 열고 낮게 소리치자 채원은 여전히 두리번거리며 쭈뼛댔다.

"호수 쪽으로 올라가다 보면 사람 별로 없어. 얼른 와."

"가는 건 좋은데 이 옷 말이야. 그냥 내가 입던 걸로 다시 갈아입으면 안 돼?"

채원은 유명 브랜드의 새까만 트레이닝 복을 못마땅한 얼굴로 내려다보다 맞은편 같은 색깔과 같은 디자인 상의를 불만스럽게 응시했다. 밥 먹고 야구까지 하는 건 다 좋았다. 그런데 왜 굳이 멀쩡하게 입고 있던 옷까지 자기 멋대로 바꿔 버리는지. 원래 입던 노랑 트레이닝 복이 그리운 듯 투덜거리고 있었다.

"누가 보면 커플룩인 줄 알겠네."

이럴 때만 눈치가 빠른지 태인은 속으로 움찔하며 재빨리 말을 돌렸다.

"사 줘도 난리냐? 잔말 말고 따라와."

"누가 사 달랬냐고, 같이 가!"

먼저 자전거를 끌고 앞서가는 태인을 빠른 걸음으로 쫓아가는 채원의 얼굴은 심통 대신 흥분으로 들떠 있었다.

“어, 어, 어! 오, 오빠! 꽉 잡고 있어. 알았지?”

“알았어, 알았다고. 증심이나 제대로 잡아 봐! 앞을 제대로 보라고. 앞을 봐야지?”

또다시 뒤를 돌아보려던 채원의 시선에 막 올라가려던 목소리가 다시 인내심을 찾으며 이를 악문다. 파국에 치달았던 그날과 별반 달라지지 않는 모습이 오늘도 그대로 연출되고 있었지만 아직까지 둘은 아직 크게 싸우지 않고 있었다.

다만 그 싸움을 하지 않기 위해 초인적인 한 사람의 인내심이 희생되고 있었지만 그런 것치고는 정성까지 들이며 차분하게 잘 가르쳐 주고 있었다.

“뒤에서 잡고 있으니까 겁먹지 말고 앞 똑바로 보고 천천히 움직여 봐.”

“그게 마음대로 안 되니까 이러잖아, 악!”

또다시 옆으로 비틀대며 넘어지려는 채원을 순식간에 뒤에서 팔을 뻗어 바로 잡아 준다. 채원은 그런 태인의 팔을 지탱하며 안도의 숨을 내쉬었다.

“고마워.”

민망함과 미안함에 쏜살같이 냉큼 말하고는 고개를 정면으로 돌려 버렸다. 그때와 달라도 너무 달랐다.

딴 사람 같은 태인의 과한 친절한 행동에 채원은 화를 있는 대로 내며 구박하던 시절이 그리울 지경이었다. 사실 대체 왜 이러지? 라는 생각만 가득 차 자전거에도 집중되지 않았다.

시간도 어느덧 한 시간이 훌쩍 넘어 있었다. 이런 정신으로 계속 타 봤자 오늘 안에는 절대 못 탈 것 같은 생각이 들며 자전거를 아쉽게 내려다보는데 정수리가 가볍게 눌려 왔다. 고개를 드니 태인이 지친 기색 없이 열정을 드러내고 있었다.

"안 타?"

"계속 타라고?"

"저기 저 애들도 멀쩡히 타는데 다 큰 어른이 쪽팔리게 못 타고 싶어?"

"오늘 이상하다."

"언제는 정상이었냐."

"그건 그렇지만 오늘따라 봉사를 해도 너무하잖아."

"빨리 타기나 해."

태인의 재촉에 에라 모르겠다는 심정으로 채원은 자전거에 올라탔다. 손잡이를 잡은 손에 힘을 주자 뒤에서 든든한 목소리가 들려왔다.

"방향 잘 잡고 앞만 봐. 긴장 풀고."

"놓지 마. 알았지?"

"놓으면 네 아들이다. 됐냐?"

그 말에 채원이 가볍게 웃음을 터뜨렸다. 그리고 나지막한 심호흡과 함께 손잡이에 힘을 주며 페달을 밟는데 여전히 비틀거리지만 놀랍게도 천천히 나아가고 있었다. 좋으면서도 불안한지 채원은 뒤를 돌아보고 싶은 충동을 꾹 참으며 물었다.

"뒤에서 잘 잡고 있겠지?"

"……."

"오빠!"

"겁먹기는. 잡고 있어."

"장난치지 마."

"잘하네."

낯간지러운 칭찬이지만 자신감이 오른 채원은 웃음을 지으며 천천히 앞을 나아갔다.

그런 둘의 모습이 귀여운지 지나가던 한 노부부가 웃음 진 얼굴로 정답게 바라보았다.

"오채원."

"왜? 말 시키지 마. 지금 고도의 집중력이 필요할 때라고."

"내가 지금 보고 있는 사람이 누구냐?"

뜬금없는 물음에 채원이 생각도 안 하고 바로 말했다.

"나지. 누구긴 누구야? 지금은 나만 잘 보고 있으라고."

“그래, 너니까 잘 기억해.”

불어오는 바람 소리와 목소리가 섞여 멀어지는가 싶더니 태인은 잡고 있던 자전거를 놓아 버렸다. 그러자 아직 불안해 보이지만 혼자서 조금씩 앞으로 나아가고 있는 채원이 보였다. 가슴이 뿌듯하게 차올라 눈매가 부드럽게 접혀 들어갔다.

“성질 안 부린 보람은 있네.”

한편 앞만 보고 가던 채원은 뭔가 허전한 느낌에 뒤를 돌아본다. 그런데 당연하게 있을 줄 알았던 태인이 없자 눈이 곧장 커지며 당황함을 보이다 이내 멀리서 있는 태인을 발견했다.

태인이 움직이는 건 그때였다. 거침없이 멀어져 있던 거리를 단번에 좁혀 가며 태인은 자신을 향해 환한 미소로 두 손을 흔드는 채원을 끝없이 눈에 담아 갔다. 그럴수록 짙어진 노을을 비웃듯 그의 심장은 무서울 만큼 붉고 진해져 가고 있었다.

“감사합니다.”
“네, 저쪽…….”

상대방 남자에게 말을 마저 하려는데 불쑥 튀어나온 손길이 팔을 끌어당겼다. 고개를 돌려보니 언제 왔는지 태인이

서 있었다.

"누구야?"

날카로운 눈빛이 당황한 남자를 찌르지만 채원은 이만 가 보겠다며 끝까지 눈웃음을 상냥하게 짓는 남자에게 같이 인사를 하고 있었다.

"누구냐니까."

목소리가 한층 더 치켜 올라가자 그제야 시선을 돌려 채원이 태인을 마주 보았다.

"누구긴 누구야, 길 묻던 사람이지."

"길?"

어이없다는 듯 실소를 짓는다. 저건 누가 봐도 작업이었다. 조금만 늦었어도 아마 채원을 붙잡고 늘어졌을 것이다. 그 수작에 넘어갔을지도 모를 채원을 생각하니 짜증이 발칵 치밀어 올랐다.

"왜 노려봐?"

"미련 있어? 왜 계속 돌아봐?"

"웃는 게 예뻐서."

그러면서 또 슬쩍 돌아보는 채원이다. 그걸 보다 못한 태인은 손을 뻗어 얼굴이 자신에게 향하도록 돌려 버린다.

"오래간다 했다. 왜 또 심술이야?"

양쪽 손에 볼이 눌린 채로 불퉁거리며 눈꼬리를 올렸다.

"남자 보는 눈이 그렇게 없냐?"

"있을 때는 또 있으니까 걱정 마."

"제발 딱 봐도 아닌 놈한테 걸려들지 좀 마."

"그럼 어떤 놈한테 걸려들어야 하는데?"

뺨을 감싸고 있던 손이 풀어지는 대신 그보다 강하고 진지한 눈빛이 채원의 눈동자에 밀착시키며 태인이 말했다.

"나 같은 놈."

"언니, 내일 연차 쓰죠?"

"어떻게 알았어?"

뜨거운 찌개 국물을 후후, 불며 입으로 가져가던 채원이 의외의 눈빛으로 맞은편 선아를 봤다.

"내가 같이 일한 지가 벌써 2년이 넘네요. 매년 이맘때마다 꼭 하루 연차 쓰잖아요."

"벌써 2년이나 됐나?"

남들은 캐셔라 몸은 편하겠다 속 모를 소리를 하지만 정신적으로는 누구보다 피로하고 스트레스도 많아 직원을 구하기도 쉽지 않았고 금방 그만두는 사람들이 허다했다. 고등학교를 졸업하고 바로 취업 전선에 뛰어든 채원조차 처음은 별

별 손님들을 상대하느라 딱 죽을 맛이었다.

경력이 높아진 만큼 지금은 그런 일에 끄덕도 안 하는 고수가 되었지만 그땐 정말 말도 못하게 힘들었었다. 그래서 사람마다 물론 다르겠지만 캐셔가 절대 쉬운 직업은 아니라고 채원은 생각하기에 그만두는 사람을 이해하지, 탓하진 못했다.

사실 선아도 얼마 가지 못하고 금방 그만둘 줄 알았었다. 들어오자마자 매번 눈물을 보일 만큼 힘들다는 말을 입에 달고 살았던 사람이 선아였다. 그랬는데 벌써 일한 지 2년이나 되었다니 신기하면서도 제법 기특했다.

"왜 웃어요?"

"장해서."

"예쁜 얼굴도 한몫하죠."

"그래. 그 자뻑도 한몫하고."

"자뻑이 아니라 진실이라고요. 자세히 봐요. 제 얼굴에 꽃이 피지 않았어요?"

주인의 손길을 바라는 강아지처럼 얼굴을 내밀며 선아가 눈을 깜빡이자 채원은 흠, 영 시큰둥한 표정을 짓더니 손을 내밀어 선아의 볼을 쿡 찔러 버린다.

"그럼 이건 꿀이니? 아니 기름인가? 에이, 기름이네."

"언니!"

"그렇게 티 안 내도 연애 중인 거 충분히 얼굴에 써 붙어 있거든?"

고추장 양념에 잘 묻혀진 새콤하고 감칠맛이 도는 오징어채를 집어 먹으며 채원이 눈을 흘기자 선아는 제 볼을 두 손으로 감싸더니 배시시 웃었다.

"그렇게 티 났어요?"

"티 난 게 아니라 알아 달라고 몸부림을 쳤잖아."

"그냥 뭐 그래요. 자랑은 하고 싶은데 여기서 그나마 이런 사적인 얘기까지 하고 지낼 정도로 친한 사람은 언니밖에 없잖아요."

"요즘 하고 다니는 거 보면 딱 바람난 봄 처녀였어."

"그 정도는 아니었어요."

채원이 잠시 고개를 끄덕이더니 불현듯 덧붙였다.

"뭐 사랑이 다 그런 게 아니겠어요. 흐흐. 그나저나 언니도 소개팅 안 할래요?"

"안 해."

"에? 왜요? 내가 볼 땐 이별의 최고 선물은 또 다른 만남, 즉 사랑이에요! 당장 다른 남자 만나 봐요."

"싫어. 당분간 연애고 뭐고 안 해, 귀찮아."

"벌써부터 그런 시들어 빠진 소리 하는 거 아니에요. 김도한의 영향으로 언니가 질렸을 만도 한데요, 그래도 세상엔 나쁜 놈이 많은 만큼 괜찮은 남자도 많다고요. 그리고 진부하지만 다들 그렇게 말하잖아요. 연애를 안 하는 것보다 해야지 적어도 남자 고르는 눈이 생긴다고 그러니까 김도한 같은 놈 만났다고 마음 닫을 필요 없어요."

채원은 대답 대신 밥공기에 남은 밥을 싹싹 긁어모아 먹기 바빴다. 할 말이 아직 남았지만 선아는 더 말했다가는 채원의 신경을 긁을까 봐 제 입술만 내밀며 먹다 만 밥을 향해 수저를 들었다. 그때, 누굴 봤는지 선아가 갑자기 인상을 쓰며 말했다.

"호랑이도 제 말하면 온다더니."

"신경 쓰지 마."

"저건 또 무슨 심경의 변화래? 언제는 미련이 철철 넘치는 눈빛으로 보더니 지금은 씹어 먹을 듯 노려봐요. 적반하장도 유분수지. 조심해요."

"놔둬."

"그냥 그러지 말고 소개팅해 봐요, 응?"

"안 해."

"언니는 저 낯짝 보면서 열도 안 받아요? 난 분통 터져 죽겠어요. 이상형이 뭐예요? 응? 말만 하면 내가 줄 세울게요!"

"나 같은 놈."

부지런히 움직이던 수저가 난데없이 생각난 말에 허공에서 멈췄다. 자신을 똑바로 보던 시선과 목소리가 낱낱이 떠오르자 괜히 귓가가 간지러운 것 같아 채원은 귀를 만지작거렸다.

처음 보는 눈빛이었다. 그래서 평상시처럼 웃지 못하고 농담으로도 넘기지 못했다. 어떻게 반응해야 할지 태인 앞에서 처음으로 당황하고 말았다. 다행히 태인이 짓궂게 장난을 치는 바람에 어색하고 당혹스러웠던 분위기는 금방 깨졌지만 아직도 흔적처럼 남은 그 느낌은 잊을 수가 없었다.

자신도 모르게 귀를 만졌던 손을 내려 가슴 부근에 손을 올리는데 선아가 물었다.

"왜요? 어디 아파요?"

"아니, 그냥 이상해서."

"가슴 아파요? 막 지끈거리고 쑤셔요? 병원 가야 되는 거 아니에요?"

"무슨 말을 못하겠다. 그나저나 미안해."

신학기 시즌인 요즘 손님들이 끊이지 않고 밀려들고 있었다. 그 부분이 계속 신경 쓰였는지 채원이 미안한 표정을 감추지 못하자 선아는 괘념치 말라는 표정으로 싱긋 웃었다.

"괜찮아요, 괜찮아. 걱정 말고 다녀와요."

“응, 고마워.”

“제 안부도 전해 주세요.”

선아가 일어나며 애교 있게 말하자 채원은 웃음 진 얼굴로 자리에서 일어났다. 그러자 옆으로 당연하게 팔짱을 껴 온 선아가 오늘은 일하기 싫을 정도로 날씨가 너무 좋다며 쉬지 않고 재잘거렸다.

그런 선아의 수다를 들으며 채원은 내일 지원을 만날 생각으로 머릿속과 마음속이 분주해졌다. 들뜬 발걸음이 화창한 봄날 아래 바쁘게 움직이고 있었다.

봄기운이 완연한 육지와는 다르게 아직 겨울 끝자락에 머물고 있는 바닷가는 한겨울처럼 매서운 바람이 기승을 부리고 있었다. 반면 후덥지근할 정도로 따뜻한 차 안에서 시리도록 푸른 빛깔에 온통 마음을 빼앗긴 채원은 시선을 떼지 못하며 감격스러운 한마디를 꺼내 놓았다.

“그래도 날씨는 좋아서 다행이야.”

“이게 좋다고?”

어이없는 물음을 내놓으며 태인은 채원의 서늘한 목을 지적했다.

“아주 한여름이지.”

“돗자리나 잘 챙겨.”

톡 쏘아붙이고는 마음이 급한 나머지 먼저 차 문을 열고 나가 버렸다.

“저건 내 말 좀 들으면 어디 가시가 돋나.”

감기 기운이 있는지 도착할 때까지 코를 훌쩍이던 채원이었다. 대체로 건강한 편이었지만 어쩌다 한번 아프기 시작하면 무섭게 앓는 편이라 얇은 옷차림이 못마땅하기만 했다.

한편 채원은 미적거리는 태인을 두고 일찌감치 양손에 짐을 바리바리 싸 들고 발이 푹푹 빠지는 모래사장을 부지런히 걷고 있었다.

특유의 바다 내음을 실은 바람은 코끝이 금방 빨갛게 변할 정도로 차가웠지만 마음만은 따뜻하고 포근했다.

잠시 바람 때문에 흘러내린 머리를 귀 뒤로 넘기며 다시 걸음을 빨리하지만 코앞에 생생하게 펼쳐진 눈앞의 장관에 결국 자리에서 멈춰 서고 만다.

“입 닫아. 파리 들어가.”

언제 왔는지 퉁명스런 말과 함께 바람에 그대로 노출되었던 목에 따뜻한 기운이 감돌았다. 하지만 지금은 그게 문제가 아닌 듯 눈앞의 경치에 온통 마음과 시선을 빼앗긴 채원은 얼빠진 사람처럼 좀처럼 헤어 나오질 못했다.

"어떻게 저래? 지금 저게 말이 되나?"

"네 표정이 더 가관이다."

관심 없는 투로 무심히 말한 뒤 채원이 들고 있던 짐을 빼앗아 들고 성큼 혼자 앞으로 걸어가 버린다.

그러거나 말거나 채원은 여전히 심각한 얼굴로 구름 한 점 없는 맑은 하늘 아래 반짝이는 물결에게서 시선을 떼지 못했다.

"이걸 다 누가 먹는다고."

"아줌마가 드실 거야.'

태인의 불만을 단호하게 제압한 채원은 꿋꿋하게 새벽부터 부지런히 만든 음식들을 바닷가를 향해 보기 좋게 차례차례 펼쳐 놓았다.

"어디 보자. 빠진 건 없겠지? 빠진 거 없지?"

뭐 하나 공통점이 없는 음식들을 거하게 나열하며 만족스러운 얼굴로 채원이 으스대는 웃음을 지었다. 태인도 웃고 말지만 자연스럽게 돌아간 시선 속 펼쳐진 바다를 보는 그의 눈빛은 씁쓸하게 가라앉았다.

함께한 시간이 턱없이 부족하고 짧았다. 그 짧은 시간 동안 지원에게 마음을 제대로 표현하지 못했다는 것이 아직도 후회로 남아 있었다.

자책밖에 할 수 없는 태인의 마음을 쓸어 주듯 옆에서 씩씩한 밝은 목소리가 크게 들려왔다.

"오빠랑 저 왔어요."

누가 뭐라 하지 않아도 동시에 눈을 맞춘 두 사람은 다른 듯 닮은 웃음을 서로에게 지었다. 그런데 태인의 시선이 좀처럼 떨어지지 않자 채원은 괜히 눈동자를 발끈 올리며 물었다.

"왜?"

"뭐가."

"왜 보냐고."

"보고 싶어서 봤는데, 뭐."

무뚝뚝한 대꾸를 파악할 생각조차 하지 않고 채원은 양미간을 모은 채 말했다.

"아무리 아줌마 앞이라지만, 소름 돋게 그런 소리 함부로 하는 거 아니야."

어련하시겠냐. 태인은 얄미운 동그란 이마를 꾹 누르더니 바다 쪽을 응시했다.

"오늘도 정말 보고 싶어요."

마음을 대변하듯 그리움이 묻어 나오는 목소리로 채원이 대신 소리 높여 말했다.

아무런 말없이 안부를 전하는 목소리를 옆에서 들으며 태인은 어느새 잡혀 있는 손만 놓치지 않게 힘주어 잡을 뿐이었다.

“바다가 이런 곳이었구나.”

“아줌마, 바다 처음 봐요?”

“그러게, 처음 와 보네. 이렇게 넓고 파랗고 반짝반짝 빛이 나는 예쁜 곳인 줄 몰랐어.”

“나도 처음 와 봐요. 그럼 박태인 씨도 처음 온 거예요?”

“응. 처음이야. 아줌마가 너무 겁쟁이고 바보라서 오빠한테도 이 좋은 곳을 한 번도 보여 주지 못했네.”

“아줌마, 겁쟁이 아니에요. 지금 이렇게 바다를 같이 보고 있는데 왜 겁쟁이에요? 겁쟁이는 박태인 씨지, 아줌만 최고로 똑똑하고 용감해요.”

“우리 채원이 부응에 앞으로 아줌마가 최고로 똑똑하고 용감하게 살아야겠는 걸? 아즈 용감해져서 너희들 많이 웃게 하고 행복하게 해 줄 거야. 늦었지만 그래도 될까?”

“난 아줌마만 있으면 행복해요. 박태인 씨도 그럴 거예요, 아야. 왜 때려!”

“따라왔으면 됐지, 귀찮게 그만 좀 달라붙어.”

“아줌마도 지금 너무 행복해. 다음번에 또 우리 세 명 함께 왔으면 좋겠다. 다음에도 꼭 이렇게 손잡고 셋이서 함께 오자.”

웃고 있는 지원의 얼굴이 아련하게 바다 위로 그려져 두 사람은 그렇게 한동안 바다에서 시선을 움직이지 못했다.

잠시 후 포만감으로 가득한 배를 안고 채원은 태인의 잔소리에도 끄떡 않고 양말까지 벗어 던지고 바닷물에 발을 담그며 혼자 놀고 있었다.

푸른빛으로 빛나던 바다는 어느새 노을처럼 붉게 물들고 있었다. 거기에 또 한 번 시선을 빼앗긴 채원은 감동한 나머지 재빨리 고개를 돌려 태인을 부르려는데 대체 뭘 보고 있는지 혼자 웃고 있는 태인을 발견했다.

"뭘 보고 저 난리야?"

궁금증에 할 수 없이 벗어 두었던 신발을 양손에 들고 태인에게 뛰어 갔다.

"그게 뭔데?"

옆에 풀썩 주저앉으며 수건으로 젖은 발을 닦으며 묻자 아무 말 없이 손때가 묻어 보이는 종이 하나를 채원에게 건넨다.

"이게 어떻게……."

부끄러움에 얼굴이 새빨갛게 불타올랐다. 종이를 양손으로 꾹 잡고 부들부들 떨던 채원은 곧장 태인을 매섭게 노려보았다.

“이걸 왜 가지고 있어?”

“하도 가관이라.”

“그만 웃지?’

“내 마음이지.”

태인이 시험지를 허공에 팔랑팔랑 띄우자 민망해진 채원은 굴욕적인 과거의 흔적을 가져오기 위해 기를 썼지만 태인은 이리저리 종이를 옮기며 약을 올렸다.

“당장 줘!”

“싫어. 이런 재밌는 걸 왜 줘.”

“달라니까!”

“싫다니까.”

손을 뻗다 누워 있는 태인의 몸 위로 확 올라타 버리자 흔들림 없는 표정이 그녀를 반겼다.

“감당할 수 있으면 계속해 봐.”

그제야 뒤늦게 민망한 자세가 되었다는 걸 안 채원이 씩씩거리며 떨어지려 하는 그때 먼저 다가온 손이 젖은 머리끝을 짓궂게 잡아당겼다.

“뭐 하는 짓이야. 이거 안 놔?”

숨결이 닿을 만큼 코앞에 있는 채원을 보는 검은 눈동자가 갈증을 담았다.

조금만 더, 더…… 이렇게 다가가다 결국 손에 잡힐 것이고 가질 수 있을 테지만 더는 말간 눈동자를 무시하지 못하고 열기를 움켜잡은 손은 허무하게 떨어지고 말았다.

"고맙다."

갑작스러운 말에 올라가 있던 눈초리가 싱겁게 내려갔다. 채원은 가볍게 옆으로 몸을 굴려 대자로 누웠다.

"또 무슨 수작이신지."

"넘치는 애정이라니까."

"그 애정, 반갑지 않으니 그냥 없는 듯 살라고 전해 줘."

"솔직히 말해 봐. 나한테 고마웠던 적은 있었냐? 없었지?"

충동적으로 따지듯 묻자 채원은 배에 얌전히 두 손을 포개어 잠자코 하늘만 뚫어져라 보았다.

"이래서 백날 키워 봤자 헛고생이라니까."

"누가 없대?"

"……."

"있어. 그날."

"그날이 언젠데."

"아줌마 돌아가신 날."

가슴에 구멍이 뚫린 것처럼 시리고 아프고 서로에게 차마 고맙다는 말조차 내뱉지 못했던 그날이 생각나는지 둘은 동시에 말이 없어졌다.

＊　　　＊　　　＊

　“글쎄, 저 아이 얼른 여기서 당장 내보내라니까요!”

　히스테릭한 여성의 독소리가 삭막한 장례식장 안을 시끄럽게 울리고 있었다. 얼굴은 교양 있게 생겨서 하는 생동은 거의 패악질이나 다름없었다.

　여성의 난동에 신고를 받고 출동한 경찰은 난감한 시선으로 장례식장 한쪽에 쪼그리고 앉아 있는 작은 여자아이를 보았다.

　“정말 가족이 아닙니까?”

　“아니에요! 귓구멍이 막혔어? 몇 번이나 말해야 해?”

　삿대질이며 여성의 무자비하고 몰상식한 언행에 불쾌함이 극에 달한 경찰이 고래고래 소리를 지르고 있는 여자를 무시하고 아이에게 다가갔다. 그러자 경찰의 기척을 느꼈는지 바로 경계하는 눈빛으로 손에 붙들고 있는 옷을 더욱 힘주어 잡는 게 보였다.

　“꼬마야, 저분이랑 아는 사이니?”

　질문을 하고서도 한참 뒤에야 아이는 고개를 끄덕였다. 경계심이 많은 아이라는 것을 알아차린 경찰은 채원이 안심할 수 있게 일단 적당한 거리에서 친절하게 말을 건넸다.

“네가 119에 신고했던 아이지? 아줌마랑 같이 있었니?”

대답 대신 옷만 움켜잡고 있던 손이 안쓰럽게 보였다. 그때 처음으로 채원이 눈을 맞춰 오자 경찰은 속으로 놀라고 말았다. 당연히 울었을 줄 알았던 아이의 눈은 눈물자국도 없이 까맣게 메말라 있었다.

“이거.”

“옷? 누구……. 혹시 아줌마 옷이니?”

“아줌마 추워요. 옷 주세요.”

“이걸 주려고 계속 여기에 있었니?”

“네. 근데 아줌마가 안 와요. 추운데 옷 입어야 되잖아요.”

아직 여자의 죽음을 모르는 것일까. 아니면 받아들이지 못하는 것일까. 얇은 옷차림 맨발로 쪼그리고 앉아 있는 모습에 괜히 가슴이 먹먹해지는지 경찰은 잠시 아무 말도 못했다. 하지만 그새를 못 참고 죽은 여자의 언니라는 사람이 다가와 거친 손길로 채원의 가는 팔을 잡아 난폭하게 일으켰다.

“야, 너 당장 나가! 여기가 어디라고 너 같은 게 붙어 있어?”

“그만하세요. 어린아이입니다!”

경찰이 말려 보지만 여자는 인정사정없이 목에 핏대까지 세우며 나가지 않으려는 작은 몸을 잡아 끌어냈다.

“그만하시라니까요! 이러시면 그쪽이 아동 폭행죄로 경찰서에 같이 가셔야 할 겁니다.”

채원을 겨우 여자의 손에서 빼내어 날카롭게 충고를 하는데 그에 전혀 굴하지 않는 여자가 오히려 가소로운 웃음을 내지으며 장례식과 어울리지 않는 붉은 입술을 추켜올렸다.

“너 내가 누군지 아니? 하, 보아하니 경찰 딱지 붙인 지 얼마 되지도 않아 보이는데 건방지게 기어오르지 말고 그냥 내가 시키는 대로 해, 알았니?”

손톱으로 가슴을 찌르며 여자가 말하자 그 말할 수 없는 모욕감에 경찰의 얼굴은 금세 붉게 달아올랐다. 정말 가족이 맞는지 의심이 갈 정도로 이곳의 분위기는 고인을 추모하는 장례식장 분위기가 전혀 아니었다.

겨우 인내심을 가지고 참은 그는 제 옆에 서 있는 채원을 내려다보았다. 여자가 낸 상처인지 늘어진 옷 사이로 보이는 생채기가 여러 군데 보이자 경찰은 안전을 위해서라도 아이를 이곳에서 데리고 나가는 것이 우선이라 생각되었다.

그 상황에서도 인형 같이 가만히 있는 아이가 내심 걱정되었다. 서둘러 채원의 손을 잡고 나가려는 순간 교복을 입은 한 남학생의 등장에 걸음을 멈췄다. 싸움이라도 했는지 흐트러진 교복과 얼굴에도 상처가 가득했다. 놀란 경찰의 눈이 남학생 쪽으로 걸어가는 채원에게로 옮겨지더니 곧장 물음이 뒤따랐다.

"혹시 이 아이를 아니?"

하지만 대답은 들을 수 없었다. 다만 남학생은 눈앞에 선 아이만 노려볼 뿐이었다. 이상함에 아이를 보니 놀랍게도 처음으로 감정을 보이며 남학생과 같은 눈빛으로 서로를 노려보고 있었다.

숨죽인 시선들이 오가고 멈춰 있던 남학생이 다가오자 혹시나 싶어 경찰이 막아 세웠지만 이내 안심할 수 있었다.

입고 있던 흙이 묻은 교복 재킷을 벗어 추위에 노출되어 있던 작은 몸을 감쌌다. 그런 남학생을 가만히 노려보던 아이의 까만 눈동자가 젖어 들기 시작한건 그때였다.

"아줌마, 다시 못 봐?"

채원은 태인의 교복 바지 자락을 세게 움켜 잡으며 물었다.

"그래."

이를 악문 목소리가 서럽게 들려왔다. 태인의 두 눈이 피가 고인 것처럼 붉어져 있었다. 그리고 돌이킬 수 없는 허망한 말을 절규처럼 내뱉었다.

"……다신 못 봐."

둘 사이에 정적이 감싸고 채원은 태인의 얼굴만 뚫어져라 보았다. 그 모습이 마치 얼른 거짓말이라고 말해 달라는 것 같았다.

하지만 태인이 끝내 다문 입술을 열지 않자 채원의 눈동자엔 눈물이 차오르며 가슴은 심하게 들썩였다. 그리고 얼마 안 가 작은 가슴에 담기 힘든 버거운 감정을 앙앙 서러운 울음으로 토해 냈다.

귀를 울릴 정도로 커다랗고 애달픈 울음소리가 장례식장을 커다랗게 울렸다. 그 상황을 못마땅하게 지켜보고 있던 가족들이라는 사람들의 시선이 태인에게 안겨 있는 채원에게로 모두 쏠렸다.

"태인아! 너 당장 그 아이 내려놓지 못해? 어디서 굴러먹었는지도 모르는 애를 네가 함부로 안고 있니?"

"그래, 태인아! 걔 당장 여기서 보내. 누군지도 모르는 애를 네가 왜 안고 있어? 그러지 말고 얼른 여기 와서 변호사랑 애기나 좀 나누자."

"오랜만에 봤는데 성각보다 잘 컸네. 저년이 인물 하나는……."

지원의 큰언니 정란이 말하다 둘째 정혜의 눈치에 입술을 삐죽이 다문다. 슬픔이라고는 전혀 찾아볼 수 없는, 그저 역겹기만 한 얼굴들을 무표정하게 응시하던 태인은 울고 또 울어 가슴팍이 다 젖을 정도로 슬픔을 쏟아 내는 채원을 안고 있는 팔에만 힘을 주었다.

가지 말걸. 돌아서던 두 다리를 부러뜨리고 싶었다. 옆에 있을걸.

붙잡던 손을 놓아 버린 제 손을 짓밟고 또 짓밟아 버리고 싶었다. 눈앞이 검게 변해 아무것도 보이지 않았다. 의식도 못 하던 상처가 멋대로 터져 나와 분노를 담고 있는 입술을 멈추지 못하게 했었고 팔을 잡고 매달려 오는 두 손을 냉정하게 떨쳐 냈었다.

그래도 포기하지 않고 붙잡아 오는 손을 또 뿌리치고 뿌리쳤었다. 그리고 지원이 들고 있던 사진을 빼앗아 보란 듯이 갈기갈기 찢다 못해 눈앞에서 태워 버렸다.

돌아 버릴 것 같았다.

그렇게 당하고도, 그런 수모를 받고도 아직도 아버지를 떨치지 못하고 가슴속에 품고 있는 그 질긴 사랑이 숨 막히고, 화나고, 그 사랑 때문에 항상 마음 둘 곳 없이 혼자였던 자신이 떠올라 잔인하게 굴었다.

엄마. 불러도 돌아봐 주지 않던 지원에게 따뜻한 손길도, 포근한 품도, 애정도, 아무것도 바랄 수가 없었다. 볼 수 있는 건 끝내 돌아 봐주지 않던 냉정한 뒷모습뿐이었다. 그녀의 세상엔 단 한 사람뿐이었다. 아버지. 피만 섞였을 뿐 그 이상도 그 이하도 아닌 짐승보다 못한 존재가 아버지라는 사람이었다.

사람들은 그가 가진 명성과 부를 보며 자연스럽게 복종하고 추켜세우고 대단한 사람처럼 떠받들고 있었지만 자신의 눈엔 그저 쓰레기보다 못한 존재일 뿐이었다. 아버지라는 존재를 자각하기도 전에 그는 어린 자신의 앞에서 다른 여자를 끌어안고 있었다.

그건 끝이 아니라 시작에 불과했다. 지원이 있음에도 집 안으로 여자를 서슴없이 데리고 와 수치심과 모욕감을 안겼다. 천박하기 그지없던 여자가 지원을 깔보며 조롱을 할 때도 아버지라는 인간은 아주 재미있는 코미디라는 마냥 웃어댔다. 한시도 떠나지 않았던 역겨운 웃음소리를 매일같이 들으며 이미 두 손은 그의 목을 조르고 있었다.

하지만 그것보다 참을 수 없었던 건 인형처럼 모든 걸 그의 말에 따라 움직이는 지원의 행동이었다. 여자를 데리고 방 안으로 들어가는 모습까지 고요히 지켜보는 그녀의 모습은 끔찍했다.

분노의 대상이 누구인지 모를 끔찍한 분노 앞에서 두도 돌아보지 않고 그렇게 집을 나왔었다. 결국 이해할 것처럼 굴었던 자신은 끝내 마지막까지도 지원을 이해하지 못하고 그때처럼 혼자 남겨 둔 채 도망쳐 버렸다. 누군가 목을 조르는 것 같았다.

엄마.

목소리조차 나오지 입술이 들썩이는 작은 어깨에 묻어졌다. 핏줄이 터진 경직된 두 눈은 참담하게 일그러져 갔다.

"뭐 하니? 얼른 내보내라니까!"

여자의 날카로운 외침을 뒤로하고 태인이 고개를 서서히 들었다. 목 놓아 우는 채원을 끌어 팔에 힘을 주며 굳은 입술을 뗀다.

"가족입니다, 이 애가."

"……."

"유일한 제 가족이라고요."

태인의 표정을 본 정란과 정혜가 숨을 삼키며 걸음을 멈췄다.

"저한테 아무것도 아닙니다. 모르는 짐승들이라고요."

너무나 쉽게 한 줌이 되어 버린 지원을 소원하던 바닷가에서 떠나보내고 태인과 채원은 아무 말 없이 한참 동안 바다만 바라보고 있었다.

"박태인 씨."

코맹맹이 목소리에 태인이 고개를 내리니 채원이 빨간 콧방울로 자신을 올려다보고 있었다.

“아얏!”

“박태인 씨가 뭐냐? 똑바로 불러.”

“치, 오빠라고 부르지 말라 했으면서.”

태인이 쥐어박은 머리를 붙잡고 채원이 모래사장에 굴러다니는 돌멩이를 억울한 듯 하릴없이 차 버린다. 그때 불현듯 머리를 다정하게 쓰다듬는 손길이 느껴지자 통통하게 불려진 두 볼에 바람이 꺼졌다.

“왜 아무 말도 안 하고 가만히 있었어.”

“진짜 가족이 아니잖아.”

풀이 죽은 목소리에 태인의 시선이 까만 정수리밖에 보이지 않는 채원을 아프게 응시했다.

“꼬맹.”

“왜.”

“우리 쌍방 혼자인데 그냥 진짜 가족 해 버릴까?”

“…….”

“싫어?”

무심하게 돌아서는 척하지만 금세 뒤쫓아 오는 숨소리가 귀엽게 들리더니 재빠르게 태인의 손을 꼭 옴팡지게 잡아 왔다.

“이제 제대로 오빠라고 불러, 알았어?”

“뭐, 뭐……. 내가 하기 싫으면 언제라도 그만둘 거다.”

“마음대로 해라. 이쪽에선 전혀 아쉬울 거 없으니.”

태인이 도로 말을 물릴까 가슴이 덜컥한 채원은 겉으론 표
는 내지 못하고 걸어가는 발을 힘차게 밟았다.

“이 자식이 진짜. 거기 안 서!”

쏜살같이 도망가 버린 채원과 그 뒤를 쫓는 태인의 뒤로
붉은 석양이 졌다.

그날의 석양처럼 수많은 시간이 지난 지금도 여전히 눈앞
에 보이는 석양은 붉고 아름다웠다. 문득 태인은 고개를 돌
려 자리에서 일어나고 있는 채원을 보며 물었다.

“언제 그만둘래?”

짐을 정리하던 채원이 무심히 본다.

“뭘 그만둬?”

“가족. 언제라도 그만둔다면서.”

“아아.”

“아아? 아직 그만둘 생각을 안 하는 걸 보니 내가 제법 착
실한 오라비 역할은 잘하고 있나 보네.”

“당장 그만두고 싶어지네.”

신발을 신기 위해 돌아선 채원의 뒷모습을 물끄러미 응시
하며 입술을 뗀다.

“그만둬. 이쪽에선 전혀 아쉬울 게 없으니까.”

그때와 같이 돌아온 대답에 채원의 밝은 웃음소리가 들려오지만 가족이라고 함께해 온 수많은 시간의 무게가 가슴을 짓눌러 왔다.

과연 넌 내 마음을 알면 지금처럼 웃을까?

검게 진 시선이 아무것도 모르고 자신을 향해 손짓하고 있는 채원을 막연하게 좇았다.

5화

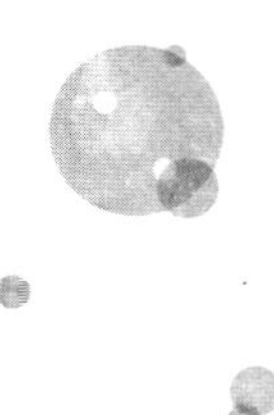

"여기가 한국이냐, 외국이냐."

수많은 외국인들을 보며 주겸이 사심을 담은 시선을 노골적으로 드러냈다. 오는 동안 태인에게 갖은 잔소리를 퍼부은 덕에 요즘 청담동에서 가장 핫플레이스로 꼽히는 곳으로 셀럽이며 연예인들도 자주 출범한다는 말로만 듣던 클럽에 올 수 있었다.

벌써부터 물 만난 고기처럼 들려오는 음악 소리에 흥이 겨운 듯 고개를 끄덕이며 리듬을 타고 있었다.

"저 흐느적거리는 몸 좀 봐, 주책이야."

수진이 막 가져온 칵테일을 입술로 가져가며 말했다. 옆에 있던 채원도 갈증이 나는지 주겸이 시킨 술 중 하나를 골라잡았다. 그 모습을 기대어 가만히 지켜보던 태인이 재빨리 막았다.

"왜?"

"음료수 마셔."

"또 저놈의 시스콤 발동."

"쟤가 어린애야? 그렇게 숨통을 꼭 붙들고 살면 숨 막혀서 어디 살겠니?"

"얻어 마시는 것들은 닥치고 넌 이거나 마셔."

언제 시켰는지 거의 도수가 없는 거나 마찬가지인 예쁘장한 칵테일 한 잔을 채원이 불만스레 응시했다. 그때 눈치를 발휘한 주겸이 태인의 시야를 잠시 가려 버리자 채원은 수진이 몰래 건넨 술을 냅다 마셔 버렸다.

"뭐야?"

"뭐가?"

"마셨지?"

"마시긴 뭘 마셔. 봐, 없잖아."

"작작해라, 작작. 갑자기 왜 이래?"

"술 먹고 지랄 발광을 하니까 그렇잖아."

"그게 뭐가 지랄 발광이니? 귀엽기만 하고만."

그러니까 더 안 되는 거라고! 입술 바로 밑까지 치밀어 오르는 소리를 꾸역꾸역 다시 억누르며 태인은 애꿎게 수진의 행동만 날카롭게 주시했다. 그것도 모르고 다시 채원의 앞으로 은근슬쩍 술을 가져다주던 수진은 금세 따라붙은 시선을 눈치채고 두 손을 들었다.

"넌 우리 아빠보다 한참이나 심각한 놈이야. 어휴, 징글징글해. 채원아, 우리 춤이나 추러 가자."

"그거 한 번 꼴랑 그랬다고 그걸 평생 우려먹을 기세네."

"한 번?"

어이없다는 듯 말끝이 높아졌지만 채원은 수진의 따라 자리에서 일어났다.

"올, 미스 양! 아직 살아 있었구나."

걸치고 있던 코트를 벗자 일명 콜라병 몸매가 잘 부각되는 빈틈없이 달라붙은 원피스를 과감하게 입은 수진을 보며 주겸이 환호를 질렀다. 열렬한 반응에 수진 또한 기분이 좋은지 모델처럼 한번 여유 있게 돌아 주었다. 그 덕분에 주변의 남자들 시선까지 단번에 사로잡았다.

"뼈가 시리다. 시려."

태인이 초 치는 소릴 내뱉자 수진은 도도한 눈매를 세우며 무섭게 흘겼다. 그리고 언제 그랬냐는 얼굴로 주변을 의식한 매혹적인 웃음을 노골적으로 지어 보였다.

그 모습이 우습기만 한 듯 낮은 코웃음을 치던 태인은 담배를 꺼내 입술로 가져가는데 뒤를 이어 채원이 입고 있던 코트를 벗고 있는 게 마침 눈에 딱 들어왔다.

느긋하게 마음을 놓고 라이터를 들고 불을 키려는데 순간 눈앞에 보이는 채원의 훤히 드러난 피부에 라이터가 아닌 그의 눈에 불길이 확 켜지고 만다.

"이여, 우리 오빵은 또 웬일이래."

"웬일처럼 보여?"

"미쳤어?"

"아니? 너무 정상인데."

"옷이 그게 뭐야? 이게 어디 훤히 살을 다 드러내고 있어."

노출에 노자도 올라가지 못할 레벨의 옷을 두고 심각하게 윽박지르는 태인을 보며 채원은 오히려 그 물음을 진지하게 돌려주고 싶었다. 그 생각은 주겸과 수진도 같은 듯 어이가 없는 표정으로 채원을 거들기 시작했다.

"이게 무슨 살을 드러냈다고 그러는 거야?"

"어깨랑 쇄골까지 다 보이잖아!"

"오빠가 맨날 촬영하는 연예인들은 이것보다 훨씬 심한 노출도 하거든?"

"비교할 걸 비교해. 네가 연예인이야? 이게 연예인인도 아닌 게 발랑 까져서는."

"까지긴 뭘 까져? 주위 한 번 둘러나 보고 말해. 여기서 내가 제일 얌전하게 입었거든! 꽉 막힌 사람처럼 왜 저래나 몰라. 괜히 할 짓 없으니까 시비야."

"그래, 말 한 번 잘했다. 내가 꽉 막혔으니 너도 꽉 막히는 게 정상이지."

그러더니 설상가상 입고 있던 자신의 코트를 벗더니 채원의 몸 위로 걸쳐 준 태인은 단추까지 완벽히 채우는 치밀함도 잊지 않는다. 졸지에 꽁꽁 포박되어 버린 채원은 부글부글 끓는 시선으로 태인을 쏘아보았다.

"장난해?"

"장난처럼 보여? 그 상태로 나가서 춤 춰, 안 말려."

"언니, 어떻게 좀 해 봐."

"야, 박태인. 이거 좀 봐라, 응? 노출이란 건 날 두고 하는 말이야. 꼰대처럼 왜 이러니? 응? 그러면서 난 왜 가만히 둬? 채원이 보다 훨씬 심한데!"

"넌 원래 그랬고 얜 원래 안 이랬잖아!"

"원래 이러는 게 정상이거든? 한창 탱탱하고 예쁠 때 입고 싶은 거 마음껏 입어 봐야지, 나이 먹으면 입고 싶어도 못 입는 걸 왜 몰라? 말하다 보니 서럽네. 진짜. 야, 네가 오빠면 다야!"

"옳다구나. 간만에 말 한번 잘하네. 우리 조, 너무 서러워

할 거 없어. 오늘은 이 한 몸 희생해서 너랑 잘 놀아 줄 테니까.”

“내가 미치지 않은 이상 그건 사양하겠어. 채원아, 뭐 해? 나가자.”

“싫어, 안 나갈래. 언니나 춰.”

“잘한다. 간만에 스트레스 좀 풀게 해 주려 데리고 왔더니 기분이나 상하게 만들고. 양주, 나가자!”

“오빠, 기분 풀리면 나와. 알았지?”

풀 죽은 채원의 모습이 불쌍해 보였는지 주겸은 다정하게 머리를 쓰다듬으며 태인을 노려 보는 걸 잊지 않았다.

“벗지 마.”

“덥다고.”

“그럼 나가든지.”

“내가 여기서 알몸으로 돌아다녀도 나 같은 거 아무도 안 쳐다봐.”

알몸이라는 자극적인 소리만 귀에 못처럼 박혀 버린 태인은 채원을 노려보지만 골이 날 때로 난 채원은 입술을 꾹 다물고는 신나게 즐기고 있는 주겸과 수진만 죽어라 응시했다.

이해할 수 없는 노릇이다. 도대체 무슨 말도 안 되는 어깃장을 부리는지 예전 같았으면 지금과 같은 옷을 입어도 그냥 삐딱한 눈빛만 내비칠 뿐 그냥 간단히 넘겼을 것이었다. 그

164

런데 지금은 사사건건 말도 안 되는 딴지를 거는 것도 모자라 눈앞에서 감시까지 하고 있었다.

거기다 술도 못 마시게 하다니. 미성년자도 아니고 생각할수록 열이 뻗쳐 괜한 반항과 오기까지 끓어올랐다. 짜증범벅인 눈빛으로 앞만 응시하는데 문득 채원의 입매가 비스듬히 올라갔다. 예리하게 변한 시선 속 태인을 힐끗거리는 여자들이 보였다.

그중 굴곡진 자신의 몸매가 제일 잘 드러나는 옷을 입은 여자의 요염한 시선이 점점 과감하게 변하더니 자신만만하게 이쪽으로 걸어오는 모습이 보였다.

태인의 동태가 궁금하여 옆으로 곁눈질하니 이미 자신에게 다가오고 있는 여자의 낌새를 알아차렸는지 시선이 높아져 있었다.

너도 한번 당해 봐라. 회심의 미소를 짓던 채원은 걸치고 있던 코트를 순식간에 벗어 던지고 태인의 목을 확 끌어안은 동시에 마치 키스라도 할 듯 얼굴과 몸을 자신에게 쏠리게 만들었다. 익숙한 체취가 몸에 밸 정도로 가까이 밀착되었지만 전혀 의식하지 못한 채원은 낭랑하게 웃으며 약을 올리기에 바빴다.

"이런 아까워서 어쩌나. 저 여자, 그냥 가는데?"

낮은 조명 아래 수줍게 드러난 살결 위로 배회하던 눈동

자가 순진하게 웃고 있는 얼굴을 발견하고 차가워진다. 색이
짙어진 눈빛이 곧은 목선을 따라 도드라진 쇄골에서 멈춰지
더니 다시 말간 눈동자를 마주했다.

"글쎄. 날 두고 쉽게 포기하는 여자는 그다지 보질 못해
서."

조소가 은밀히 흘러나왔지만 채원은 오만한 말에 그저 약
이 올라 코웃음만 쳤다. 그때 불현듯 태인의 얼굴이 한 뼘 더
가깝게 다가오자 뭔가 상황이 이상하게 돌아가는 게 느껴졌
다. 채원의 입술에 머물렀던 웃음이 그제야 서서히 불편하게
지워져 가고 있었다.

"그래서 말인데."

코트를 괜히 벗었나 싶을 정도로 숨결이 훑고 지나가는 곳
마다 화끈거려 슬쩍 고개를 뒤로 물리는데 열기 담은 목소리
가 족쇄처럼 뻗어 왔다.

"계속 더 해 봐."

분명 농간인데 덫에 걸린 것처럼 채원은 거침없이 다가오
는 입술을 멍하게 바라보았다.

또 그 눈빛이다.

웃음기 없는 시선 속 꿰뚫어 볼 듯 깊고 짙은 검은 눈동자
에 채원은 마른침만 꿀꺽 삼키며 숨결이 섞일 만큼 가깝게
다가온 입술과 눈빛에 숨을 꽉 참고 만다.

“겁도 없이.”

“오빠면서.”

오빠. 새삼 왜 그런 말이 불쑥 튀어나온 건지 모르겠지만 쓸데없는 오기가 발동한 채원은 태인을 피하지 않았다. 그런 채원을 무표정하게 물끄러미 응시하던 태인이 움직인 건 그때였다. 채원은 뻣뻣하게 굳어 있던 눈동자를 출렁거리며 놀란 나머지 목을 두르고 있던 손을 놓아 버렸다. 낯선 그림자가 몸을 지배하고 있는 것 같았다. 몸을 움직일 수가 없었다.

완벽하게 갇힌 채 가깝게 닿아 있는 눈동자와 그 입술에 당장이라도 먹혀 버릴 것만 같았다. 눈앞에 있는 사람이 태인이란 걸 잘 알고 있다. 이건 그냥 단순한 장난뿐이란 걸 아는데도 이상하게 식은땀이 맺히고 머릿속이 하얗게 변해 갔다.

하지만 장난이건 뭐건 더는 버티지 못한 채원이 그를 밀어내려 손을 움직이려 했다. 하지만 화가 난 듯한 서늘한 목소리에 그만 손이 굳어 버렸다.

“동생이란 허울 좋은 소리 해 봤자.”

얼굴이 비켜 간 대신 귓가로 열기가 번졌다.

“결국 난 남자고, 넌 여자야.”

허리를 감싸고 있던 손이 풀어지며 몸을 덮고 있던 낯선 그림자가 멀어져 갔다.

“나도 딴 새끼들이랑 다를 게 없다고.”

누구보다 잘 아는 사람이 이상하게 지금은 완벽한 타인으로 느껴지는 건 왜일까.

채원은 돌아서 나가는 태인에게서 시선을 떼지 못했다.

“안드로메다로 간 거 맞지?”

“응, 갔어.”

“이러다 우리도 같이 가면 어쩌냐? 저 자식, 보나마나 발광할 건데.”

“새삼 발광해 봤자 요 몸서리치는 귀여움은 우리 독차지라고.”

말만 걱정스럽지 주겸은 연신 싱글벙글 웃음을 달고 있었다. 옆에서 역시나 같은 표정으로 수진도 엄마의 미소를 듬뿍 내짓고 있었다.

“손님, 원하시는 거 다 줄 테니까, 그만 흔들어용.”

평소와 다르게 태인의 경고를 한방에 날려 버린 채원은 기어코 자신의 주량이 넘도록 마셔 현재 만취한 상태였다. 홍조를 넘어서 금방이라도 불타오르고 있는 새빨간 얼굴로 놀던 채원은 갑자기 고개를 우뚝 멈추더니 손을 올려 눈을 비비적거렸다.

“어? 언니? 언니가 왜 여기 있어?”

“응, 언니는 사실 투명 인간이라 우리 채원이가 깨어 있을 땐 안 보이거든. 근데 지금은 채원이 여기가 뿅 나가서 이 언니가 아주 잘 보이는 거야."

"와, 능력자다!"

능숙하게 받아치는 스진을 또 늘 그렇듯 잘만 믿는 채원이 손뼉을 치며 좋아하자 주겸은 혀를 차며 팔짱을 꼈다.

"저 꼬라지를 보니 이미 안드로메다를 넘어선 것 같다만."

신나게 박수를 치던 채원이 갑자기 고개를 휙 돌리더니 코맹맹이 목소리로 주겸을 가리켰다.

"어라? 양주도 있네?"

"떽, 누구 보고 양주라는 거야! 똑바로 안 불러?"

"싫다, 양주는 능력자가 아니잖아!"

"어휴, 쟤는 왜 술만 처먹으면 없던 귀여움이 부담스럽게 터져 나오는지 몰라."

"응? 뭐 줄까? 내가 다 줄게!"

나왔다. 다 줄게 병. 직업병인지 뭔지 술만 취하면 뭐든 주고 싶어서 안달이 난 채원은 제 가방을 끌어와 하나둘 물건들을 쏟아 내며 수진에게 주기 시작했다.

"요것도…… 요것도! 또 이거랑…… 어! 이것도 줄게!"

"오빵, 저거 설마 저 짓을 우리 말고 딴 사람한테 하는 건 아니겠지?"

"안 해. 오늘은 박태인이 하도 이거 하지 마라, 저거 하지 마라 극성을 부려 대니까 애가 폭주해 버린거지."

수진은 채원이 끊임없이 건네는 물건들을 살뜰히 받아 채원이 안 보는 사이 가방에 도로 넣기 바빴다.

"어라? 왜 계속 있지?"

가방 안에 있는 것은 다 꺼내어 줬는데도 다시 돌아보면 물건들이 있자 그게 몹시 못마땅한 채원은 이번엔 가방을 들어 테이블 위로 다 쏟아 버린다.

"자아, 이러면 됐다!"

눈이 접히도록 흐뭇하게 웃으며 말하자 수진은 곧장 반응을 보여 주며 기쁘게 물건을 가져가 또다시 가방 안에 집어넣었다. 하지만 주겸은 채원이 내놓은 소지품을 지나쳐 술병을 집는데 그걸 또 정확히 포착한 채원이 입술을 뚱하니 내밀며 웅얼거렸다.

"양주는……. 마음에 안 드니?"

"이 오빠 충분히 부자라서 안 해도 된단다."

"안 돼!"

그러더니 느닷없이 신고 있던 운동화를 벗는다.

그리고.

"자."

코앞에 있는 운동화를 보며 주겸은 헛웃음을 지으며 수진을 돌아봤다.

"이봐, 날 얼마나 지 발가락 때만도 못하게 생각하면 꼬질
꼬질 고린내 나는 운동화를 내밀겠냐고. 썩 안 치워?"

얼굴 앞으로 바짝 다가온 운동화의 존재감에 주겸이 질색
하며 뒤로 물러나자 채원은 입술을 뚱하게 내밀더니 운동화
를 바닥에 던져 버렸다.

"내 운동화가 더 아깝다!"

"뭬야? 그럼 진짜 그 꼬질꼬질한 운동화보다 내가 못하다
는 말이더냐?"

눈웃음을 지으며 채원이 대답을 피했다. 제대로 취하셨는
지 시도 때도 없이 생글생글 웃는 모습이 귀여우면서도 약이
올라 주겸은 짜증을 부렸다.

"웃지 마! 그걸로 내 상처는 치유되지 않아!"

그러거나 말거나 연신 웃기 바쁜 채원이다. 너무 내버려
뒀나? 저 나사 하나 풀린 모습을 태인이 봤다가는 생각만 해
도 뒷목이 뻣뻣하게 굳었다.

그런데…… 기분 탓인지 어째 진짜로 뒷골이 서늘해져 왔
다.

설마, 하는 불안한 눈동자가 슬그머니 뒤를 돌아보는데 헉
저절로 가슴이 공손하게 쪼그라들고 만다.

"고양이한테 생선을 맡긴 내가 등신이지."

꼼짝도 않고 아파트에 벌써 도착했음에도 불구하고 여전히 잠에 취해 있는 채원을 보며 자신의 방심을 탓했다. 무방비하고 여전히 자신을 오빠로밖에 생각하지 않는 신뢰가 깔린 표정을 보며 그 마음이 이해가 되면서도 한편으론 답답하고 화가 났었다.

아니, 격렬하게 충돌하는 마음을 외면하고 일방적으로 품 안에 가두고서라도 키스를 해 버릴 것만 같았다. 그래서 자리를 피해 버렸었다. 그런데 이 꼴을 보니 채원은 거기에 조금도 눈치채지 못한 것 같았다. 다행인지 불행인지.

"잘도 잔다."

웅크리고 있는 자세가 불편해 보여 더 이상 차에는 못 있겠다 싶어 채원을 깨웠지만 색색거리는 숨소리만 규칙적으로 들려올 뿐 미동도 없다.

"뭐가 좋다가 웃어."

재미있는 꿈이라도 꾸는지 잠결에도 방긋 벌어지는 입술이 귀여워 참지 못하고 홍조가 남은 볼을 꾹 눌렀다. 손끝을 타고 오르는 기분 좋은 느낌에 좀 더 만지고 싶은 충동이 깊게 들지만 차가운 날씨가 신경 쓰인 태인은 채원을 업었다.

편하고 익숙한 느낌이어서일까. 어깨 아래로 힘없이 떨어져 있던 두 팔이 제자리를 찾아 바로 태인의 목을 꼭 끌어안아 오며 편안하게 기대어 왔다. 잠결에도 추위가 뚜렷하게

느껴지는지 채원은 자꾸만 얼굴을 부비더니 기어코 의도치
않게 입술을 목덜미에 스치게 했다.

"이 와중에도 고문하냐?"

그냥 키스라도 할 걸 그랬나? 문득 후회가 들었다. 간질거
리며 따뜻하게 닿아 있는 숨결에도 미치겠는데 설상가상 입
술까지 괴롭히자 태인은 인내심의 한계를 느끼며 걸음을 걸
었다. 그때 갑자기 빨라진 걸음 속도를 느꼈는지 몽롱하게
잠긴 목소리가 어깨를 타고 들려왔다.

"오빠냐?"

"더럽게 말도 안 들어."

힐끗 시선을 돌리며 쾌인이 매섭게 말하자 채원은 비몽사
몽한 와중에도 입술을 삐죽이며 넓은 어깨에 다시 얼굴을 박
았다. 그대로 잠잠한가 싶더니 또 고개를 들어서 연속으로
머리를 콩콩 박고는 이젠 머리카락까지 잡아당겼다.

"아프지?"

"너도 내일 아플 거다."

"사실은 안 아프지?"

"입 다물고 자."

"잔소리하지 마라아. 잔소리하면, 오빠…… 아무한테나 줘
버린다. 그리고."

채원의 차차 느려진 숨소리와 함께 태인의 발걸음도 동시

에 더뎌졌다.

"있잖아."

"……."

"그러지 마라……."

"뭐가."

"장난이라도…… 무서웠단 말이야."

걸음이 멈춰지고 허물어지듯 허탈한 웃음이 맺혔다. 흔들리는 눈동자가 막연하게 어둠속에서 헤매었다. 그럼에도 두 다리는 다시 움직였다. 멈출 수가 없었다. 멈출 길이 더 이상 그에겐 없었으니까.

쓰리고 아렸다. 어디 한군데 몸이 망가진 것도 아닌데 아팠다. 그럼에도 멈출 수가 없었다. 지금 걷고 있는 이 걸음처럼 멈출 수가 없었다.

"어, 언니."

막 걸려 온 수진의 전화에 휴대폰을 귓가에 댄 채 분주하게 버스에서 내리는 사람들과 섞여 채원도 바쁘게 내리고 있었다.

—속 괜찮아?

필름이 끊길 걸 보아 어제의 상황을 굳이 듣지 않아도 알 것 같아 채원은 민망한 웃음을 지었다.

"속은 괜찮지, 민망한 게 더 문제지."

―간만에 보니까 난 좋던데? 태인이 뭐라 안 하디? 잔소리 안 퍼부었어?

빠르던 걸음이 순간 멈추며 오늘 아침을 잠시 떠올렸다.

어제처럼 만취가 되도록 마시고 아침에 일어나면 항상 저승사자처럼 버티고 서 있는 태인 때문에 숙취와 또 다른 괴로움을 느껴야 하는 게 그간의 정석이었다.

오늘도 역시 그럴 거라 생각하며 알아서 옷을 다 챙겨 입고 몸과 마음을 다 잡고 밖으로 나갔는데 이게 웬일인지 태인이 밥상을 차리고 있었다.

딱 봐도 인스턴트 국이었지만 운동장이 아닌 밥상이라니!

직접 차리고 있는 그 모습만으로도 놀랄 노자인데 거기에 잔소리는커녕 '작작 마셔' 이 단 한마디와 함께 숙취 해소약까지 챙겨 줬었다. 오죽하면 꿈인 줄 알고 얼굴이 벌게지도록 꼬집었을까.

"언니, 내가 오빠한테 어제 무슨 소리했었어?"

―나야 모르지. 오자마자 너 끄집고 갔는데. 왜? 또 아침부터 어지간히 못살게 굴디? 안 봐도 눈에 훤하네, 어휴.

"아니야. 아침부터 비정상적으로 너무 잘해 줘서 물어본 거야."

　―잘해 줘?

　"응. 밥도 차려 줬었지. 거기에다 숙취 해소약까지 챙겨
줬다니까?"

　―박태인이?

　"응."

　―운동장 안 돌리고?

　"안 돌았어."

　―미친 거 아니야? 돌았나? 갑자기 왜 그런다니? 어제 내
가 한 말 때문에 반성이라도 했나. 내가 어제 너, 너무 잡는
다고 좀 뭐라 했었잖아. 안 그런 척하면서도 지도 속으로 내
심 찔렸었나 보네. 야, 됐다, 됐어, 잘된 일이지. 뭐. 너도 이
제 챙길 생각만 하지 말고 챙김도 받아.

　"싫어. 절대로 사양하겠어."

　―놔둬. 오빠 노릇 이제라도 제대로 하고 싶은 모양이지.
걔가 또 마음먹으면 중도 포기란 걸 몰라요, 우리 채원이 앞
으로 좋겠네?

　"하나도 안 좋아."

　―이 기회에 오빠 사랑 마음껏 받아 봐. 나도 이만 출근할
란다. 그럼 나중에 보자.

　끊어진 휴대폰을 들고 채원은 그래도 뭔가 찝찝한 듯 미간

을 찌푸렸다. 화는커녕 마치 엄마 같은 너그러운 미소를 짓고 있던 얼굴도 해장국도 약도 모두가 못 견디게 이상했다.

혹시 방법을 바꿨나? 그래, 그럴 것이다. 그게 아니고서야 갑자기 그것도 술이 떡이 되게 취한 다음 날 이럴 수는 없었다.

무서운 인간. 그놈의 술이 원수지! 채원은 충동적으로 마셨던 술을 뒤늦게 후회하며 다시 멈춰 있던 걸음을 서점 쪽으로 홀가분하게 옮겼다.

문을 열고 들어가자 말소리가 부자연스럽게 뚝 끊기는 느낌이었다. 눈치가 빠른 채원은 대화의 중심에 자신이 있었다는 걸 알아차렸지만 내색하지 않은 얼굴로 로커문을 열고 외투를 벗는데 이번엔 뒷통수가 묘하게 따가웠다.

신고 있던 운동화가 바닥에 힘차게 마찰되는 동시에 채원이 고개를 돌리자 아니나 다를까 여직원들은 하나같이 시선을 황급히 돌리며 무리지어 탈의실을 나가 버린다.

"뭐야?"

뭔가 서점 안으로 들어오는 순간부터 싸한 느낌을 받고 있었지만 흘겨보거나 노려보는 것만 해도 자신을 따돌리고 있는 분위기는 확실했다. 왜 저러는지 이유야 반나절도 안 되어서 금방 귀에 들어오겠지만 아침부터 사람들에게 원수 같은 취급을 받고 있자니 웃음은 나오지 않았지만 코웃음만은 강하게 나왔다. 머리를 질끈 묶고 유니폼으로 완전히 갈아입은 채원은 태인이 차려 준 밥의 힘과 숙취의 힘으로 탈의실을 개선장군처럼 빠져나간다.

"뭐? 내가 바람을 펴?"

선아에게 모든 얘기를 들은 채원은 거울에 비친 제 모습을 도한인 것처럼 칼을 간 눈빛으로 노려보고 있었다. 이제야 완벽히 퍼즐이 맞춰진 듯 하루 종일 따라 붙던 시선들과 수군거림의 진원지를 알 수 있었다.

"김도한……."

눈꺼풀이 파르르 떨리며 참을 수 없는 주먹이 화장실 문에 퍽 꽂혀 버린다.

그리고 얼마 지나지 않아 채원은 찾을 필요도 없이 양반에 양자도 아까운 도한과 내려가던 비상계단에서 마주친다.

"어? 오채원 씨네."

막 끊은 휴대폰을 바지 뒷주머니에 넣으면서 도한이 위에서 내려 보자 채원은 곧장 조소 섞인 눈빛으로 날카로움을 던졌다.

"미친 거야 뭐야."

“멀쩡한데? 아, 코는 좀 아프네. 무슨 여자가 힘이 장사야? 코뼈 안 부러진 걸 다행으로 여겨.”

적반하장도 유분수지 아량을 베푸는 표정이 가관이었다. 어떻게 이런 남자한테 호감이 들었는지 이 남자와 얽혔던 순간이 지독히 후회가 밀려왔다. 그래서 진심으로 한탄하는 목소리로 말했다.

“이럴 줄 알았으면 부러지도록 한 방 먹이는 건데, 아쉽네요.”

“뭐?”

“그런 식으로 피해자 놀이 하면 재밌나 봐요?”

“이런 벌써 오채원 씨에게 흘러들어 갔나? 그렇게 안 봤는데 남자들 입이 제법 가볍단 말이야. 근데 없는 말을 한 것도 아니잖아? 피해자 놀이라니 누가 들으면 진짜인 줄 알겠네.”

능글맞게 웃으며 도한이 채원의 얼굴을 기분 나쁘게 훑어내렸다. 채원은 벌레가 기어 다니는 시선을 싸늘하게 막아 세우며 냉기를 내뱉었다.

“미쳐도 정도껏 미쳐야지. 어디 분리수거도 안 되게 미쳐서는.”

기세 좋게 만면 웃음을 짓고 있던 도한의 면상이 짧게 경직된다. 하지만 곧 입대를 끌어 올리며 다정한 목소리를 가장한 비아냥거림이 채원을 향했다.

“오채원, 네가 나한테 그럴 말 할 주제가 되나 모르겠네? 앞에선 내숭 뒤에선 다른 남자 품에 안겨 있을 줄 누가 알았겠어. 도둑이 도리어 매를 든다는 소리 알지? 이게 다 널 두고 하는 소리였어.”

대꾸할 가치도 없어 그냥 실소만 짓고 있는데 그 모습을 기선 제압했다는 걸로 착각한 도한은 저급한 소리를 멈추지 않았다.

“죽고 못 사는 사이라고? 그럼 볼 장 다 봤겠네. 그런 주제에 내 앞에선 뻗대다니 여러모로 참 대단히 깜찍해?”

“…….”

“순진한 거야? 아님 멍청한 거야? 남자는 남자가 알아. 딱 봐도 그런 놈들은 너 같은 여잘 메인으로 못 봐. 심심풀이 땅콩 같은 존재라면 모를까. 본인도 알잖아? 무슨 매력이 있어 그런 놈들이 달라붙어? 그러니까 좋은 말로 할 때 다시 시작해. 없었던 일로 해 줄 테니까.”

“…….”

“왜 말이 없어? 정곡을 찌르니까 그제야 현실이 보여서 민망해?”

말이 끝나기 무섭게 채원이 한 계단 성큼 올라가자 자신을 향해 주먹을 날리던 모습이 순간 오버랩 되며 도한은 두 계단을 뒷걸음쳐 올라가 버리고 만다.

“그럼 잘 알겠네.”

“뭐가?”

“너도 메인이 아니었다는 거.”

“……!”

“안 먹길 잘했네. 하긴.”

“야, 오채원…….”

“애초에 쓰레기는 먹는 게 아니라 버리는 거니까.”

비웃는 얼굴로 채원이 도한을 밀치고 지나가 버리자 붙잡지도 못하고 눈만 껌벅대던 도한은 기가 막힌 듯 입술을 벌렸다. 그것도 잠깐.

“뭐, 쓰레기?”

뒤늦은 고함 소리가 썰렁한 비상구를 울렸다. 생각하면 할수록 어이없고 기가 차 헛웃음이 터졌다. 보란 듯 당했다는 생각이 미치자 가슴이 부글부글 끓다 못해 얼굴이 시뻘겋게 변한 도한은 채원이 나간 쪽을 험상궂게 돌아보았다.

취향은 아니더라도 나름 새침하고 귀여운 맛에 포기할 수 없어 다시 접근하고 있었지만 당돌한 꼬락서니에 점점 인내심은 바닥을 쳐갔다. 그런 만큼 다시 채원을 갖고야 말겠다는 끈적한 오기가 눈동자에 번졌다.

“죽고 못 사는 사이지.”

남자의 표정은 소름이 돋게 단호했다. 대체 뭘 어떻게 구워삶았기에 그딴 소리를 내뱉는지 알고 싶었다. 사귈 때 지루할 만큼 정석대로 행동하는 여자였다. 애교는커녕 사근사근한 맛도 없었으며 도무지 알아서 달라붙는 법도 몰랐다.

하긴 애초에 쉬운 여자는 재미가 없었다. 남의 떡이 크게 보인다는 말이 현재 도한의 심경이었다. 비뚤름한 웃음을 짓던 입술이 채원이 나간 문을 향해 한껏 비웃었다.

지금 자신에게 매몰차게 대해 봤자 어차피 끝내 못 이기는 척 돌아올 거라 믿어 의심치 않았다. 여자들이란 원래 겉과 속이 다른 존재니까. 싫다, 싫다 하면서도 은근슬쩍 허리를 들고 옷을 끌어 내렸다.

그가 여태 만난 여자들은 열에 열이면 전부 그랬다. 모순적이고 가식으로 똘똘 뭉친 게 그가 아는 여자들이었다. 채원도 별반 다를 게 없었다. 그때가 되면 과연 어떤 표정을 지을지 혼자 망상하던 도한은 콧노래를 부르며 채원이 내려갔던 계단을 흥겹게 내려갔다.

내릴 때조차 사람들에 의해 떠밀려 내린 채원은 숨이 탁 트인 넓은 거리에서 그제야 살 것 같다는 표정으로 차가운 공기를 들이마셨다.

평소 같았으면 추워서 한껏 움츠리다 못해 패딩에 붙은 모자를 뒤집어썼을 텐데 지금은 얼굴을 치고 가는 매서운 찬바람조차 너무 사랑스럽게 느껴지다 못해 감격스러웠다. 만원인 차를 한두 번 탄 것도 아니었지만 오늘 같은 기분엔 역시나 아니었다.

더러운 기분을 타고 연쇄 작용처럼 도한이 생각나자 채원은 얼굴을 사정없이 구기며 버스를 보던 시선을 접고 발걸음을 돌렸다.

"그냥 이판사판 다 까발려 봐?"

무시가 상책이라 가만히 있었지만 갈수록 심해지는 도한의 파렴치한 행동에 더는 당할 수도 없었다. 지금도 맡이 줄어들다 못해 무성하게 커지기만 하는데 그걸 고스란히 참고 있기엔 굉장히 정신적 데미지가 커지고 있었다. 어떡하면 좋을지 유심히 고민하고 있는 그때 채원은 갑자기 걸음을 멈추더니 주머니에서 휴대폰을 꺼내들었다.

"왜."

—왜는 뭐가 왜야. 어디야?

태인이었다. 어제 일이 짐짓 떠올라 표정이 어정쩡하게 변했다.

"어디긴. 퇴근하고 집에 가고 있지."

—갈까.

"어딜 가?"

앞으로 걷는데 뒤이어 들려오는 예상치 못한 말이 발걸음을 붙잡았다.

―너한테 가지. 누구한테 가.

나지막한 목소리가 갑자기 눈앞의 거리를 어젯밤 클럽으로 변하게 만들며 낯선 사람 같았던 태인의 모습이 머릿속을 알 수 없게 흔들었다.

별일 아닌데. 분명 아무 뜻도 없을 농간일게 분명한데 잊어야 하는 일을 필요 이상으로 잊지 못하고 있는 게 못마땅했다.

자전거를 탔던 그날처럼.

숨소리가 혼란스럽게 새어 나왔다.

―왜 아무 말도 없어.

가슴에 가 있던 손을 얼른 내리고 눈을 빠르게 깜박였다.

"오긴 뭘 와. 그냥 가던 길이 나 가."

전화를 일방적으로 끊어 버린다. 하지만 매듭을 짓지 못한 시선은 휴대폰에서 벗어나지 못하고 혼란스럽게 맴돌았다. 마른침만 삼켜 보는데 이번엔 목 언저리가 뜨거워져 갔다.

"확실히 오늘 정상이 아니야."

괜스레 목소리를 높인 채원은 꼬리에 꼬리를 무는 상념을 지우고 긴장되어 있던 표정을 벗었다. 그래. 그런 모습을 처음 봐서 그랬던 거야. 별거 없어. 별거 없다고.

조급한 발걸음을 앞세운 채원은 어젯밤 농후한 숨결 아래 긴장으로 식은땀을 주었던 두 손처럼 땀이 맺혀 있는 얼굴을 찬 바람에 식히기 바빴다.

하지만 잠시 후 그 길로 쭉 집으로 갔을 줄 알았던 채원은 다른 곳에 엉덩이를 붙이고 있었다. 정류장 근처 편의점 파라솔 아래서 오늘따라 조용한 동네를 심드렁하게 응시하며 손에 쥐고 있던 맥주를 입술로 가져갔다.

목을 타고 넘어가는 시원함이 뒤통수를 짜릿하게 했지만 답답한 속은 여전히 풀리질 않았다. 술을 마시고 있는 이유도 명확하지 않았다. 그러다 꼭 이유가 있어 마시냐며 괜히 혼자 성질을 냈다.

"오늘은 니들도 별수 없나 보다."

피식 낮은 웃음을 의미 없이 흘려보내며 한 캔을 더 따 입술로 가져가는데 머리 위에서 따가운 목소리가 들려왔다.

"죽을래?"

젖혀진 고개를 유지한 채 눈만 떠 보니 태인이 보였다. 미간이 모아지며 고개를 바로 세웠다.

"여기 있는 건 또 어떻게 알고 온 건지."

"너 찾는 건 일도 아니지."

맞은편 의자를 끌어다 앉은 태인이 못마땅한 눈초리를 대놓고 보이자 채원은 입술을 삐죽이며 입술에 달라붙어 있던 캔을 내려놓았다.

"내 아지트를 다른 데로 옮겨야겠어."

"또 술이 들어가냐?"

"그러게 어제 떡이 되게 마셨을 땐 왜 난리 안 치고 지금 겨우 맥주 두 캔 깐 걸 뭐라고 하는지 모르겠네."

"머리는 또 왜 그 꼴이야?"

정수리 위로 지나치게 말아 올린 머리를 지적하자 채원은 눈썹을 추켜올렸다.

"새삼 할 말 없으면 하지 마."

그러고는 자리에서 일어나 편의점 안으로 들어갔다. 계산을 하는 채원을 보며 태인의 눈빛은 어느새 깊어지고 섬세하게 변해 갔다. 태인은 그녀가 계산을 하며 웃고 있는 입술도, 유연한 눈빛도, 난감할 때마다 잔머리를 만지는 습관까지 어느 것 하나 놓치지 않고 눈에 담았다.

채원은 어젯밤 일 같은건 까맣게 잊은 모습이었다. 차라리 기억이 났으면 좋겠다는 생각도 들었지만 무서웠다는 한마디가 가시처럼 박혀 빠지질 않고 계속 파고들어 괴롭게 만들었다.

널 어떡하면 좋을까. 그리고 너밖에 안 보이는 난 어떡하면.

채원이 다가오자 태인은 혼란스러운 숨을 소리 없이 삼켰다.

"이거 완전 직업병이야."

"왜."

채원이 태인의 몫으로 사 온 맥주를 앞에 놓아 주자 태인도 안주로 사 온 양갱의 포장을 벗기며 물었다.

"계산하는데 글쎄 내가 먼저 카드로 결제하시겠습니까? 이러고 있잖아."

고개를 절레절레 흔들며 태인이 건네주는 양갱을 받아 안주로 한입 크게 베어 먹었다.

"취향 한번 참 특이하지."

"오늘따라 참 새삼스러운 소리 많이 하시네. 뭐 한두 번 봐? 먹어 볼래?"

양갱을 내밀던 팔을 접었다. 그의 표정에 그만 웃음을 터트리고 말았다. 가로등 불빛만이 존재감을 과시하던 조용한 길거리에서 유일하게 들려오는 밝은 웃음소리는 차가운 공기를 잠식시켰다. 하지만 태인은 그 웃음에 속지 않았다.

"무슨 일이야."

그칠 것 같지 않던 웃음소리가 태인의 한마디에 바로 잦아들며 올라가 있던 입매가 일자로 다물어졌다.

"일은 무슨. 꼭 일이 있어야 마시나 뭐."

어깨를 으쓱이며 마시다 만 캔 맥주를 다시 잡았다.

"힘들어?"

짧게 스치는 표정조차 놓치지 않는 태인이었다. 헤어진 것 때문에 힘드니? 아니면 매번 마주칠 수밖에 없는 그놈 때문에 힘든 거냐고 그 말이 목 끝까지 치밀어 올랐지만 내뱉지 못했다.

"왜, 힘들면 오빠가 대신 일해 주게?"

어느 때처럼 까칠한 대답이 날아오길 기대하며 웃고 마는데 이어지는 말들은 그 웃음을 어정쩡하게 만들었다.

"힘들면 그만둬. 거기 아니더라도 서점은 많아. 아니면 쉬면서 이제라도 하고 싶은 거 찾아. 원하는 걸 하란 말이야. 네가 말만 하면 난 다 밀어 줄 거니까."

버텨. 누가 하라고 했어? 그런 썩어 빠진 정신으로 뭐해 먹고 살래? 등등 서슴없는 독설을 날리는 게 정상이었다. 그런데 지금 태인은 몹시 비정상으로 굴고 있어 채원은 표정 관리가 전혀 되지 않았다.

"오채원이 말문이 막히더니 별일이네."

"누가 말문이 막혔다고."

발끈해서 고개를 들었지만 뭔가 불편한 듯 채원은 얼굴을 찌푸렸다. 그리고 태인의 몫으로 사 온 맥주를 빼앗아 자신이 마셔 버렸다. 목이 따가울 정도로 한꺼번에 맥주를 흘려보낸 채원은 움켜잡은 맥주 캔을 테이블 위로 내려놓는데 태연히 입술 주변을 훑고 가는 손길에 눈동자가 굳고 말았다.

"왜 이래?"

채원이 목소리를 높였지만 태인은 그녀가 먹다 만 맥주 캔을 입술로 가져가며 무심히 대꾸할 뿐이었다.

"뭐가."

"왜 이상한 행동하냐고!"

"새삼스레."

"새삼스레는 무슨! 미쳤어?"

"미쳤나 보지."

너한테. 말을 삼키며 당황함이 가득한 채원의 표정을 안주 삼아 맥주를 마셨다. 그 모습을 도저히 적응 안 되는 눈빛으로 보던 채원은 더 이상 마실 맥주도 없어 양갱만 살벌하게 베어 물었다.

"아무튼 이상해. 이랬다저랬다 줏대 없이 변하는 심경 변화에 죽겠다고. 이제 끝난 거야?"

"안 끝났어."

지체 없는 대답에 채원은 환장하겠다는 얼굴로 되물었다.

"언제 끝나? 끝나기나 해? 대체 뭐 때문이야? 연애라도 해?"

따발총처럼 쏘아 대는 질문을 들으며 태인은 이번에도 짧막한 대답을 내놓았다.

"못 해."

안 해도 아닌 못 해라는 대답이 물끄러미 나오자 채원은 잠시 말문이 막혀 버렸다. 기대도 안 했던 대답을 너무 쉽게 들은 나머지 도리어 자신이 당황하고 있었다.

다른 화제로 돌려야 할지 아니면 여기서 더 물어야 할지 갈피를 못 잡고 있는데 내려앉았던 눈동자를 황급히 들게 만드는 말이 연이어 태인에게서 들려왔다.

"좋아하는 사람 있어."

"……."

갑작스러운 고백에 채원은 멍한 눈빛으로 태인을 보았다. 그러다 믿을 수 없는 목소리로 되물었다.

"오빠가?"

"어."

"그러니까 좋아하는 사람이 있는 데도 연애를 못 하고 있다는 건 설마 혼자 좋아하고 있다는 건 아니겠지?"

도저히 상상이 가질 않았다. 박태인이 짝사랑이라니! 아닐 거라 단정 지으며 태인의 얼굴만 뚫어져라 응시하는데 어이없는 대답이 들려왔다.

"나 혼자 좋아해."

쿨한 인정 앞에 채원은 입술을 모로 벌리며 눈을 커다랗게 떴다.

"뭐, 뭐?!"

놀란 반응을 보며 태인은 씁쓸한 표정을 숨기려 맥주를 입술로 가져갔다.

"그럼 여태껏 그 난리를 피웠던 게 다 여자 때문이었어? 기가 막혀서."

한편 그동안 이유 없이 당한 게 억울했던지 채원은 태인을 곱게 보지 못하고 뾰족한 눈빛으로 물었다.

"차였어?"

"아니."

"그럼 고백은 했어?"

"못 해."

"왜?"

"왜겠냐?"

"왜겠어? 오빠가 알겠지."

굳이 대답을 듣지 않아도 음울한 눈동자가 그의 마음을 대변하는 것 같았다. 무서울 것 하나 없이 자기 주관대로 움직이던 태인도 저런 얼굴을 할 수 있다니 속사정도 모른 채 막연히 속상함이 밀려왔다.

자신의 사랑을 비웃는 태인을 보며 제발 여자 때문에 피눈물 흘릴 날이 오기를 바랐던 적이 있었다. 하지만 막상 진짜 저런 모습을 보고 있자니 고소함보다는 속상함이 먼저였다.

도대체 어떤 여자이길래 저렇게 고백도 못 하고 속을 태우고 있는지 입술만 물고 있던 채원은 순간 머리를 스치고 지나가는 생각에 침을 꿀꺽 삼켰다.

"오빠."

심상치 않는 목소리가 자신을 부르자 태인의 목울대가 흔들려 버렸다. 설마.

"아니겠지."

마음속에 있는 말을 채원이 똑같이 꺼내자 숨 막히는 긴장감이 몸을 타고 흐르며 경직된 시선이 채원에게로 향했다. 그러자 심각하게 굳어 있는 얼굴을 발견하고 충동적으로 입술이 벌어졌다.

"너."

"설마 유부녀는 아니겠지?"

굳었던 표정이 일그러지듯 풀어지며 어이없는 웃음이 삐져나왔다. 전혀 갈피를 잡지 못하고 엉뚱한 방향으로만 향하는 채원 때문에 태인은 애꿎은 빈 캔만 찌그러뜨려 쓰레기통으로 던져 버렸다.

"이봐, 또 성질 나오잖아. 진짜 유부녀야?"

"너다. 너."

될 대로 되라는 식으로 말해 버렸지만 채원은 들은 체도 안 하고 무시해 버린다.

"것도 아니면 고백조차 못하는 이유가 뭔데?"

"왜겠냐?"

낮아진 목소리가 매섭게 다가오자 채원도 매섭게 받아쳤다.

"그걸 왜 자꾸 나한테 묻는 건데?"

씁쓸하다 못해 눈빛이 쓰라려 보여 괜히 자신까지 입안이 썼다. 여자를 향한 태인의 마음이 느껴질 만큼 그동안 이유 모를 행동들이 한꺼번에 이해가 되었다. 왜 그렇게 몸이 상하도록 술을 마셨는지, 왜 그렇게 무서울 정도로 담배를 피웠는지, 왜 그렇게 보는 사람마저 가슴 철렁이게끔 황량하고 공허한 눈빛을 했었는지 뒤늦게 모두 이해가 되었다.

그런데 어째서 마음을 다독이긴 커녕 멋대로 짜증을 부리고 만 것인지 채원은 자신이 이해가 되지 않았다. 그대였다. 하나둘 바닥에 점을 찍고 비처럼 태인의 목소리가 기습적으로 파고들었다.

"좋아해."

오해할 만큼 다가온 시선은 진하다 못해 절절하고 갱목적이라 보는 사람마저 숨을 삼키게 했지만 미처 움켜잡지 못한 눈동자는 떨리고 말았다.

"나보다 소중한 사람이라서."

파라솔을 타고 떨어지는 빗방울 소리는 점점 빠르고 소란스럽게 들려왔다.

"그래서 그 사람을 잃게 되면."

"……."

"정말 견딜 수 없을 것 같아서 그래."

채원은 낯선 사람처럼 태인을 응시하고 있었다. 주변은 온통 젖어 갔지만 굳게 여며진 입술은 점차 말라 갔다.

"정말 미쳤거든."

"……!"

"그 사람에게 정말 미쳐서, 그냥 머리가 없는 놈처럼 미쳐서 이렇게밖에 못 해."

어제처럼 귓가에 맴돌던 열기가 똑같이 느껴졌다. 태인을 볼수록 어딘가 조여 오는 것 같아 채원은 차가워진 뒷덜미를 떨치듯 자리에서 벌떡 일어났다.

"오글거려서 못 들어 주겠네. 그런 말은 그 여자한테 가서 해. 못 한다면서 잘만 하네, 뭐."

어지럽게 엉킨 감정을 숨긴 채 철없는 표정으로 쏘아 대고는 빗속으로 걸어갔다.

하지만 빗물이 스며들기도 전에 머리 위로 덮어진 옷을 붙잡고 채원은 고개를 돌려야 했다. 동시에 다가온 두 손이 두 뺨을 감싸고 가까이 끌어당겼다.

“왜 이래?”

목소리를 높여 보지만 힘이 들어간 손은 쉽사리 그녀를 놓아 주지 않았다. 웃음기 없는 진지한 눈빛에 채원은 더 이상 아무 말도 못 하고 눈에 힘만 불필요하게 줬다. 태인이 경계 없이 다가올수록 숨소리는 반대로 불안해져 갔다.

“그러니까.”

거세지고 있는 빗줄기는 눈앞의 얼굴을 흐리게 만들었다.

하지만.

“내가 고백할 때까지.”

목소리만은 뚜렷하게 들려왔다.

“너도 딴 놈 만나지 마.”

더 이상 빗소리가 들려오지 않았다.

6화

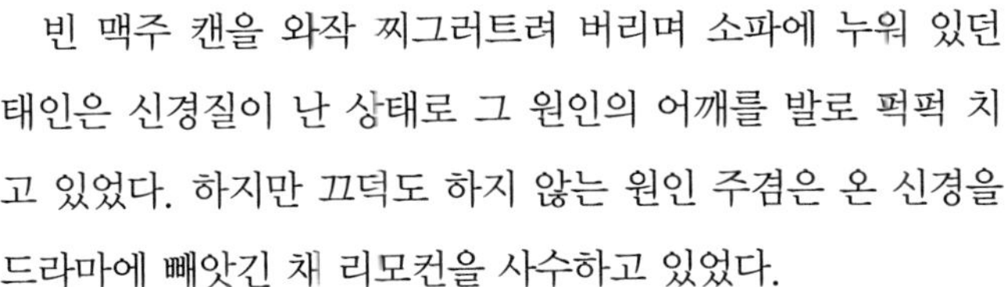

　빈 맥주 캔을 와작 찌그러트려 버리며 소파에 누워 있던 태인은 신경질이 난 상태로 그 원인의 어깨를 발로 퍽퍽 치고 있었다. 하지만 끄덕도 하지 않는 원인 주겸은 온 신경을 드라마에 빼앗긴 채 리모컨을 사수하고 있었다.

　"저건 눈이 발바닥에 붙은 것도 아니고 대체 왜 못 알아차리는 거냐고."

　어찌나 동네 아줌마처럼 혼자서 실시간 반응을 내놓는지 태인은 채널을 다른 곳으로 돌리기 위해 연신 주겸을 건드렸다. 하지만 이미 드라마에 푹 빠져 있는 주겸은 입만 촉새같이 움직일 뿐 꿈쩍도 하지 않았다. 전원을 그냥 뽑아? 그러기엔 피곤한 몸은 소파에서 떨어지길 강력히 거부하고 있었다.

다시 짜증스럽게 소파에 드러누운 태인은 천장만 탐탁지 않게 응시하다 등을 돌리고 눈을 감아 버린다.

"내가 널 사랑하니까."

그 와중에도 드라마 속 대사는 듣기 싫어도 원치 않게 생생히 귓속으로 파고 들어왔다. 새끼, 목소리 엄청 까네. 깔다 못해 굴 파겠다. 하지만 뒤이어 들려오는 대사 소리에 태인은 더 이상 이죽거리지 못했다.

"이제 안 숨겨. 드러낼 거야. 널 향한 내 마음이 어디까지인지, 네 앞에서 남김없이 바닥까지 다 보여 줄 거야."

꼭 자신의 심정을 대변하는 대사 같아 눈꺼풀이 미미하게 움찔해 버렸다.

"하! 말도 안 돼. 오빠, 우리 남매나 다름없이 컸어."

TV 속 여자의 목소리가 끝내 심기를 어지럽혔다. 덩달아

무섭다는 채원의 말이 떠올라 태인의 눈동자는 침울하게 가라앉는다.

"저게 재미있냐?"

"보면 모르냐? 요즘 내 스트레스를 풀어 주는데 저단한 복덩이가 없다. 왜 우리 엄니랑 할머니가 기를 쓰고 보는지 몸서리치게 알겠다니까. 코고 있으면 그냥 개미지옥이야."

주겸이 감회에 젖은 얼굴로 찬양을 늘어놓지만 태인의 귀엔 현실에선 불가능이란 말만 거슬리게 꽂혀 있었다.

"안 될 게 뭐냐? 진자 남매도 아니고 사람이 언제라도 마음이 변할 수 있는 건 이상한 일도 아닌데 우리가 못 변할 게 뭐야."

거부하는 여주인공의 모습이 마치 채원을 보는 것 같아 자신도 모르게 갑갑한 속마음을 툭 내놓고 마는데 주겸이 찬물을 끼얹었다.

"못 변하지. 그게 가당키나 하냐? 솔직히 남매라 보면 재랑 나도 남마야. 근데 여태 네 눈엔 우리가 뭐 그런 기미가 보이디? 설사 보였다 해도 벌써 옛날 옛적에 보였겠지. 근데 방금 우리라고 했냐?"

그랬나? 미간을 좁히며 시선을 어물쩍 회피하는데 잡아챈 손길이 어깨를 떡하니 잡고 눈을 부라렸다.

"설마."

“설마, 뭐.”

“설마 나랑 오빵이랑 어떻게 해 볼 생각은 아니겠지?”

“뭐?”

잠시나마 초조하게 튀어 올랐던 심장이 허무맹랑하게 가라앉으며 어깨를 붙잡고 있는 손을 치워 버렸다.

“너 경고하는데 혹여나 그런 생각 절대, 절대! 하지 마라, 알았냐?”

“미쳤냐?”

“하늘이 두 쪽 나도 난 오빵을 여자로 보는 일 따위 절대, 저얼대, 없으니까 그런 빌미도 절대 꺼내지 마!”

자신도 그랬었다. 절대 하늘이 두 쪽 나도 채원을 여자로 보는 일 같은 건 없을 줄 알았다. 아니 꿈에도 생각하지 않았던 일이었다. 그런데 지금 어떤가. 멀쩡한 하늘 아래 오로지 채원에게 남자로 보이고 열망으로 강아지처럼 꼬리를 흔들고 있었다. 이번 일로 알게 된 건 사람 일은 절대 단정 지을 수 없다는 것이었다. 그래서 저런 부정도 이젠 신뢰가 전혀 안 되는 태인은 그냥 넘기지 못하고 진지하게 경고를 했다.

“너, 그 말 안 지키면 죽는다.”

“미치지 않은 이상 안 지킬게 뭐야? 너 정말 내가 오빵을 여자로 볼 가능성이라도 있다는 거야, 뭐야?”

“당연히 없지. 있어서도 안 되고 만약 있으면 넌…… 인간도 아니지.”

“어이고, 무서워라. 이 시스콤 새끼가 심심하니까 별 쓸데없는 생각을 다 하네.”

광고가 끝났는지 다시 드라마에 정신이 팔린 주겸을 뒤로하고 주방에서 수진의 옆에 딱 달라붙어 얼굴도 안 보여 주는 귀여운 뒷모습만 보고만 있는데 주겸의 목소리가 불쑥 끼어들었다.

“근데 오빵 괜찮냐?”

괜찮냐가 무엇을 뜻하는지 알기에 도로 소파에 누워 버리는 몸짓이 거칠었다.

“헤어진 거 왜 숨겼대?”

“뭐 좋은 일이라고 까발려.”

“알았으면 위로 주라도 실컷 사 줬을 거 아니냐고. 아무튼 쟤는 사귀는 것도 헤어지는 것도 티를 조금도 안 내. 저러는 거 보면 딱 너야. 네가 가르쳤지?”

“채원이 앞에서 그 얘기 꺼내지 마.”

태인이 경고를 하자 주겸은 코웃음을 치며 뒤돌아봤다.

“내가 그 정도로 눈치 없는 놈인 줄 아냐? 네 눈엔 이 갸륵한 배려가 안 보여? 그리고 털면 좀 어때서. 혼자 끙끙거리고 있는 것 보단 낫지.”

“털 게 뭐가 있다고 털어.”

태인을 표정을 보지 못한 주겸은 TV에 멈춘 채 계속 말을 이었다.

"왜 없겠냐. 결혼까지 생각했었다면서? 그럼 털 게 많지."

"결혼은 친구 얘기라잖아."

"알게 뭐야. 우리가 오빠 속에 들어가 본 것도 아니고 진심 털 게 없다는 그 말을 믿냐? 저게 멀쩡하게 보여도 속은 어떨지 누가 아냐고. 끝났다 해도 한동안 쉽게 못 지워. 어떤 형체라도 남아 있을 거라고."

"……."

"그리고 같은 곳에서 일하니 더하지. 마주치는 건 일도 아닐 텐데 안 그런 척해도 불편하지. 왜 안 불편하겠어. 한때 마음 줬던 남자인데."

외면하고만 싶었던 사실을 주겸이 정확히 찌르자 태인은 경직된 입술을 쉽사리 풀지 못했다. 그런 놈 따위 더 이상 채원의 마음에 없다고 믿고 싶지만 정말 속에 들어갔다 나온 것도 아니고 불쏘시개같이 일어나는 불안감이 가슴속에서 격랑하며 태인의 낯빛이 어두워져갔다.

거기다 며칠 전 비 오던 그날, 그렇게 밖에 마음을 표현하지 못했던 그날 힘들어 하던 채원을 떠올리니 불안감은 더욱 거세졌다.

네 명이 모이며 자동으로 펼쳐지는 둥근 상 위로 수진이 구은 부침개와 막걸리가 먹음직스럽게 놓여 있었다. 군침만 삼키고 있던 주겸이 제일 먼저 상 앞으로 달려와 젓가락도 무시하고 갓 부친 뜨끈한 부침개를 찢어 먹었다.

그러더니 우물우물 기름진 입술을 바쁘게 움직이며 몹시 심각한 표정을 지으며 말했다.

"뭐냐, 이거."

"맛있지?"

수진이 그릇에 막걸리를 따르며 흐뭇하게 대구했다.

"완전 맛있어."

"그럼, 누가 한 건데."

"이렇게 말해야 안 맞을 거 아니야."

킥킥 웃음을 흘리며 젓가락을 드는데 중심을 잡고 있던 머리가 옆으로 기우뚱 밀려났다.

"왜 때려? 먹을 땐 개도 안 건드린다는 말 몰라?"

"너만 한 안주가 없어서 그렇잖아."

채원은 티격태격하는 둘을 보며 부침개를 먹다 갈증이 나는지 어느새 수진이 따라 놓은 막걸리가 든 잔을 집어 드는데 불쑥 어디선가 나온 팔이 눈앞을 가로질렀다.

짧은 순간 입술로 가져가던 잔이 멈칫했다.

똑같이 멈칫한 눈동자가 주겸과 실랑이를 벌이는 옆모습

을 보고 있다 가슴 부근이 얼굴 쪽으로 가깝게 기울어지자 채원은 슬그머니 엉덩이를 옆으로 밀었다.

그리고 들고 있던 막걸리 잔을 급하게 입술로 가져가 쭉 들이켜고 만다.

"우리 빵, 잘 마신다. 잘 마셔. 누굴 닮아서 술을 저리 잘 마시는지."

"왜 날 봐?"

"그냥 너밖에 안 보이네."

"지랄. 리모컨 어디 있어? 다른 것 좀 보자."

"보긴 뭘 봐!"

하지만 리모컨을 쉽게 빼앗겨 버리는 주겸이었다.

"어머! 그래 이런 걸 봐야지. 눈이 얼마나 탁 트이고 좋니?"

시상식인지 무대에서 한창 남자 아이돌이 공연을 하고 있었다. 떼창과 섞인 함성 소리도 대단했지만 찍어 놓은 듯한 박력 있고 절도 있는 안무는 단연코 최고였다. 그야말로 커다란 무대를 장악하고 있었다.

"쟤들이 뭐냐, 그 유……."

"이닉스."

"그래, 그래. 이닉스 맞지? 인기가 완전 대단하던데? 뉴스에도 나오더라. 아시아는 물론 미국까지 난리라고. 이야, 근데 보니까 난리 날 만하네? 눈빛 좀 봐! 곱상하게 생겨서는 눈은 아주 남자네, 심쿵하겠어."

"넌 누가 봐도 심쿵이 아니라 철컹이야."

아! 소리가 나올 만큼 옆구리를 대차게 꼬집으면서도 수진은 찬양을 멈추지 않았다. 채원도 수진의 말에 동의하는지 살짝 웃어 보이며 시선을 고정시켰다.

"그러게. 장난 아니지? 칼 군무도 엄청 섹시하게 추지 않아? 클로즈업 들어가면 땀까지 보이는데 아주 죽어. 거기다 슈트 입고 저 안무하면 말이 필요 없다니까 그냥 초토화야."

섹시? 죽어? 초토화? 관객석 못지않게 뜨거운 반응을 입으로 바쁘게 쏟아 내는 채원이었다.

그런 채원을 옆에서 뚫어져라 응시하는 태인의 눈빛엔 이미 질투를 넘어서 불길이 뜨겁게 타오르고 있었다. ㅎ다못해 이젠 노래까지 따라 부르다니 날 선 시선이 TV를 부서뜨릴 듯 노려보는데 갑자기 열광하는 수진의 박수 소리가 귀 아프게 울렸다.

"세상에…… 쟤 이름이 뭐니?"

"현준희일 걸? 왜?"

벗은 상체에서 눈을 떼지 못하며 빨개진 볼을 유지한 채 채원이 말하자 참다못한 태인은 벌떡 일어났다. 하지만 TV에 온통 시선을 빼앗긴 두 여자는 얼굴 근육을 쓰기 바쁜데 갑자기 화면이 흑백으로 바뀌어 버리자 곧장 원성이 터졌다.

"이 염병아, 왜 꺼!"

"이건 횡포야!"

채원과 수진이 태인을 쏘아보지만 이미 리모컨은 저 멀리 치워졌고 어느새 전원 코드까지 뽑혀 있었다.

"네가 쟤들한테 횡포다, 응? 나이가 몇인데 저런 솜털들한테 열광을 하냐? 이러니까 아직 시집을 못 가는 거야!"

느긋한 폼으로 수진의 심기를 건드릴 말만 줄줄 읊어 대던 주겸은 뒤통수를 강타하는 굳센 손바닥을 느끼며 버럭 소리를 질렀다.

"야, 이 머리가 누구 때문에 커진 줄 아냐? 나중에 내 자식이 아빠 머리는 왜 커요? 반드시 물으면 다 너 때문이라고 말할 테니 넌 원망이나 들을 준비나 해! 그리고 봤지? 이런데 뭐? 연애 감정? 여자로 봐? 내가 발가벗고 전국 투어 하는 것보다 더 가능성 없는 일이야, 이건!"

흥분하는 주겸을 두고 반대로 다시 평온해진 태인은 안주를 집어 먹고 있는 채원에게만 집중하고 있는데 수진이 궁금한 눈치로 물었다.

"무슨 말이야?"

"태어나서 지금까지 날 한 번이라도 남자로 본 적 있었냐?"

직선적인 물음에 곧장 직선적인 대답이 날아왔다.

"없다. 왜?"

주겸의 입술 모양이 떨떠름하게 변했다. 자신만큼이나 당연한 대답이었지만 묘하게 자존심이 상했다.

"그럼 개폼은?"

턱 끝으로 태인을 가리키자 수진은 심드렁한 표정으로 입술을 뗐다.

"박태인은……. 뭐, 첫 만남 때 한 30초 정도 불가항력처럼 잠시 느꼈었지."

"뭐, 뭐? 그러니까 네가 지금 저 자식을 남자로 본적 있었다는 거야?"

"소싯적 박태인은 워낙 대단했으니까 잠시나마 저 요물 같은 얼굴에 홀려 떨리긴 했었지."

지금도 달라진 건 없었지만 당시 앳된 태인의 외모는 한마디로 절경이었다. 그냥 눈앞에 저 얼굴이 있으면 입술부터 멍하게 벌어질 정도로 감탄이 절로 나왔다.

깎아 놓은 듯 완벽한 조화를 이루는 이목구비는 물론 이미 성인 남자처럼 보이는 키와 체격까지 사춘기 소녀의 마음에 불을 지르기 충분했었다. 시선이 안 가는 게 비정상일 만큼 정말 웬만한 아이돌 부럽지 않은 인기였다. 주겸의 소개로 얼떨결에 같이 어울리게 된 죄로 여자애들의 무시무시한 질투를 받았던 수진은 지금 생각해도 그것만은 징글징글한지 혼자 난색을 지었다.

"그래서 뭐? 갑자기 그 얘기가 왜 나와?"

"내가 보는 드라마 있잖냐. 거기서 거의 남매나 다름없이 자란 애들이 있는데 이 오빠란 놈이 글쎄 동생이라고 생각했던 애를 이제 와 여자로 보게 된 거지. 사랑하게 된 건데 거기서 내가 저건 현실에선 불가능한 얘기라고 못 박으니까 뭐가 불가능하냐고 반발하잖아."

"반발? 박태인이?"

재미있다는 듯 수진이 입매를 당기며 태인을 보았다.

"그렇다니까. 너도 말도 안 된다고 생각하지? 우리 보면 답이 딱 나오잖아. 그게 어디 가당키나 한 일이냐?"

끝까지 그건 불가능한 일이라며 못 박는 주겸이었다.

저 입을 한 방 쥐어박을 수도 없고.

짜증난 손이 채원이 막 잡으려던 막걸리 잔을 가로채며 자신이 한 번에 털어 마셨다.

"흠."

"뭐?"

생각에 잠긴 수진의 시선과 마주친 태인이 대번 짜증을 냈다.

"실연이지. 실연이야."

불난 집에 기름 퍼붓는 것도 아니고 친구란 것들이 아무 도움도 안 되자 태인은 술만 꾸역꾸역 마셨다. 그런 태인을 옆에서 힐끔힐끔 지켜보던 채원은 고개를 돌리다 주겸과 눈이 마주치자 괜히 입술을 움찔했다.

"하지 마."

빙글거리는 표정을 코며 미리 차단을 하지만 들을 주겸이 아니었다. 턱을 괸 채 채원을 빤히 응시하던 주겸은 보란 듯 입술을 열었다.

"물론 우리에겐 그럴 일은 없겠지만 이왕 심심하니까 묻는 말인데 만약 드라마 같은 상황이 우리한테 가능하다면."

저 표정을 보아 하니 분명 말도 안 되는 소릴 할 게 분명했다. 아니다 다를까 입매를 느슨히 당겨 올리던 주겸이 맞은편 태인을 불쑥 가리켰다. 그리고 물었다.

"만약 우리 둘 중, 너한테 고백한다면 누굴 받아 줄래?"

질문이 끝나고 의도치 않은 정적이 세 사람 사이에서 감돌았다.

"그것도 질문이냐?"

더운지 풀어져 있던 머리를 금방 하나로 높이 묶어 버리며 수진은 깔려 있던 정적을 한 방에 깨 버린다.

"물론 오빠에게 한 질문이지."

"그것도 질문이라고."

“길고 짧은 건 대봐야 안 다고 오빵 말해 봐. 누구야?”

“이건 생각해 볼 필요도 없어.”

아무 말도 없는 채원을 대신해 수진이 말했지만 주겸은 귀를 세우며 채원에게 집중했다.

“독신으로 살고 말지.”

“뭐야?”

“미쳤다고 너네 둘 중 하나를 골라 잡니? 생각만 해도 징글징글하네. 너도 같은 생각이지?”

태인은 채원에게서 시선을 떼지 않았다. 그 표정이 겉으론 태연하게 보였지만 속은 불안정하게 날뛰고 있었다. 그때 가지런한 속눈썹을 지나 속을 알 수 없는 눈동자가 거짓말같이 돌아봤다. 하지만 잡히기 전에 빠르게 돌아서며 가슴에 또 다른 커다란 비수를 빈틈없이 꽂았다.

“양 오빠.”

기대를 품던 심장 소리가 뚝 끊어지며 입술에선 허무한 실소가 터졌다.

“나?!”

채원의 대답에 주겸은 입술이 쩍 벌어지며 어벙한 표정으로 제 가슴을 가리키기 바빴다.

“채원아, 너 아무래도 안 되겠다. 남자 보는 눈이 이 정도로 형편없는지 이 언닌 몰랐어. 이번 기회에 빡시게 한번 개

조를 시켜야지 어디 맨 정신으로 양주겸을 고를 수 있니?”

“오빵 이건 가정이야, 가정! 이프 알지? 날 절대 오빠가 아
닌 다른 눈으로 보면 안 된다? 그건 하늘이 노할 짓이야. 응?
그런 짓 절대 하면 안 되는 거라고, 알아들었어!?”

흥분한 얼굴로 신신당부하는 주겸을 무시하며 채원은 물
컵을 들다 태인과 눈이 마주쳐 버렸다.

“뭐.”

빠르게 돌아간 시선이 옥신각신하기 바쁜 주겸과 수진에
게만 집중시켰다.

“내가 왜 아닌데.”

시비를 거는 말투도, 장난스러운 말투도 아니었다. 왜 이
런 반응을 내놓는지 이해가 되지 않는 채원은 입만 다물고
있는데 수진의 뾰쪽한 대꾸가 들려왔다.

“그걸 몰라서 물어?”

뒤늦게 굳은 시선을 돌리자 수진을 보고 있는 태인이 눈에
들어왔다.

“애도 얘지만 그렇다고 최선책으로 널 고르기엔 좀 아니
지. 네가 여자들한테 좀 까칠하고 쌀쌀하다 못해 매정하게
굴어? 거기다 먼저 품어 주기를 해, 먼저 다가가기를 해. 그
렇다고 잡을 줄도 모르지. 사랑 앞에서 아쉬울 게 없는 남잔
그냥 꽝이라고. 꽝!”

쾅! 머리 위로 쾅이란 단어가 아쉬울 거 없다는 속도로 지난 연애를 벌하듯 아프게 떨어졌다. 욕이 나올 만큼 틀린 말이 하나 없었지만 그래도, 그래도……. 지금은 아니었다. 그걸 채원만은 알아야 했고 알게 해 주고 싶었다. 그래서.

"쉬워. 나 쉽다고. 쉬운 남자라고!"

핏대까지 세우며 나온 말은 상등신이 따로 없었다. 아니나 다를까 황당한 시선들이 쏟아지고 그중 전혀 아무런 영향도 받지 않은 듯한 채원의 멀뚱한 얼굴은 속을 환장하게 뒤집어 놓았다.

"야, 삐졌냐? 어디 가!"

주겸이 낄낄되며 소리치지만 태인은 뒤도 돌아보지 않고 밖으로 나가 버렸다.

"아이고, 배야 저거 미친 거 아니야? 왜 저래? 나 쟤 저러는 거 처음 봤다. 지 입으로 쉬운 남자라니! 큭큭, 아이고 배야."

"실연 맞다니까."

"연애 못 해서 히스테리 부리는 거지. 저것이 누굴 먼저 좋아하는 걸 봤냐? 아까워라. 대대손손 물려 줄 동영상으로 저 모습을 찍었어야 했는데. 어이. 빵, 술 더 없냐? 어? 야, 넌 또 어디 가!"

주겸이 고래고래 부르지만 채원은 화장실로 들어가 버렸

다. 쿵, 문이 닫히는 소리가 들리기 무섭게 쏟아지는 차가운 물에 얼굴을 묻었다. 찰박찰박 얼굴로 부딪치는 손길이 채찍질처럼 사납고 따갑지만 채원은 더위 먹은 사람처럼 손을 멈추지 않았다. 그렇게 한참 동안 그치지 않고 들려오는 물 소리는 채원이 거울을 무섭게 응시할 때쯤 끝이 났다.

"미쳤어."

붉은기가 사라지지 않은 얼굴을 기가 찬 듯 노려보며 입술을 비틀었다. 이 와중에도 신경계는 속도 모르고 제멋대로 뛰어 사람 환장하게 했다.

자꾸만 불안정하게 뛰는 심장을 무시하려 마른침만 삼키며 흔들리는 숨을 고르지만 불이 꺼지기는커녕 더 활활 타올라 절망스럽게 만들었다. 그날 빗소리가 들려오지 않았던 것처럼 오늘도 그랬다. 태인이 무의식적으로 스치고 붙을 때마다 채원은 아무것도 듣지 못하고 손에 땀만 쥐며 혼자 의식하기 바빴다.

"이건 말도 안 되."

강한 부정이 입술에서 허망하게 나오는 동시에 고개는 하염없이 흔들리고 있었다.

"양반은 못 되시네, 억울해서 동네라도 뛰고 왔나? 어우, 이 서슬퍼런 기운 좀 봐."

막 휴대폰을 귀에서 내려놓던 주겸은 문을 열고 들어오는 태인을 보며 풀어져 있던 입매를 좁혔다.

발소리에 맞춰 서늘한 냉기가 끼쳤다. 표정은 더 심해 주겸은 얼굴을 찌푸리고 말았다.

"어디서 싸움질이라도 했냐? 쉬운 놈 아니라고 동네방네 광고하고 왔어? 삐질 걸 삐져라. 그것 좀 선택 못 받은 게 그리 억울하디?"

깐족거리는 소리를 무시하며 태인은 망설임 없이 손잡이를 잡고 돌린다.

"괜한 애 잡지 말고 기다려 봐! 네 사무치는 외로움을 풀어 줄 인연이 어디선가 나타날지 누가 알아? 야!"

문이 닫히자 주겸의 목소리도 동시에 끊어져 버렸다. 그리고 적막한 시선 속 침대에 잠든 인영이 보였다. 문 앞에 선 채 한 걸음도 움직이지 못하고 잠든 뒷모습만 바라보다 침대 앞에 털썩 주저 앉았다.

그렇게 또 침대 위만 막연하게 보는데 문득 자는 모습조차 자신을 거부하는 것 같아 피식 낮은 조소가 힘없이 흘러 나왔다. 새어 나는 한숨처럼 떨어지는 눈빛이 어둠 속에서 괴롭게 흔들렸다.

그 후로도 한참을 미동 없이 고개만 숙인 채 있던 태인은 마른 입술을 천천히 떼어 냈다.

"……밉살스러기는.'

고개를 든 태인은 꼼짝도 안 하는 뒷모습을 보며 야속한 눈빛을 숨기지 않은 채 웅얼거렸다.

"그래도……."

또 네 앞에서 한심하게 이러고 있는 거 보면. 자존심이고 뭐고 다 필요 없이.

"……좋은데."

밀려오는 마음이 버거운 듯 몸이 기울어지고 눈이 감겼다.

"네가 좋아 죽겠는데…… 어떡하냐."

쿵!

세정은 결혼을 앞둔 새 신부답게 얼굴이 꽃처럼 활짝 피어 있었다. 보는 사람마저 기분 좋아지는 모습이었다.

"오빠한테 전해 줬어?"

"하도 난리를 쳐서 전해 주긴 했다만 오빠가 네 친구니? 작작 벗겨 먹어."

"알고 지낸 세월이 얼만데 당연히 와야지. 그리고 벗겨 먹 는다고 얌전히 벗겨 주실 분이니, 그분이?"

생크림이 먹음직스럽게 올려진 프라푸치노를 빨대로 쏙

빨아 당기며 말하자 채원은 자연스럽게 태인이 생각나 화제를 돌리고 말았다.

"몸은 괜찮아?"

결혼을 앞두고 독감으로 액땜을 크게 치른 세정이었다.

"한 번 죽기 직전까지 앓았더니 새로 태어난 것처럼 아주 쌩쌩해. 이 쪽 빠진 몸매를 봐, 완전 대박이지?"

"오버하지 말고 결혼식까지는 건강 잘 챙겨."

"걱정 마, 아무튼 고맙다. 나 대신 청첩장 돌리느라 고생했지?"

"했으니까 나왔지."

고등학교 때 친하게 지냈던 친구들과 한 달마다 계모임을 하고 있던 채원은 그날 오지 못한 세정을 대신하여 청첩장을 돌린 죄로 억울하게 불이 나도록 등짝을 맞았었다. 어지간히 당했는지 채원의 우거지상을 보던 세정은 깔깔거리며 신나게 웃어 댔다.

"웃는 꼴 보니 케이크 하나로는 도저히 안 되겠네."

"어련하겠냐. 어디 질리도록 먹어 봐. 그러려고 불렀으니까."

잠시 후 달콤하면서도 기분 좋은 쌉쌀한 맛이 적당이 밴 수제 케이크를 맛보던 채원은 뚱딴지처럼 날아온 질문에 그 맛이 도로 사라져 버렸다.

“넌 어때. 그 남자랑 잘 만나고 있어?”

“말 안 했나?”

“뭘.”

“헤어졌어.”

“뭐? 언제? 그런 말 안 했잖아!”

“그럴 새가 있었나 뭐.”

“그래도 그렇지. 뭐야, 뭐 때문에 헤어졌어?”

발끈한 세정의 목소리에 채원은 케이크를 잘게 잘라 먹으며 무심히 대답했다.

“그냥.”

“바람폈지?”

귀신같은 기집애. 떨떠름한 시선을 들어 올리자 세정은 벌써 단정 지은 얼굴을 하고 있었다.

“허파에 바람 든 놈처럼 실실거릴 때 알아봤어야 했는데. 하여튼 굳이 안 밟아도 되는 똥을 굳이 밟아 대는 네 썩은 안구도 문제야!”

“1절만 해.”

그래도 멈추지 못하고 도한을 향한 욕을 퍼붓는 세정이었다. 진심으로 화를 내는 세정이 고맙기도 하고 곤두선 표정이 하도 우스꽝스러워 웃음을 삼키는데 전화가 왔다.

액정을 토고만 있자 세정의 재촉하는 시선에 할 수 없이 받고 말았다.

"왜?"

—어디야.

"카페."

—누구.

"세정이."

대화 내용에 태인이라는 걸 알았는지 세정이 황급히 손을 내밀며 휴대폰 달라는 시늉을 했다.

"바꿔 달래."

그러고는 냉큼 휴대폰을 세정에게 건넸다.

"이게 얼마만이에요, 오라버니 그동안 만수무강하셨죠?"

—초 치고 있는 거 알면 끊어.

"어머나? 무슨 그런 섭섭한 말씀을 여전히 냉정하게 하시네요, 그건 그렇고 청첩장 받았죠? 꼭 참석하셔서 뜻 깊은 자리를 함께 빛내 주시길 바랍니다."

—싫어.

단호한 대답에 이어 냉정하게 끊겨 버린 전화를 붙들고 세정이 어이없다는 시선으로 채원을 봤다.

"이 오빠도 참 한결같은 사람이야. 뭐 이런 까칠한 매력이 구미를 당기게 한다만."

"그냥 못된 거지, 매력은 무슨."

“매력이니까 그때 애들이 기를 쓰고 보려 했지. 넌 맨날 밥 먹듯이 봐서 그렇지 그 오빠가 어디 평범한 외모니? 난 처음 봤을 때 그 충격을 아직도 잊을 수 없어.”

과거를 회상한 세정이 고개를 흔들자 채원은 청포도 에이드를 신경질적으로 젓는데 손을 멈칫하게 만드는 질문이 날아왔다.

“오빠 애인은 있어?”

“몰라.”

“왜 몰라?”

“모르니까 모르지. 사생활인데.”

“둘 사이에 그런 것도 있었어?”

“그럼 없어? 있는 게 당연하지.”

“너 이상하다. 묘하게 말이 삐딱해?”

“네 눈이 삐딱하겠지.”

뭔가 파헤치려는 시선을 피하며 다시 살얼음이 녹아든 에이드를 빨대로 빨아 당기다 그것도 답답하게 느껴져 그냥 뚜껑을 열고 마셔 버린다. 지금은 달콤함 보단 이가 시릴 만큼의 차가움이 필요했다.

“오빠 같은 사람이 사랑을 하면 아마 대박일 거야? 대박이지?”

“…….”

동의를 구하는 세정의 시선에 채원은 목을 타고 넘어가는 차가움만 삼키고 있는데 그런 채원이 이상하게 보였는지 호기심을 드러낸 눈매가 솟아올랐다.

"왜 가만있어? 예전 같았으면 콧방귀나 끼면서 틱틱 거렸을 애가."

"……."

이번에도 채원이 침묵을 지키자 어라? 이거 봐라 하는 심정으로 세정은 계속 말을 이어 갔다.

"아무튼 뜨겁다 못해 용광로 같을 거야. 분명."

고개를 끄덕이며 표정을 살피는데 그 눈빛이 부담스러웠을까 아니면 다른 뜻을 품고 있다는 걸 눈치챘을까 채원이 미간을 좁혔다.

"왜?"

"아니. 난 우리 오빠가 막상 그런 사랑하면 어쩐지 질투 날 것 같아서 말이야. 넌 어떨 것 같아?"

"뭐가 어때."

"하긴 넌 속이 시원할 거야? 그렇지? 아무튼 이상해."

"또 뭐가."

"우리 둘이서 하는 말이라 그냥 하는데 솔직히 난 네가 신기해. 어떻게 그런 남잘 눈앞에 두고 무감정일 수가 있어? 아무리 어릴 때부터 같이 한 오빠라지만 정말 이때까지 단한 번도 다른 감정 느꼈던 적 없어?"

채원의 신경이 슬슬 날카로워지기 시작했다.

"없어."

"진짜?"

"없다고."

"강한 부정은 강한 긍정으로 갈 확률이 높다던데…… 알았어, 알았어, 눈 찢어지겠다."

그러다 뭔가 아쉬운 얼굴로 채원을 가만히 응시하더니 이내 참지 못하고 질문을 던졌다.

"그럼 오빠가 먼저 너에 대한 감정이 변했다면."

창밖으로 향하려던 눈동자가 멈춰 버렸다.

"동생이 아닌 여자로 널 보고 있다면 어떡할 건데."

마치 그 말이 반대로 들려와 떨리는 가슴을 조롱하는 것 같았다.

올라가는 층수만 보고 있는데 옆에서 또랑또랑한 목소리가 들려왔다.

"언니, 언니! 전화 왔어요."

초등학생으로 보이는 꼬마가 주머니를 가리키고 있었다.

채원은 눈매를 접으며 휴대폰을 꺼내 들었다.

"고마워."

"네. 안녕히 가세요."

인사를 하고 열린 문 사이로 나가는 아이의 뒷모습을 보며 휴대폰을 귓가로 가져갔다.

"네."

―역시 내 번호만 안 받은 거였네.

도한이었다. 생각할 것도 없이 전화를 끊어 버리고 엘리베이터에서 내렸다. 그때 진동이 연이어 울렸다. 보나 마나 도한 일거라 생각하며 삭제하기 위해 액정을 보는데 어이없는 조소가 튀어나왔다.

〈나 그 여자랑 완전히 끝냈어. 이 일 계기로 내 마음이 누굴 더 원하는지 확실히 알게 되었어. 그러니까 채원아 나도 다 잊을 테니까 너도 다 잊고 우리 다시 시작하자. 그놈은 너한테 아니야. 너만 상처 받을 거라고. 왜 상처 받을 길을 찾아서 가려고 하니? 잘 생각해 봐. 우리 좋았잖아. 응? 나 정말 후회해. 내가 미쳤었나 봐. 널 두고 딴 여잘……. 하지만 마음만은 언제나 너였어.〉

"하필 똥을 밟아도."

삭제를 시키려는데 그사이 또 하나가 날아왔다.

〈난 정말 널 사랑하는 것 같다.〉

"이런 개똥보다 못한 똥을 밟았는지."

삭제를 하다못해 꼴도 보기 싫어 차단을 시켜 버렸다. 썰렁한 복도를 걸어가는 채원의 걸음이 빨라졌다. 그냥 이불에 푹 파묻혀 아무 생각도 안 하고 잠들고 싶었다.

그때 익숙한 웃음소리가 밖으로 새어 나와 채원의 걸음을 붙잡았다. 아직 지나치지 못한 태인의 집 앞에서 수진의 웃음소리가 들려왔다. 뒤이어 시비를 거는 목소리까지 친밀하게 들려오자 채원의 낯빛이 급속도로 어두워지며 발소리를 죽인 채 서둘러 자신의 집으로 향했다.

문이 닫히기 무섭게 가방이 손에서 떨어지고 옷도 벗지 않은 몸은 곧장 침대에 엎어졌다. 뻑뻑해진 눈을 감아 보지만 이미 가슴속에 자리 잡은 감정은 지워지지 않고 괴롭혔다.

"네가 좋아 죽겠는데 …… 어떡하냐."

답답한 가슴을 어쩌지 못하고 잠시 나갔다 들어와 보니 거실에 늘어져 있던 주견은 보이지 않았다. 잠이라도 자야겠다

는 생각에 문을 여는데 술에 취한 음성이 몸을 굳게 만들었
다.

태인이었다. 태인은 잠든 수진의 뒷모습을 보며 숨죽인 고
백을 토해 내고 있었다.

태인이 좋아한다는 상대가 수진이라는 사실에 놀란 것보
다 그 고백을 듣고 느꼈던 자신의 감정이 더 문제였다. 왜 상
실감을 느끼며 서운함을 느껴야 하는지 스스로도 충격이었
던 감정 앞에 채원은 도망칠 수밖에 없었다.

"박태인이야. 박태인라고."

태인을 상대로 이런 감정을 느낄 리 없다며 분명 착각일
거라고, 절대 이건 아닐 거라고, 머리와 가슴을 아무리 괴롭
히고 괴롭혀 봤지만 달라진 건 없었다. 이미 알게 모르게 태
인을 의식하고 피하고 있다는 걸 채원이 가장 잘 알고 있었
다.

지금도 그랬다. 평상시 같았으면 당장 태인의 집부터 들러
함께 어울리고 있어야 했는데 그러질 못하고 한심하게 숨어
있는 꼴이었다. 혼자 북 치고 장구 치고 이게 대체 뭐하는 짓
인지 채원은 암울한 눈빛으로 태인이 앉아 있던 자리를 응시
했다.

어쩌다 이렇게 되어 버렸는지 생각해 보고 또 생각해 봐도
알 수 없었다. 지금까지 쭉 오빠로 보였던 사람이 한순간 다

른 존재로 보일 수 있는지 이게 있을 수 있는 일인지. 왜 여태 아무렇지 않다 지금에서야 이러는지 채원은 체한 사람처럼 제 심장 부근을 툭툭 두드렸다.

하지만 아무리 두드려도 달라지는 건 없었다. 결국 전처럼 태인을 오빠로 대할 수 없다는 사실이 되돌릴 수 없는 시간처럼 다가들었다. 할 수 있는 거라곤 심장만 원망스럽게 때리는 것뿐이었다.

그날 맥주를 마시는 게 아니었다. 그날이 모두 화근처럼 느껴져 산더미 같은 후회가 연이어 밀려왔다.

아니 그전부터였었나? 모르겠다. 그게 이제 와서 믹가 중요하다고. 실소가 묻어 나오는 얼굴을 거칠게 문지르다 깜깜한 천장을 노려보았다.

그래. 이건 생각할 필요도 없는 일이었다. 답은 하나였다.

지워야 했다. 다른 마음 따위 먹을 필요도 없이 지워야 하는 게 맞았다.

하지만 그 와중에도 천장에 태인이 그려지자 채원은 애꿎은 천장을 향해 베개를 던져 버렸다.

7화

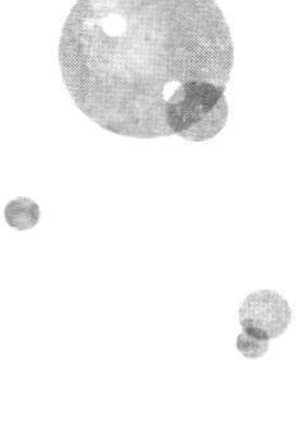

세정의 결혼식이 열리는 홀에 도착하자 정말 과장 안 하고 발 디딜 틈도 없이 붐비는 하객들 모습에 채원은 걸음을 멈추고 습관적으로 태인을 올려다봤다.

역시나 태인의 표정은 이미 짜증이 드러난 지 오래였다.

그럼에도 불구하고 어디를 가도 시선을 끄는 외모 덕에 여자들의 시선은 어김없이 태인에게 몰려들고 있었다. 채원은 사람들을 둘러보는 척 태인에게서 자연스럽게 거리를 두며 물었다.

"먼저 들어가 있어. 난 신부 대기실에 들러야 해."

"같이 가."

당연히 알았다며 미련 없이 등을 돌렸을 태인이 같이 가겠다고 나서자 채원은 손을 움켜쥐며 그러라는 짧은 말을 내뱉고 돌아서는데 마침 대화를 하며 정신없이 걸어오던 중년 남자와 부딪치고 만다.

몸이 뒤로 밀려 당황한 채원의 눈이 커졌다. 하지만 곧 다른 이유로 그녀의 눈과 몸이 경직되었다.

"미안합니다, 아가씨."

사과를 하고 지나가는 중년 남자의 목소리가 들렸지만 채원은 허리를 감고 있는 손과 등 뒤로 밀착되어 있는 태인때문에 분통이 터졌다.

차라리 그냥 넘어지게 놔두던가 아니면 평소대로 할 것이지, 마치 자신을 애인 다루듯이 구는 태인 때문에, 그로 인해 또 휘둘리는 자신 때문에 채원은 미칠 것 같았다.

"그러니까 그걸 왜 신어?"

덩달아 심장은 아주 쾌속 질주를 하고 있었다. 채원은 거의 안겨 있는 거나 다름없는 낯 뜨거운 자세에서 빠져나오려고 재빨리 움직였지만 태인이 물러서지 않고 팔을 잡아 끌어당겼다.

"어딜 떨어져."

"왜 이래?"

"괜히 딴 사람한테 피해 주지 말고 옆에 붙어 있어."

“됐어, 이거 놔.”

“못 놔.”

잡은 손에서 만족 못 하고 태인이 깍지까지 끼자 채원은 시선을 돌려 버렸다.

제발 날 좀 내버려 둬! 평소와 다르게 구는 태인이 진심으로 미웠다. 그리고 외면해도 결국 뛰고 마는 심장에 화가 나 이끌려 가면서도 붙잡힌 손을 빼보려 힘을 줘 봐도 그럴 때마다 강하게 붙잡아 오는 태인 때문에 채원의 얼굴은 점점 붉어져 갔다.

식이 끝나고 단체 사진을 찍으러 앞으로 나가는 채원을 태인이 노골적으로 못마땅하게 보고 있었다. 누구 보라고 저렇게 꾸미고 온 건지 평소와 다르고 웨이브 진 머리도, 화사한 얼굴도, 스타킹에 감싸진 날씬한 다리도 말은 안 했지만 모든 게 못마땅했다.

설상가상 조명 아래 서니 조명발이라도 단단히 받는지 심장이 덜컥할 만큼 서 있는 여자들 중 제일 예뻐 혹여 딴 놈들이 추파라도 던질까 불안했다. 그때 아니나 다를까 여민하게 곤두선 태인의 시선에 노골적으로 채원을 쳐다보는 남자 몇 명이 걸려들었다. 뒷골이 확 당기며 그냥 못 이긴 척 사진 찍을 걸 후회가 들었다.

그런 속내도 모르고 웃는 얼굴로 느긋하게 자리에 서 있는 채원이 야속했다. 그래도 남자들에게 시선 하나 안 주는 모습이 마음에 들어 꾹 참고 있는데 불현듯 채원과 눈이 마주쳤다.

하지만 정확히 외면하는 시선 앞에 태인의 초점이 한순간 흔들렸다. 분명 자신을 본 게 맞았다. 입술에 맺혀 있던 웃음이 자신을 본 뒤 싹 사라지고 고개가 돌아갔다. 이제 어떻게 생각해 봐도 자신을 피하고 있다는 생각을 접을 수가 없었다.

오늘도 차를 타고 오는 내내 채원은 피곤하다는 이유로 계속 눈만 감고 한마디도 하지 않았다.

그전 일이 없다면 아마 정말 피곤하리라 믿었겠지만 요즘 채원의 행동을 보면 달라진 게 없는 듯하면서도 미묘하게 엇나갔다.

아니 확실히 피하는 게 맞았다. 밥 먹듯이 집을 드나들던 발길도 갈수록 뜸해졌고 바쁘다는 이유로 밥도 함께 먹지 않았으며 무슨 일 있냐고 물으며 짜증스럽게 대꾸하며 눈을 피하기 바빴다.

그런 모습을 보며 그냥 내버려 두긴 했지만 그게 좋은 쪽이든 나쁜 쪽이든 하나의 사실은 확실해 보여 태인도 내색하지 않았지만 신경이 한껏 예민해져 있는 상태였다.

잠시나마 평온했던 눈빛에 초조함과 답답함을 담으며 습
관적으로 담배를 찾다 여기가 결혼식장이란 걸 깨닫고 다가
오는 채원을 보며 손을 움켜쥐었다.

그 모습을 바쁘게 나가는 반대쪽의 하객들 틈에서 유독 가
만히 서 있던 여자가 입매를 끌어 올리며 태인을 뚫어져라
응시하고 있었다.

✦　　　✦　　　✦

식당 안은 하객들로 몰려 빈자리가 안 보일 정도로 꽉 차
있었다.

뒤늦게 겨우 빈자리를 찾아 두 접시에 골고루 담아 온 음
식들을 먹고 있던 채원은 태인과 눈을 마주치자 무심코 젓가
락을 힘주어 잡았다.

“얼마 했어? 얼마나 했길래 봉투가 그렇게 두둑한 거야.”

“섭섭하지 않게.”

“그러니 더 궁금하네. 그럼 나도 슬쩍 기대해도 되는 건
가?”

“뭘 기대해?”

“나도 결혼할 때 이만큼 해 줄 거잖아. 아니야? 설마 하나
밖에 없는 동생인데 섭섭하게 하진 않겠지.”

갈수록 부자연스럽게 밝아지는 채원의 표정과는 다르게 태인의 표정은 좀 전 설핏한 웃음조차 보이지 않게 무표정해져 있었다.

말없이 계속 바라보는 시선을 알아차렸지만 채원은 무시하며 계속 대화를 이어 갔다.

"빈말이라도 해 준다 하면 어디 덧나나. 난 오빠 할 때 전 재산 반은 떼어 줄 용의가 있는데. 감동이지?"

한꺼번에 너무 많이 넣은 탓일까. 볼록한 볼을 유지하고 물컵을 찾는데 컵을 눈앞에 내려놓는 손이 보였다. 곧 멀어질 거라 생각하고 답답하게 막혀 있던 숨을 내쉬어 보지만 오히려 가깝게 다가온 손을 보며 채원은 목 안이 배로 막혀 왔다.

무심히 입술 주변을 훑고 지나가는 손길과는 다르게 화가 난 목소리가 들려왔다.

"넌 국물도 없어."

채원은 뭔가 억눌린 표정으로 입술 주변을 제 손으로 다시 닦아 내며 한 번에 다 비운 물컵을 소리 나게 내려놓았다.

"바라지도 않으니까 오빠나 어서 연애를 하든지 결혼을 하든지 뭐라도 해. 같이 있을 때 여자 친구로 오해받는 것도 이젠 내가 더 짜증나."

"그만해."

236

"뭘 그만해? 동생인 네가 오빠 결혼 걱정하는 게 잘못이
야? 못할 소리한 것도 아니잖아."

진심으로 화나 있는 태인을 보며 채원의 눈빛도 날카로워
져 있었다. 서로를 향한 시선은 그대로 이어지고 있었지만
둘 사이를 아슬하지 지탱해 주던 감정의 끈은 소리 없이 끊
어지고 있었다. 낯익은 목소리가 끼어드는 건 그때였다.

"이걸 우연이라고 해야 되나. 아니면 필연이라고 해야 되
나?"

붙잡혀 있던 건 시선만이 아니었는지 한꺼번에 주변의 소
음들이 몰려왔다. 표정이 드러나지 않는 무표정한 옆모습을
따라 시선을 움직이니 역시나 자신이 생각하던 그 목소리가
맞았다. 윤청아는 이미 자연스럽게 자리를 잡고 앉아 있었다.

시원스런 이목구비를 잘 살리는 짧은 단발과 격식이 느껴
지면서도 유니크한 분위기가 흐르는 원피스를 입은 청아는
여전히 화려한 인상에 여자가 봐도 예쁘고 자신감이 넘치는
사람이었다.

"좀 반가운 척이라도 하지? 동네 똥개 보는 듯한 시선하고
는. 우리 5년만이거든?'

"그래서."

태인은 정말 보는 사람 서운할 정도로 감흥 없는 얼굴로
청아를 무시하고 있었다.

“말을 말아야지. 누가 보면 내가 너 쫓아서 여기 온 줄 알 겠다. 어쩜 5년이란 시간이 지났어도 여전히 오만불손한지.”

내심 억울하면서도 기대도 없다는 얼굴로 고개를 돌리던 청아는 맞은편 채원을 발견하고 눈매를 접었다.

“혹시 그 미운 동생?”

채원은 당황스럽게 청아를 본다. 얼떨결에 한두 번 본 게 다였다. 대화를 나눈 것도 인사 수준밖에 되지 않았는데 느 닷없이 미운 동생이라니 기분이 나빴다.

“헛소리할 거면 네 자리 가.”

“헛소리 안 하면 여기 계속 있어도 되나?”

청아가 태인을 무시한 채 채원을 보며 웃었다.

“채원이. 채원 씨 맞죠? 내가 나이를 먹긴 먹었나 보네. 그 꼬맹이가 몰라보게 아가씨가 되어 있다니 박태인이 왜 그렇 게 앞만 보고 있었는지 알겠네.”

“……..”

“미운 동생이라고 해서 기분 나빴어요? 이해해요. 그땐 정 말 채원 씨가 미웠거든요.”

목소리는 가벼웠지만 청아의 말이 진실이라는 걸 직감으 로 채원은 알 수 있었다. 태인은 갑자기 나타나 쓸데없는 소 리만 늘어놓는 청아 때문에 안 그래도 날이 서 있던 감정이 더 매서워져 있었다.

“일어나.”

“5년 만의 재회야. 너무하다는 생각 안 해? 여전히 너무할 정도로 동생을 끔찍하게 아끼시는 오라버니네. 내가 채원 씨를 미워했던 이유가 바로 이거예요. 옆에 내가 있건 없건 항상 1순위가 채원 씨잖아. 그때도.”

더는 안 되겠는지 태인이 일어나려는데 그보다 먼저 채원이 자리에서 일어났다.

“죄송해요. 친구들이 불러서 가 봐야겠어요.”

자신의 시선을 끝까지 무시하고 돌아서는 채원을 토던 태인은 무표정한 얼굴로 닫은편에 앉아 있는 청아를 응시했다.

“뭐하는 짓이야?”

고저 없는 목소리였지만 태인이 제대로 화났다는 걸 청아는 모를 리가 없었다.

그럼에도 청아는 그런 태인을 자극하기라도 하듯 웃음기가 스며든 얼굴로 모른 척 입술을 뗐다.

“글쎄. 5년의 전의 앙금이 아직도 남아서 그랬나? 그게 꽤 컸나 봐. 나도 내가 이럴 줄은 몰랐으니까. 유감이야.”

“심심하면 딴 놈 붙들고 놀아. 여기서 헛소리하지 말고.”

“딴 놈은 영 재미가 없더라고. 진짜 너무하네. 그렇게 싫어 죽겠다는 얼굴 하지 마. 나도 엄연히 신랑 측으로브터 초대받아 온 하객이라고.”

태인은 뭔가 다 아는 듯한 표정으로 계속 신경을 건들고 있는 청아를 무시하며 습관처럼 또다시 담배를 찾으려다 손을 움켜잡았다.

조금 전 채원의 말과 눈빛이 뇌리에 박혀 떠나질 않았다. 역시 알고 있는 걸까. 담뱃갑이 손안에서 서서히 일그러져 갔다.

"난 완전히 투명 인간 취급이네. 그래도 한때 사귀었던 여자인데, 씁쓸하다 못해 없던 화까지 나려 하니까 이만 나 좀 봐 주지? 그렇게 신경 쓰여?"

태인의 시선을 따라 움직이니 그곳엔 채원이 있었다. 재미난 구경이라도 하듯 턱을 괸 채 친구들과 유쾌하게 웃고 있는 채원을 보던 청아는 다시 고개를 돌리며 입매를 당겼다.

"고통에 헤매고 있는 너완 다르게 저쪽은 아주 잘 놀고 있는 것 같은데."

"하고 싶은 말이 뭐야."

"역시 내 감은 무시할 수 없다니까. 필요 이상으로 너무 잘 맞아서 그때도 비참하더니 지금은…… 어떨 것 같아?"

숨길 생각도 없는지 감정이 그대로 드러난 채 태인이 입매를 비틀자 청아는 진심으로 어이없다는 듯 조소를 지었다.

"부정도 안 하네."

"무슨 상관이야."

“왜 상관이 없어.”

웃음기가 사라진 눈동자가 태인을 직시하며 말했다.

“내 눈에 지금 더없이 구미 당기는 남자가 너인데.”

식사를 마치고 나오자 하객들이 많이 빠졌는지 로비에는
한층 사람들이 적었다. 화장실에 간 친구들을 기다리며 채원
은 아래로 힘없이 고개를 떨궜다.

“이걸 왜 신고 왔는지.”

높은 힐을 쓸데없이 움직여 본다. 예뻐서 충동적으로 샀지
만 신을 엄두가 나지 않아 신발장에 묵혀만 두고 있던 구두
였다.

오늘 신을 생각도 없었는데 어쩌다 이걸 신고 나왔는지 지
금은 구두조차 보기가 싫어진 채원은 얼굴을 감싸 버렸다.
가만히 오가는 사람들 소리만 듣고 있는데 그마저도 갑자기
끊겨 버렸다.

그리고.

“아프지도 않냐.”

거짓말처럼 손이 내려가고 굳은 시선 속 태인이 들어왔다.
발목을 조심스럽게 움켜잡은 손길이 다정하게 느껴질수록
채원의 눈동자도 끝내 흔들리고 만다.

입술을 떼는 대신 입술을 질끈 문 채원은 고집스럽게 잡

힌 발을 빼내려 안간힘을 써 보지만 태인은 놓아 주지 않았다. 결국 의식도 못 하고 있던 상처 위로 데일밴드가 붙여지며 굽이 낮은 플랫이 채원의 발을 감쌌다. 채원이 평소에 신던 신발이었다.

"무신경하게 굴지 마."

낮은 목소리만큼 가라앉은 눈빛을 보며 채원은 목에 맺혀 있던 말을 차갑게 내뱉었다.

"그만해. 다 알고 있으니까 오빠야말로 이러지 마."

태인의 표정이 어땠는지 기억이 나지 않았다. 여기서 더 했다가는 이 감정을 들켜 버릴 것 같아 채원은 필사적으로 태인에게서 빠르게 도망칠 수밖에 없었다.

결혼식장을 나선 건 해가 떠 있을 때였는데 채원이 집으로 들어온 건 늦은 밤이었다. 친구들의 손에 이끌려 뒤풀이에 갔던 채원은 이미 잔뜩 취한 상태였다. 그래도 다행히 술을 안 마신 한 친구가 집까지 태워 준 덕분에 지금 무사히 집 안으로 비틀거리며 들어가고 있었다.

신발을 벗고 가방을 거실 바닥에 그냥 팽개친 채원은 신고 있던 스타킹까지 벗어 던졌다. 그러고는 그대로 거실 바닥 위로 뻗어 버렸다. 취기 때문인지 천장을 멍하니 응시하는 두 눈이 붉게 충혈되어 있었다.

그때 가슴이 크게 부풀어 오르며 벌어진 입술 사이로 참았던 숨이 터졌다. 술 냄새가 코를 찌르자 채원은 그게 뭐가 재미있는지 혼자 큭큭거리며 한참 동안 웃다 어느 순간 갑자기 웃던 입술을 굳게 다물어 버리고 장식장 위에 올려진 액자를 보고 있었다.

초등학교, 중학교, 또 그 옆은 고등학교. 어느 하나 태인이 없는 사진들이 없었다.

"우리 오빠데……."

건조한 눈동자와는 다른 목소리가 흘러나왔다.

"이러지 말라니."

적막감 속 웃음소리란 공허하게 울렸다. 자신이 이 지경인데 졸지에 아무것도 모르고 당한 태인은 얼마나 어이가 없고 기가 찼을까.

채원은 자신을 비웃으며 배를 잡고라도 웃고 싶었지만 떨리는 눈과 입술은 그녀의 의지를 거부한 채 대신 다른 감정을 뜨겁게 치밀어 오르게 만들었다. 이것조차 마음에 들지 않아 팔을 들어 눈을 가려 버렸다.

"진짜 뭐 같네……."

코맹맹이 목소리가 이미 태인에게 젖은 마음처럼 돌이킬

수 없게 젖어 갔다.

　"다 알고 있으니까 오빠야말로 이러지 마."

　입술은 무의미한 웃음을 흘려보내고 있었지만 눈동자는 방향을 잡지 못하고 허공에서 방황하고 있었다. 조수석에 빈 담뱃갑이 널려 있을 만큼 차 안은 온통 담배 냄새로 찌들어 있었다. 그럼에도 끝이 없는 듯 태인의 손은 멈추지 않고 담배를 찾았으며 입술은 매캐한 연기를 내보내고 있었다.
　반쯤 열린 창문 사이로 아파트가 보였다. 정확히 불이 꺼진 채원의 방만 보였다. 연기를 내보낼 생각도 못 하고 지독한 맛을 삼킨 태인은 입술을 비틀었다. 경멸이 아닌 게 그나마 다행인건가 싶어 텅 빈 눈동자와 함께 반쯤 태운 담배를 비벼 껐다.
　이어 또 하나를 꺼내 들어 입술 사이로 밀어 넣고 불을 붙인다. 이런다고 달라지는 건 없는데 브레이크가 단단히 고장이 난 듯 멈춰지지가 않았다.
　"넌."
　담배 연기에 함께 묻은 목소리가 탁하게 퍼졌다.

"잘못 없어. 내 잘못이야."

채원의 마음을 이해했다. 가족이 채원에게 어떤 의미인지, 자신이 어떤 존재인지 그걸 누구보다 잘 아는 자신이 이런 마음을 품어서는 안 되었다.

마지막 자신을 보던 채원의 눈빛은 모든 걸 막아세웠다. 그래서 이 지독한 마음에서 아직까지 보여 줄게 남아 있다 해도 접어야 했다. 이젠.

타들어 가는 불씨를 꺼뜨리며 숨을 커다랗게 내쉬자 가슴이 이상했다. 담배를 너무 피웠나 실없는 생각이 들 정도로 가슴 부근이 뻐근하고 고통이 엄습했다. 숨을 쉴 때마다 미칠 것같이 점점 아파 와 순간 거친 숨소리를 토해 내며 태인은 핸들에 얼굴을 묻었다.

"너도 사랑 그거 한번 제대로 앓아 봐. 거짓말 안 하고 차라리 피를 토하는 게 더 낫다고 생각 들 테니까. 피는 나오기라도 하지. 그건 나오지도 못하고 사람 환장하게 만들어. 계속 후벼 파. 드릴처럼."

함께 술자리를 갖던 지인 중 한 사람이 그런 말을 했었다. 그땐 그게 어떤 의미인지 신경도 안 쓰고 무시했었다. 그런데 왜 지금 불현듯 그 말이 생각나는지 태인은 쓴물을 삼키며 뼈가 도드라지게 핸들을 움켜잡았다.

"빌어먹게 아프네."

진짜. 이를 악물어 보지만 비집고 나온 목소리는 한심하게 떨리고 있었다.

다음 날. 잠이 들긴 했는지 시끄럽게 울어 대는 새소리에 채원은 감았던 눈을 천천히 떴다.

베란다 창문으로 햇빛이 들어와 눈을 따갑게 했다. 몸이 이상했다. 지끈거리는 머리는 물론 몸은 천근만근이었다.

억지로 누워 있던 몸을 일으키자 정상이 아닌 듯한 컨디션이 피부 위로 확연히 느껴져 채원은 이마를 짚어 보았다. 열이 나고 있었다. 얇은 옷차림으로 어제 늦게까지 술을 마셨던 게 역시 문제였는지 마른세수를 하며 자리에서 일어났다.

"완전 불어 터졌네."

잠긴 목소리가 따가운 목 틈새를 비집고 겨우 나왔다. 퉁퉁 부은 눈은 물론 결혼식이라고 간만에 한 풀 메이크업은 흉측하게 뭉개져 꼴이 말이 아니었다. 헛웃음을 짓고는 봉두난발 같은 머리를 하나로 모아 묶고 곧장 화장을 지웠다. 열이 남에도 차가운 물을 서슴없이 끼얹었다.

물이 닿을 때마다 머리가 울리고 아팠다. 목도 갈수록 부어오르는지 침을 삼킬 때마다 고통이 따랐다. 그래도 끝까지 차가운 물로 마무리하고 젖은 얼굴을 닦다 수건이 지나간 두 눈이 거울을 건조하게 응시했다. 달라지는 건 없었다.

잠시 후 식탁 위엔 김이 나는 두 공기의 밥과 반찬, 그리고 국이 정갈하게 차려져 있었다. 앉지도 않고 현관과 식탁을 번갈아 보며 서 있던 채원은 이내 결심한 듯 현관 쪽으로 나갔다. 문을 열고 나오자 따뜻하기만 봄 날씨가 반겼지만 이것조차 그녀에겐 한기같이 느껴졌다.

습관처럼 비밀번호를 누르려던 손이 순간 멈칫하며 주먹을 쥐었다 펴기를 반복하다 다시 손을 올리는데 그럴 필요 없이 뒤에서 발소리가 들려왔다.

돌아보니 어제와 같은 모습으로 태인이 걸어오고 있었다. 태인도 채원을 봤는지 걸음을 멈췄다. 어색한 공기가 둘 사이에 뚜렷하게 흘렀지만 그것도 싫다는 듯 채원이 금방 깨버린다.

"지금 들어와?"

"어."

다행히 태인이 바로 대답해 주어 채원은 고개를 끄덕이며 말했다.

"아침 먹어야지."

"씻고 갈게."

"그러든지."

물끄러미 채원을 응시하던 태인은 이내 돌아서 문을 열고 들어갔다. 문이 완벽히 닫히자 입술에 맺혀 있던 웃음은 자취를 감춰 버렸다. 대신 무거운 숨이 입술 사이로 비집고 나오며 가슴을 뻐근하게 만들었다. 그러나 채원은 고집스럽게 돌아설 뿐이었다.

아픈 목을 뚫고 음식을 넘기고 넘겨도 아무 맛이 나지 않았다. 맛이 느껴지지가 않았다. 그저 의무같이 밥만 먹을 뿐인데 빠르게 줄어 가고 있는 태인의 밥공기가 보였다. 부지런히 움직이는 수저를 따라 태인을 보지만 채원은 빠르게 시선을 내렸다. 다행이었다.

자신의 마음을 알아차린 기색 같은 건 태인의 표정 어디에도 없었다. 밥알이 가시라도 되듯 입안을 찔렀지만 채원은 또 한 번 고집스럽게 삼키고 또 삼켜야 했다.

"문단속 잘 하고 자."

움직이던 젓가락이 잠시 멈칫하지만 곧 자연스럽게 움직였다.

"촬영?"

"어. 제주도. 오늘 저녁 비행기야."

"잘 갔다 와."

단조로운 대화가 끊어지고 식기가 부딪치는 소리가 지루

하게 다시 울렸다. 태인의 시선이 움직인 건 그때였다.

평소와 다를 바 없이 밥을 먹고 있는 채원은 자신을 피하지도 밀어내지도 않았다. 됐다. 그냥 자신만 되돌리던 되는 일이다. 그러면 된다. 억지로 삼키고 있던 밥과 반찬들처럼 이 마음도 삼키면 되는 일이었다.

그러면 된 건데 아직까지는 가슴이 꽉 메어 와 태인은 밀어 넣은 밥을 더욱 강하게 삼켜야 했다.

"언니. 이거 환불하고 싶은데 제가 영수증이 없거든요? 그래도 환불 할 수 있나요?"

여자 손님이 책을 보이며 난감하게 묻자 채원은 힘이 들어간 미소로 끄덕였다.

"네, 구매 당시 적립했던 회원 이름이나 사용했던 카드 갖고 계신가요?"

"잠시만요. 아, 있네요. 그럼 환불할 수 있어요?"

"네, 저쪽 인포메이션 센터에 가시면 영수증 재발급해 드릴 거예요. 그럼 그 영수증 들고 다시 오시면 환불 가능하세요."

안 되는 줄 알았는지 가능하다는 말에 손님의 얼굴에 기쁨

이 번졌다.

"오늘은 손님이 적네요."

옆에서 선아가 슬쩍 말을 흘리며 채원의 안색을 살폈다.

"죽지 않으니까 걱정 마."

"쓰러질까 겁나서 그렇잖아요."

"안 쓰러져. 이런 날 한두 번 보냐?"

"그거야 그렇지만. 언니 저거는 버려도 되죠?"

도한이 두고 간 커피를 선아가 기막하게 노려봤다. 사람이 양심도 없는지 미운 놈이 미운 짓만 골라 하고 있었다.

하도 열불이 나 그냥 있는 대로 다 까발리자 말했지만 채원은 따로 생각이 있는지 요지부동이었다. 이미 도한에게 마음이 돌아선 사람들에게 사실대로 말해 봤자 믿어 줄지 그것도 의문이었지만 그래도 이건 너무 억울했다. 그녀의 시선이 도한이 두고 간 커피를 쏘아 보는데 채원이 말했다.

"잠깐 화장실 좀 갔다 올게."

"그냥 직원실에서 좀 쉬어요. 오늘 손님도 별로 없는데."

대답도 귀찮은지 말없이 자리를 뜨는 채원의 뒷모습을 걱정스럽게 보던 선아는 이게 다 김도한 때문이라며 당장 눈앞에 거지같이 버티고 있는 커피를 쓰레기통에 처박았다.

계산을 하면서도 선아는 아직도 자리로 돌아오지 않는 채원이 조금씩 걱정되는지 툭하면 눈을 주변으로 돌리고 있었다.

왜 아직 안 오지?

화장실을 간다며 자리를 뜨고 시간이 꽤 흘렀지만 채원은 오지 않고 있었다.

이 언니 쓰러진 거 아니야?

불길한 생각이 미치자 선아의 눈빛이 초조하게 변하며 손님도 잊고 화장실 방향만 뚫어져라 응시하는데 남자의 목소리가 들려왔다.

"저기."

"아! 네."

화들짝 놀란 선아가 재빨리 고개를 돌려 손님을 맞이하자 그녀의 눈은 곧장 벌어진 입술처럼 커져 있었다. 남자에게서 눈을 떼지 못하는 선아는 붉게 달아오른 얼굴을 하곤 말까지 더듬었다.

"계, 계산해 드리겠습니다."

"아니."

"네?"

"이거 오채원 씨한테 전해 줬으면 하는데."

"채원 언니요?"

"네. 그럼."

짧은 말과 종이봉투를 남기고 남자는 자리를 벗어났다.

"세상에……."

넓은 어깨. 큰 키. 어떤 옷을 걸쳐도, 하물며 누더기를 걸쳐도 맵시가 살 것 같은 몸은 완벽한 얼굴과 한 치의 어긋남 없는 조화로움을 이루고 있었다. 목소리는 또 어떻고. 선아는 속으로 감탄을 연발하는데 채원의 기척이 느껴졌다.

"진짜 저런 얼굴이 실제로도 있었네. 있었어……."

"뭐가 있어?"

"언제 왔어요?"

선아가 흥분된 얼굴로 돌아보자 채원은 계산대를 정리하며 대꾸했다.

"무슨 일 있었어? 얼굴이 왜 그래. 너도 열나?"

"그게요. 이, 이거 어떤 남자가 오더니 언니한테 전해 달라잖아요."

황급히 안기는 종이봉투를 얼떨결에 받아 든 채원은 어리둥절한 눈으로 선아를 보았다.

"누가?"

"내가 어떻게 알아요? 언니가 알지. 누구예요? 응? 비주얼이 장난 아니던데. 내가 좋아하는 공유보다 더 하면 더 했지. 어후, 나 말하는데 완전 심장 떨려서 죽는 줄 알았어요. 진짜 누구예요?"

옆에서 선아가 캐묻는 목소리가 끈임없이 들려왔지만 채원은 종이봉투만 뚫어져라 보고 있었다.

잠시 후 점심시간이 되자 채원은 직원 휴게실에 홀로 앉아 있었다. 그리고 테이블에 올려진 종이봉투만 가만히 바라보다 천천히 손을 올려 그것을 열어 본다. 안의 내용물이 서서히 보이자 입매 피식 올라갔다.

그 속엔 자신이 얼마 전 태인에게 싸 줬던 도시락이 들어 있었다. 도시락 통을 잡자 아직 온기가 식지 않은 따뜻함이 손바닥을 통해 전해져 왔다. 도시락을 종이봉투 속에서 완전히 꺼내자 미처 보지 못했던 약 봉지가 눈에 들어왔다.

"못살겠네. 진짜⋯⋯."

힘이 없는 목소리가 허탈하게 나왔다.

움켜진 마음이 또 덧대로 삐져나오려 했다. 화가 난 채원은 도시락을 거칠게 열다 내용물을 확인하고 더 이상 화도 내지 못하고 황당한 웃음만 내짓고 만다. 야채들이 어설프게 썰린 죽이 들어 있었다. 누가 했는지 그건 뻔했다.

애꿎은 벽시계만 노려보며 마음을 다잡아 보지만 가슴은 식어 가긴 커녕 반대로 뜨거워져 가고 있었다.

한동안 가만히 죽만 내려다보던 채원은 이내 수저를 들고 누가 쫓아오는 것도 아닌데 바쁘게 죽을 먹었다. 그런데 먹고 또 먹었는데 아무리 먹어도 목이 막히지 않았다. 맛이 있을 리가 없는데 맛이 느껴져 수저를 멈추지 못하고 계속 먹었다. 그러는 동안 무섭도록 그런 의문이 가슴을 비집고 올라와 숨을 막히게 만들었다.

이 마음을 지울 수 있을까.

저녁 시간이 되자 손님이 줄을 잇고 있었다.

"총 2만 5천 원 결제 도와드리겠습니다. 포인트 카드나 해당 통신 할인 카드가 있으신가요?"

손님이 카드를 내밀자 채원은 빠른 손길로 계산을 마치고 책과 문구용품들을 종이봉투에 담아 손님에게 건넸다. 그 모습을 몰래 지켜보고 있던 선아는 컨디션이 조금 나아진 채원의 상태에 속으로 안도를 하며 자신도 얼른 친절한 미소와 함께 손님을 맞이했다.

한편 채원은 밀려드는 손님으로 인해 정신없이 다음 손님을 맞으며 똑같은 말만 반복하는데 웃던 얼굴이 멈칫하고 만다.

"진짜 신기하네. 또 볼 줄은 몰랐는데."

윤청아였다. 채원은 멈춰있던 시선을 다시 움직이며 청아가 가지고 온 책들을 계산하며 짧게 대답했다.

"네."

"여기서 일해요? 반갑다."

진짜 반가운 듯 웃음을 짓고 있는 청아를 보며 채원은 어떤 표정을 지어야 될지 몰라 바코드 찍는데만 열중했다.

"총 5만 원 결제 도와드리겠습니다. 포인트나 해당 통신 할인 카드가 있으신 가요?"

"아하, 공과 사는 정확하구나? 하긴 엄연히 직장이니까 뭐. 이럴 줄 알았으면 책 더 살 걸 그랬어요. 확실히 긁어야 채원 씨한테 도움될 텐데."

"저한테 도움 되는 건 없어요. 이 서점이 제 것도 아니고."

자신도 모르게 예민하게 받아들이며 쌀쌀맞게 받아치고 만다.

"그런 뜻으로 말한 건 아닌데 내가 좀 말재주가 없어요. 그나저나 혹시 퇴근하면 시간 돼요?"

청아의 뒤로 기다리는 손님들이 하나둘 짜증을 내는 모습을 발견한 채원은 마음에도 없는 소리를 하고 만다.

"그럼 앞에 카페 있던데 거기서 기다리고 있을 테니까 마치면 와요."

그렇게 청아가 사라지고 채원은 손님이 없어질 때까지 굳어진 얼굴을 좀처럼 풀지 못했다.

퇴근을 하고 서점에서 나온 채원은 바닥에서 누가 발목을 잡아끄는 것도 아닌데 발걸음이 무거웠다. 횡단보도를 건너자 청아가 말한 카페가 바로 코앞에 있었다. 심호흡을 커다랗게 내쉰 후 카페 문을 열어 안으로 들어가자 드문드문 앉아 있는 손님들 사이로 청아가 보였다.

채원은 애써 기운 없는 몸을 당당히 펴며 청아에게 걸어갔다.

"어? 왔어요. 생각보다 일찍 마쳤네요?"

보고 있던 책을 내려놓으며 청아가 시원스런 미소를 짓자 채원은 자리에 앉으며 입술을 열었다.

"기다리게 해서 죄송해요."

"죄송은 무슨. 나야 말로 고맙죠. 이렇게 와 줬는데."

마침 직원이 다가왔다.

"뭐 마실래요?"

제대로 넘어갈 것 같지도 않아 대충 만만한 아메리카노를 시켰다. 얼마 후 직원이 놓고 간 아메리카노를 입술로 가져가며 갈증을 씻는데 청아의 시선이 느껴졌다.

"할 말 있다고."

"아, 할 말. 할 말 있었죠."

명쾌한 말이었지만 계속 얼굴에 닿고 있는 불편한 시선은 좀처럼 비껴가지 않았다.

"놀랐어요. 그 꼬맹이가 이렇게 아가씨가 되어 있을 줄은."

결혼식 때도 그렇고 지금도 청아의 입술에서 나오는 꼬맹이란 소리가 달갑지 않았다. 아니, 듣기가 싫었다.

"채원 씨가 궁금했어요."

채원이 의아한 시선을 보내자 청아는 처음엔 의뭉스럽게 웃더니 곧 거리낌 없는 눈으로 주저 없이 뒷말을 이어 나갔다.

"……라는 건 역시 표면적이고 내가 채원 씨를 불러낸 이유는 역시 태인이 때문이죠."

청아는 표정이 굳어지는 채원을 보며 아랑곳하지 않고 마지막 말을 마쳤다.

"오빠랑 다시 시작하고 싶은데 도와줄래요?"

"……."

"왜 대답이 없어요? 싫은 거예요?"

"싫다 좋다 제가 참견할 일이 아닌 것 같은데요. 그리고."

"그리고?"

"오빠 좋아하는 사람 따로 있어요."

그것도 아주 많이 좋아하는 사람이 있다고요. 명치가 딱딱하게 아파 왔다.

“그게 어때서요? 아직 사귀는 것도 아닌데 더군다나 난 좀 유리한 위치 아닌가?”

자신만만하게 말하는 청아를 보며 채원은 쓴웃음을 짓고 만다. 하지만 그것도 잠시 연이어 들려오는 청아의 말에 얼굴이 창백해졌다.

“실은 채원 씨가 오빠를 다른 의미로 좋아해서 나 도와주고 싶은 마음 없는 거 아니에요?”

청아는 조소 섞인 목소리를 멈추지 않았다.

“설사 그렇다 해도 그 감정 잘 숨겨요. 오빠와 멀어지면 안 되잖아? 채원 씨도 이 관계를 망치고 싶은 생각 일말도 없잖아요. 내 말 틀려요?”

“알지도 모르면서 함부로 말하시네요. 내가 오빠를 좋아한다고 누가 그래요? 다시 시작하고 싶으면 오빠한테 직접 말해요. 괜히 상관도 없는 날 끌어들여서 이러지 말고.”

채원은 당장이라도 이 자리를 박차고 나가고 싶었다. 자신의 마음을 정확히 짚어 말하는 청아도, 이것도 대꾸라고 지껄이는 자신도 너무 짜증나고 한심했다. 속이 시한폭탄을 안고 있는 것처럼 부글부글 끓었다.

“아직도 채원 씨가 태인이 옆에 있을 줄은 몰랐어요.”

청아가 무슨 말을 할지 알 것 같은 채원은 힘이 들어간 손을 움켜졌다.

“정확히 말하자면 아직도 오빠 발목을 붙들고 있을 줄은
몰랐다는 거예요. 이제 그만하면 된 거 아닌가. 친동생도 아
니면서 언제까지 생판 남이나 다름없는 태인이에게 부담을
얹어 줄 거예요? 그 정도 해 줬으면 된 것 같은데.”

“발목 잡은 적…….”

“채원 씬 항상 태인이 발목 잡고 있었어요.”

그리고 더 이상 입을 뗄 수 없게 만드는 사실들이 채원을
채찍처럼 때렸다.

“좋은 기회였어요. 아니, 돈으로 못 살 그런 기회였는데
박태인은 그걸 생각도 안 하고 차 버렸죠. 누구 때문이겠어
요? 나와 같이 그때 떠났으면 분명 세계에서 주목 받았을 사
람이었어요.”

알고 있었다. 그래서 그때 자신도 태인을 보내기 위해 안
간힘을 썼지만 태인은 들은 체도 안 하고 결국 고집을 굽히
지 않았다. 채원은 입술을 물었다.

“이래도 발목 잡은 적 없다고 생각해요?”

발목을 잡았다. 안간힘을 써 봐도 혼자 힘으로 어쩔 수 없
을 땐 태인의 도움을 받았으니까. 필요할 때 항상 옆에 있어
줬으니까. 혼자가 아니라는 위안을 늘 받았으니까. 그럴 동
안 분명 태인도 포기했을 것이다. 모두 맞는 말이었다. 그렇
지만 청아에겐 말하고 싶지 않았다.

“그쪽한테 그런 말 들을 이유 없어요.”

채원의 말에 청아의 안색이 변했다.

“원망을 들어도 오빠한테 직접 들을 거니까 그쪽이 나보고 놓으라 마라 할 자격 같은 건 없어요. 그런 자격 있는 사람 오빠뿐이고.”

“……”

“이건 어디까지나 우리 일이니까.”

채원을 주시하는 눈매가 파르르 떨리더니 예상치 못한 웃음이 청아의 입술에서 터져 나왔다. 카페 안에 있던 손님들이 다 돌아볼 만큼 커다란 웃음소리에 채원은 당황스럽게 눈을 깜박였다.

“다행이네요.”

무슨 말인지 자리에서 일어나는 청아를 보는데 안 보이던 캐리어가 그녀의 손에 들려져 있었다.

“나도 일 때문에 그곳에 가거든요.”

제주도로 간다는 태인의 말이 불쑥 머리를 쳤다. 손까지 흔들며 청아는 캐리어를 끌고 유유히 카페를 나갔다. 혼자 남은 채원은 텅 빈자리만 살벌하게 노려보고 있었다.

“웃겨 죽겠네. 진짜.”

자신도 물론 아니지만 윤청아는 태인에겐 절대 아니었다.

자신만만하게 웃던 얼굴을 곱씹고 또 곱씹자 식었던 열이 다시 타올라 얼굴을 붉게 만들었다.

하지만 그보다 더 붉게 활활 타오르고 있는 건 본인조차 의식 못 하고 있는 질투라는 감정이었다.

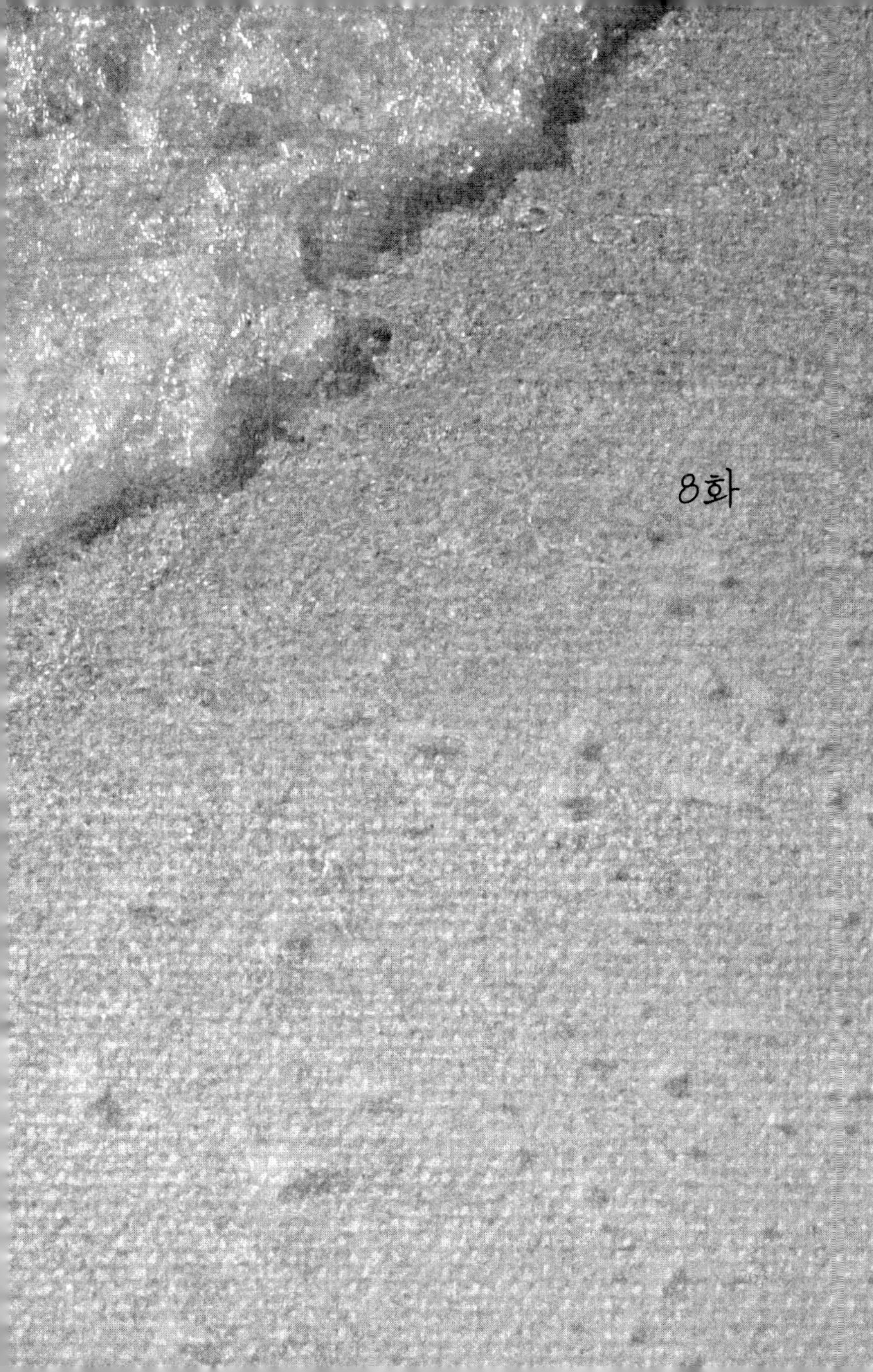
8화

　　지나가던 스튜어디스와 눈이 마주치자 승준은 또 보란 듯특유의 미소를 짓고 있었다. 그때 옆에서 초 치는 목소리가불퉁하게 들려왔다.

　　"바람둥이."

　　"이건 매너야. 너 같음 상대방이 웃는데 인상 쓰면서 보냐?"

　　"형님 봤다는 것부터가 혼자만의 착각 아닙니까?"

　　"부러우면 부럽다고 말을 해. 딴지 걸지 말고."

　　"부럽긴 누가 부럽다고! 전 여자 친구밖에 눈에 안 들어옵니다."

“네 여자 친구도 과연 너밖에 안 들어올까?”

또 오글거리는 소리를 한껏 연설하려는 현수의 말을 막아 세우며 승준이 약을 올리자 그는 한 치의 오차도 없다는 듯 단호하게 대답했다.

“네. 저밖에 없을 겁니다.”

이미 날까지 잡은 마당에 그 신뢰가 어느 정도인지 물 보 듯 뻔했지만 그래도 직접 눈앞에서 보니 승준은 부럽기도 하고 얄미워 애꿎은 현수의 뒤통수를 쥐어박았다.

“아픕니다!”

“그래서 때렸다. 근데. 그나저나……”

승준의 시선이 자연스럽게 옆을 향했다. 그러자 옆에서 재잘재잘 대던 현수의 입술도 꾹 다물어졌다. 출발하는 순간부터 태인은 입에 자물쇠라도 걸어 놨는지 입술만 꾹 다문 채 앞만 주시하고 있었다.

그새 또 무슨 일이 있었는지 표정은 물론 분위기까지 전부 음울 그 자체였다.

얼마나 분위기가 살얼음판 같은지 태인에게 깐족거리는 게 일인 승준조차 지금 쉽사리 태인에게 말을 걸지 못하고 눈치만 보고 있었다.

그때 꼬르륵 승준에게도 들릴 법한 배꼽 울음이 들려왔다. 고개를 돌리니 현수의 얼굴이 잔뜩 붉어져 있었다.

“방귀 소리냐.”

“배고프니까 그렇잖아요.”

“가자.”

“같이 가실까요?”

태인의 대답은 들으나 마나였지만 멋이란 멋은 다 부린 승준은 쓰고 있던 선글라스를 벗으며 일어났다.

“형, 우리 밥 먹으러 갈 건데 갈래요?”

“갔다 와.”

역시나 하는 표정으로 승준은 고개를 끄덕이고는 안절부절못하고 있는 소심쟁이 현수를 데리고 식당으로 사라져 버린다.

그리고 얼마 안 가 다른 한 사람이 태인을 발견했다. 청아였다. 결혼식 때문에 잠깐 한국에 나왔던 그녀는 다시 영국으로 돌아갈 예정이었다.

“나 참. 자꾸 이런 식으로 마주치면 정말 필연이라고 생각된다고.”

딱 봐도 상태가 좋아 보이지 않는 태인을 보며 눈매를 가늘게 했다.

그것도 잠깐 무시하고 돌아서 가는가 싶더니 그녀는 다소 매서운 표정으로 태인에게 걸어갔다. 이제 와 여자 때문에 저런 얼굴을 하고 있는 박태인은 정말이지 꼴 보기 싫을 만큼 재수 없었다.

"그러다 곧 죽기라도 할 표정이네."

아픈 채원이 계속 마음에 걸려 휴대폰만 들고 망설이던 태인은 옆에서 들려오는 청아의 목소리에 고개가 돌아갔다.

"그렇게 볼 거 없어. 너 만나러 온 것도 아니고 따라붙은 것도 아니야. 내 갈 길 가다 청승이란 청승은 다 떨고 있는 널 보니 울화통이 치밀어 올라서 그냥 갈 수가 있어야지."

"……."

"오늘은 가라는 소리도 안 하네."

무표정한 옆모습을 보며 청아는 지난 과거를 떠올렸다. 태인은 항상 자신에게 이런 표정뿐이었다. 어떻게 사귀었는지 의문이 들 정도로 태인은 자신에게 무관심했다. 그래도 이따금 보여 주는 관심이 좋아 그 사랑을 멈추지 못하고 온전히 매달렸었다.

그랬던 남자가 지금은 한 여자를 갖고 싶어 어쩔 줄 몰라 힘들어하고 아파하다니.

예전 무심하기만 했던 태인의 모습이 자꾸만 머리를 들쑤셔 감정을 찌질하게 만들고 있었다.

아니, 이미 채원에게 한 짓만 봐도 찌질해진 상태였지만 그래도 많이 사랑했던 사람이라 약이 더 바짝 올라 심술 나는 건 어쩔 수가 없었다.

“나쁜 새끼.”

욕을 듣던 태인이 쓴웃음을 지었다.

“웃어? 나한테 그 따위로 해 놓고 이제 와 진짜 사랑을 하시겠다고 순정남 행세를 해?”

“그러게. 할 말이 없네.”

“할 말이 없어야지. 넌 닥치고 있어. 나 혼자만 말할 테니까. 네가 항상 같잖게 므시했던 사랑이란 걸 직접 해 보니 어때? 너도 뚫리지 않는 벽에 혼자 머리 찧는 기분을 대번 느껴?”

더하면 더했지 덜하지 않았다. 그래서 청아에게 아무런 말도 하지 못했다. 예전 그녀에게 자신이 어떻게 굴었는지 이 순간만큼은 선명하게 떠올라 눈빛에 말하지 못한 감정만 쌓여 갔다.

“아프지? 아플 거야. 내가 겪어 봐서 아는데 정말 깜깜하게 아프더라. 그래도 넌 절대 봐주지 않았지.”

“…….”

“마지막 악담 하나 더할까? 난 네가 그 애랑 절대 이뤄지지 않았으면 좋겠어. 하긴 그 애한텐 이건 말도 안 되는 불쾌하고도 더러운 감정일 뿐이지.”

박태인 답지 않게 이깟 말에 흔들리는 꼴이 가관이고 정말 혼자 보기 아까운 광경이었다.

배를 잡고 웃어 주고 싶었지만 차갑게 돌아간 시선은 태인을 보지 않고 앞만 노려보았다. 그 순간 주변의 소음이 끊겨 버렸다.

"미안하다."

귀를 의심하게 하는 한마디에 헛웃음이 터지지만 흔들리는 눈동자는 좀처럼 중심을 잡지 못했다.

"정말 미쳤네."

괜히 왔다. 그냥 가던 길이나 갈 걸 괜히 와서는 쓸데없는 말만 들어 버렸으니 시간이 아까웠다.

여권과 함께 들고 있던 선글라스를 끼며 청아는 자리에서 일어났다.

"하고 있는 꼴이 불쌍해서 어떻게 좀 해 보려 했더니 미친 놈은 안 되겠네."

목을 가다듬어 보지만 결국 떨리고 만다. 그 떨림을 재빨리 숨기려 마음에도 없는 소릴 마지막 인사말 대신 내뱉었다.

"그렇게 평생 짝사랑만 하다 늙어 죽길 바랄게. 이 한심한 자식아."

속이 아주 후련하다 못해 뻥 뚫릴 것 같았다. 미련없이 돌아서는데 마지막까지 재수 없는 말이 들려왔다.

"행복해라."

흥. 콧방귀를 끼며 앞만 보고 걸었다. 나쁜 새끼. 미친놈.
쉼 없이 욕을 중얼거리는 입술 위로 짠맛이 느껴졌다.

그러다 문득 채원이 생각났다. 심술이 나서 너무 나간 것
같긴 하지만 이제 와 뭐 어떡하겠는가. 힐끗 뒤를 돌아보니
태인은 이미 없었다.

둘이서 알아서 하겠지 뭐. 청아는 코를 훌쩍이며 제 갈 길
을 갔다.

이 시간이면 집에 도착했어야 하지만 채원은 두고 간 휴대
폰 때문에 다시 서점으로 돌아와 있었다.

몸이 피로하다 아우성을 치고 있었지만 청아가 휘젓고 간
속에 비하면 아무것도 아니라 생각하며 비상구 계단을 내려
가고 있었다.

직원실 앞에 다다를쯤 채원의 발걸음을 멈추게 하는 대화
소리가 들려왔다.

"선배님도 대단하시다. 굳이 바람난 사람을 뭐 하러 이렇
게까지 잡으려고 해요?"

콧소리를 따라 시선을 내리니 도한과 얼마 전 들어온 신입
이었다.

귀여운 외모는 물론 말투 행동까지 애교가 넘쳐나 남자 직원들이 아주 눈을 못 뗀다며 선아가 눈엣가시같이 여기며 말하던 여직원이었다.

"사랑하니까 그렇지. 유미 씨는 사랑 안 해 봤어?"

저 따위 개 같은 말을 지껄이면서도 은근슬쩍 스킨십을 하고 있는 손은 보는 사람마저 눈 깜짝할 새 이루어지고 있었다.

채원은 입술을 추켜올리며 몸을 돌려세우는데 뒤로 이어지는 가관인 대화에 발이 다시 날쌔게 돌아가 버렸다.

"전 아직 어려서 그런지 연애를 몇 번 못 해 봐서 사랑이란 게 뭔지 잘 모르겠어요. 그래도 선배님이 그 언니를 받아들이려는 모습을 보면 그게 또 사랑이 아닌 건가 싶기도 하고 근데 너무 뻔뻔한 것 같아요. 나 같음 힘들어 하는 선배를 위해서라도 회사 그만둘텐데."

"그런 소리 하지 마. 그건 내가 원하는 게 아니야. 그나저나 유미 씨 생각이 깊네. 덕분에 위로받았어."

"에이, 제가 뭘 했다고요. 앞으로 속에 담아 두지 말고 저한테 다 말하세요. 말 들어 주는 거 잘해요. 나 같음 선배 같은 남자를 두고 절대 한눈 안 팔 텐데."

정말 둘다 한눈 따위 안 팔고 노골적으로 서로를 끈적하게 훑고 있는 꼴이 누가 봐도 서로에게 작업을 걸고 있는 형태였다. 우습기 그지없었다.

"그러게. 유미 씬 절대 한눈 같은 건 안 팔 거야. 채원 씨가 유미 씨를 좀 본받으면 좋을 텐데. 같은 여자라도 참 많이 달라."

"빈말이라도 너무 듣기 좋은 소리만 하는 거 아니에요?"

"빈말이라니 충분히 진심이야. 나야 사귄 정이 있고 안 그런 척하면서 다시 돌아오고 싶어 하는 채원 씨 때문에 마음을 닫고 있지만 솔직히 남자들 눈엔 유미 씨가 한참이나 예뻐 보이긴 하지."

유미는 부끄러운 표정으로 배시시 웃으며 은근히 팔짱을 끼다 내려오는 채원을 발견하고 눈을 동그랗게 떴다.

"어? 선배님, 퇴근 안 했어요?"

"무슨 일이야?"

나란히 붙어 선 채 유미와 도한이 차례대로 물어 왔지만 채원은 눈도 안 마주치고 문을 열고 나갔다.

직원실로 들어가니 케이블 위에 휴대폰이 충전기에 꽂힌 채 있었다.

힘이 들어간 손으로 휴대폰과 충전기를 분리시키고 문을 열고 나오는데 도한이 앞에 서 있자 표정이 절로 일그러졌다.

"무슨 일이야? 퇴근한 거 아니었어?"

말하는 것도 짜증 자체인 채원은 무시하며 걷는데 뒤에서 손목을 잡아채자 몸에 힘이 들어가며 사납게 내뺐다.

"뭐야, 질투라도 해? 오해하지 마. 걔 혼자 좋아서 그 난리지 난 관심도 없으니까."

"난 그쪽과 상관없다고 몇 번이나 말해야 알아들을래요?"

"난 너와 다시 시작하고 싶다고 몇 번이나 말해야 알아줄래?"

뭐 이런 인간이 다 있지?

채원은 매번 반복되는 상황 앞에 머리가 지끈할 정도로 열이 솟구쳤다. 진저리가 났다. 거기다 청아까지.

그때 눈앞으로 명품 로고가 적힌 쇼핑백이 보였다.

"생각해 보니 너한테 이런 선물 한 번도 한 적 없더라고. 마음이 안 좋았어. 정성이 부족해서 네가 딴 놈에게 시선을 돌렸나 싶기도 하고 그래서 이번 기회에 무리를 해서라도 널 위해 사고 싶었어. 적금 깨서 산 거야."

하지만 받기는커녕 자신만 삐딱하게 보고 있자 도한은 다 안다는 표정으로 한 번 웃고는 직접 채원의 손에 안겨 주며 호기롭게 말했다.

"그거 명품인 거 알지? 너한테 잘 어울릴 것 같아 직접 고르고 골라서 산 거야. 이제 내 마음 믿겠지? 너한테 그런 놈보단 나야. 나야말로 널 정말 사랑……."

“지랄도 가지가지네.”

“뭐?”

웃던 얼굴이 돌연 굳어지며 도한이 되물었지만 이기 대답은 채원에게서 내동댕이쳐져 있는 상태였다.

“치매니? 머리는 폼으로 달고 다녀?”

싸늘하다 못해 경멸스런 목소리를 들으며 도한은 바닥에 떨어진 쇼핑백을 믿을 수 없다는 표정을 보다 실소를 지으며 고개를 번쩍 들었다.

“이거 명품 백이야.”

“어쩌라고.”

콧방귀를 끼는 채원의 반응이 도저히 이해가 안 되겠는지 도한은 금방 민낯을 드러냈다.

“어쩌라고? 야! 사람 마음을 무시해도 유분수지 네가 가질 수나 있는 가방이라고 생각해? 감지덕지 받지는 못할망정 어디서 빼기는 거야?”

그동안 만나왔던 여자들이었다면 이미 입이 함박 벌어져 아양을 떨고 있을 때였다. 저 말이 과연 진심인지 아니면 꼴에 자존심 있다고 일단 튕겨 보는 건지 도한은 가늠할 수 없었다.

“웃어?”

자존심이 제대로 상한 도한이 뺨을 실룩이며 목소리를 높였다.

"그럼 너 같으면 안 웃고 배기겠니?"

"같잖은 게 진짜. 야, 웃기지 마. 어디서 깨끗한 척 콧대 세우고 있어? 그놈도 미친놈이지. 너 같은 걸 만나다니 눈이 어떻게 된 거 아니야?"

웃음기 싹 빠진 무표정한 얼굴이 뒷목을 서늘하게 했지만 도한은 이죽거리는 걸 멈추지 않았다.

"표정이 왜 그러시나? 그새 버림이라도 받으셨나?"

"……."

"아무 말 없는 거 보니 버려졌나 보네. 생각보다 별 볼 일 없었나 봐? 그럼 그렇지. 이건 뭐 갑자기 흥미가 뚝 떨어지네. 솔직히 말해서 얼마나 그놈에게 살살 녹게 굴었으며 그 따위 염병할 소릴 하는지 궁금해서 미련 있는 척 굴었거든. 그럼 그렇지."

조롱하는 눈빛이 채원의 머리부터 발끝까지 불쾌할 만큼 훑고 지나갔다.

"그래도 좋았겠네? 그놈과는 하고도 남았을……."

"개 같은 놈."

고저없는 목소리 속 욕설에 도한이 눈을 깜빡이며 흥분한 얼굴로 삿대질을 했다.

"내가 우스워? 누군 욕 못 해서 가만히 들어 주는 줄 알아!

내가 우리 엄마 배에서 얼마나 어렵고 귀하게 태어났는데 누
구 보고!"

"그걸 아는 인간이 그렇게 사니? 네가 지금 하는 말이
나 행동이 발정 난 똥개랑 다를 게 뭔데? 개보다 못한 인간
과 잠시나마 사귀었던 사실이 내 일생일대의 수치이자 실수
야."

인정사정없이 쏘아 대는 말을 들으며 도한은 잔뜩 붉어진
얼굴로 채원을 노려봤다.

채원은 마음 같아선 그 얼굴에 침이라도 뱉어 버리고 싶었
지만 몸에 힘이 하나도 들어가지 않았다. 더운 숨만 가쁘게
내쉬며 무겁기만 한 다리를 움직여 도한을 지나치는데 순간
몸이 난폭하게 끌어당겨지며 등이 벽에 부딪혔다.

피할 새도 없이 몸 위로 커다란 신체가 움직일 수 없도록
제압하며 얼굴을 맞춰 오자 물러날 곳이 없음에도 채원은 도
한을 똑바로 쳐다보며 웃었다.

"넌 그냥 개새끼야."

붙잡힌 손목이 아프도록 조여 왔지만 채원의 얼굴엔 어떤
감정도 드러나지 않았다. 그게 더 얄미운 도한은 힘으로 누
르며 추악한 웃음을 지었다.

"너한테 투자한 시간이 너무 아까워서 말이야. 뭐라도 하
고 끝내야 될 것 같으니까 그만 도발해."

도한이 귓속으로 역겨운 숨을 불어 넣자 채원은 반사적으로 얼굴을 돌리며 붙잡힌 팔을 빼내려 안간힘을 쓰지만 작정하고 덤비는 남자의 앞에선 무용지물이었다.

"내숭 떨지 마."

조롱 섞인 한마디를 내뱉으며 마음껏 희롱하고 싶은 도톰한 입술로 제 입술을 가져가는데 질끈 감겨 있던 채원의 눈이 떠졌다.

눈을 만족스럽게 응시하며 입술을 막 덮으려던 도한은 순간 목이 졸리는 고통을 느끼며 입술은커녕 비명을 질러 댔다.

"뭐, 뭐야!"

뒤에서 뻗어 온 잔인한 힘에 볼품없이 끌려가 채원의 몸에서 완전히 떨어진 도한은 눈앞에 멱살을 잡고 있는 남자를 발견하고 곧 그가 누구인지 깨달았다.

"너, 너! 이 새끼 여기가 어디라고 와!"

말이 끝나는 동시에 경박하게 고함치던 얼굴이 공포로 하얗게 질렸다.

"죽고 싶으면 계속 지껄여 봐."

무표정한 얼굴로 목을 조르는 손은 진심이었다.

도한은 벌벌 떨며 채원을 봤지만 목에 가해지는 고통에 그것마저 막혀 버렸다.

“보지 마.”

“그. 그만…….”

정말 이러다 죽을 것 같았다. 눈앞이 흐려지는 걸 생경하게 겪으며 제 목을 압박하고 있는 손을 떼어 내려 움직이지만 꿈적도 하지 않았다. 광기에 젖은 힘 같았다.

“그만해.”

채원의 목소리가 구세주처럼 들려왔다.

“그만하라고.”

자신을 무섭게 노려코는 태인을 보며 채원은 긴장이 풀린 나머지 무너지려는 두 다리에 힘을 주며 떨리는 손을 뒤로 숨겼다.

“캑!”

태인의 손이 떨어지자 막혔던 숨이 한꺼번에 몰리며 도한은 기침을 연발했다.

“너, 너 이 자식!”

하지만 금세 날아온 주먹으로 인해 뒷말은 입안으로 도로 삼켜졌다. 바닥으로 넘어진 채 얼굴을 붙잡고 발끈 고개를 돌리지만 이번에도 역시 잔인하게 파고드는 주먹 앞에 입도 못 떼고 무력하게 맞고 또 맞았다. 연이어 치켜든 주먹에 반항 한 번 못 해 보고 맞고 있는 도한의 얼굴은 두려움으로 새파랗게 질려 갔다.

비릿한 피 맛이 입안에 느껴지다 못해 입 밖으로 새어 나왔다. 그래도 멈출 줄 모르고 다가오는 태인을 피하려 엉덩이를 뒤로 밀어 보지만 도한은 다시 집요하게 뻗어 온 손아귀에 가차 없이 잡혀 태인의 코앞에서 숨만 달달 떨어 댔다.

"눈에 보이지 마. 그땐 진짜 죽일 거니까."

거짓말이 아니었다. 멱살을 잡고 있는 손은 언제라도 목을 조여 올 것같이 힘을 조절하고 있었다.

충격으로 넋이 나간 도한은 고개를 정신없이 끄덕였다. 멱살이 놓아지자 이때다 하고 도한은 꽁지 빠지게 도망쳤다.

도저히 진정되지 않는 감정을 애써 밀어 넣으며 태인은 채원에게 몸을 돌렸다. 겁을 집어 먹은 창백한 눈동자와 맞추진 순간 이성이 끊어졌다.

지금 자신의 모습이 채원에게 어떻게 보일까. 설사 끔찍하게 보여도 지금은 이 손으로 필사적으로 잡아야 했다. 가까이 다가갈수록 눈에 확연히 들어오는 떨림에 도한을 다시 잡아와 죽이고 싶은 광기가 치밀어 올랐다.

자신이 만약 오지 않았다면 그 생각이 꼬리를 물고 물자 핏발이 곤두선 눈만큼이나 뼈마디가 붉게 변한 주먹이 떨렸다.

말없이 계속 보기만 하는 태인을 보다 못한 채원이 제 감정을 들키지 않으려 먼저 입술을 떼지만 단호히 돌아서는 뒷모습에 막혀 버렸다.

맞닿은 손을 잡을 생각도 못 하고 그대로 이끌려 밖으로 나오자 지나가는 사람들의 목소리와 도로 위를 달리는 차들 소리가 뒤죽박죽되어 들려왔다.

그래서 다행이었다. 그 덕에 이 와중에도 푼수같이 뛰고 있는 심장 소리를 태인이 눈치챌 수 없을 테니.

바닥을 보며 그늘진 웃음을 나지막이 짓지만 그럴 때마다 힘이 들어간 손이 손가락 사이로 단단하게 파고들어 놓치지 않게 꽉 마주 잡아 와 코끝을 시리게 했다.

엘리베이터에서 내려 집 앞에서 걸음이 멈추자 여태껏 놓아 주지 않던 손이 조금씩 헐거워지더니 이내 떨어졌다. 아쉬움을 감추기 위해 손을 움츠리며 채원은 돌아서 비밀번호를 누르는데 등뒤로 잠긴 목소리가 들려왔다.

“약 먹고 자.”

“어.”

오빠는. 나오려던 뒷말이 흐려지고 만다. 결국 돌아보지 못한 채 문을 열고 들어왔지만 신발도 벗지 못하고 채원은 문에 기대었다.

온몸이 저릿하게 아팠지만 다리가 굳은 사람처럼 채원은 시간 가는 줄 모르고 어둠 속에서 서 있었다. 풀어놓을 길 없는 감정들이 몸을 찔러 와 아프게 했다.

버거운 감정을 눌러 보려 애써 숨을 가다듬어 보려 했지만 자꾸만 목이 짓눌러져 그것조차 쉽지 않았다.

뜻대로 되는 게 없었다. 자신의 마음임에도 불구하고 그거 하나 통제하지 못해 이러고 있다니 꼴사납기 그지없었다.

힘없이 꺼져 있던 눈동자가 갑자기 앞을 뚫어져라 노려보더니 입술을 물며 돌아서 손잡이를 잡고 문을 열었다.

찬 바람이 얼굴을 치고 지났지만 채원은 숨 쉬는 것도 잊고 눈앞에 서 있는 태인만 응시했다. 침묵 속 두 사람의 시선이 소리 없이 얽히며 태인이 채원의 팔을 잡았다.

왜? 의문이 생기기도 전에 거침없이 밀고 들어오는 그림자로 인해 문이 닫혀 버린다.

이게 무슨…….

얼어붙은 눈동자가 닫힌 문만 응시하고 있었다. 잡힌 손목도 이마가 닿아 있는 어깨도 조금도 움직이지도 못하고 채원은 태인에게 붙들려 있었다. 대체 왜 이러는지 영문을 알 수가 없었다.

혼란스러움을 담은 표정이 점차 차가워지는 그때 또 다른 이질적인 숨결이 목 언저리를 스쳤다.

"괜찮아."

무슨. 차츰 벌어진 눈동자가 뒤이어 들려오는 말에 크게 벌어졌다.

“네가 생각하는 일 없을 거야.”

“…….”

알고 있었던 거야? 가슴이 내려앉으며 정처 없이 흔들리는 눈동자가 빠르게 아래로 떨어졌다. 어떤 말을 해야 할지 머릿속이 하얗게 변하며 손톱만 파고드는데 손목이 조여 왔다.

“이렇게.”

“…….”

“말하려고 했어. 했는데.”

억눌린 목소리를 따라 시선을 돌리니 어느새 태인이 자신을 똑바로 응시하고 있었다. 이상했다. 태인의 얼굴에 서려 있는 감정은 낯설지 않았다.

그때와 똑같았다. 그새 술이라도 먹고 술주정이라도 하는 건지 아니면 자신을 수진과 헷갈려 하는지 거북한 감정이 끓어오르며 채원은 시선을 피했다.

“안 돼.”

선명하게 파고드는 말에 이유 없이 심장이 다시 술렁거렸다. 창백하게 변하는 안색을 보며 태인은 곱씹듯 다시 말했다.

“도저히 안 돼. 무슨 짓을 해도 안 돼.”

“…….”

비껴갔던 두 눈이 천천히 와 닿았다. 태인은 날뛰는 심장을 풀어놓자 마음이 쏟아져 내렸다. 그런데 이 마음을 이깟 한마디로 표현할 수밖에 없어 화가 났다.

“넌 나한테 여자로밖에는 안 보여. 그래서 안 돼.”

“……”

차갑게 굳은 얼굴을 보며 날뛰던 심장은 낭떠러지에 곤두박질치지만 끝까지 채원을 보며 말을 이었다.

“미친놈 같지?”

“……”

“근데 말했잖아. 정말 미쳤다고.”

말하면서도 미칠 것 같았다. 작은 동요조차 보이지 않는 채원을 보며 피가 말랐다.

“농담도 장난도 아니야. 한순간도 진심이 아니었던 적 없었어.”

말로다 표현할 수 없는 감정들이 두 눈에서 한없이 절박하게 말하고 있었지만 채원은 봐주지 않았다. 네 마음 어떤지 다 알아. 다 알지만 그렇지만. 손목에서 떨어진 손이 애가 타게 어깨를 움켜졌다.

“미안해. 정말 미안한테 너밖에 안 보여. 네가 좋아. 좋아서 미치겠어. 이런 거 강요해서 되는 일 아니란 거 잘 알겠는데…….”

두서없는 말들을 조급하게 쏟아 내던 태인은 고개를 힘없이 어깨로 떨구며 진심을 다해 속삭였다.

제발.

"나 좀 봐 줘."

잿더미마냥 타들어 가는 심장처럼 눈자위가 숨죽인 채 붉어졌다.

문이 닫히고 발소리가 더 이상 들리지 않을 때쯤 나갔던 정신이 가까스로 돌아온 듯 순간적으로 가슴이 크게 들썩이며 채원은 자리에 주저앉았다.

그러고도 아직 현실 파악이 되지 않는지 멍한 얼굴 아래 벌어진 입술은 닫힐 줄 몰랐다.

언니가 아니라 나라고?

왜? 왜, 날? 전혀 이해가 되지 않는 눈동자가 어수룩하게 움직이며 베란다만 뚫어져라 응시하고 있었다. 진짜 나라고? 충격의 여파에 뻣뻣해진 고개가 천천히 흔들어지며 거짓말 같던 모습들이 스쳐 지나갔다.

"넌 나한테 여자로밖에는 안 보여. 그래서 안 돼."

"좋아서 미치겠으니까."

꿈을 꾸듯 몽롱하게 변하던 표정이 스스로에 깜짝 놀라 마른침만 꿀꺽 삼켰다. 그러다 뺨을 늘어지게 꼬집어 봤다. 확실히 아픈 느낌에 눈만 어이없게 깜박거리며 채원은 헛웃음을 지었다.

아무리 생각하고 또 생각해 봐도 태인이 자신을 좋아한다는 사실이. 여자로 보고 있다는 현실이 믿어지지가 않았다.

툭하면 네가 여자냐? 비웃거나 아니면 매번 같잖다는 눈빛으로 무시했던 사람이 바로 태인이었다. 그랬던 사람이 어째서 자신을 좋아하는지 채원은 여전히 거짓말 같았다.

하지만 결코 거짓으로 볼 수 없는 간절한 진심 앞에 작은 헛웃음조차 내지을 수 없었다. 그동안 무심코 그냥 넘겨짚었던 말들과 행동들이 떠올라 얼굴은 물론 몸까지 화끈하게 만들었다.

동시에 괴로워하던, 힘들어 하던 모습들이 자신 때문이라 생각하니 여러 감정들이 복합적으로 얽히며 입술만 괴롭혔다.

그간 태인이 어떤 심경이었는지. 어떤 마음이었는지. 혼자만 삭혀야 했던 감정들까지 채원은 모두 이해할 수 있었다. 자신도 똑같았으니까.

"못 해."

고백했냐는 말에 태인은 그렇게 대답했었다. 그럴 수밖에 없었을 것이고 자신도 그랬다. 태인을 잃는다는 생각에 다른 생각 같은 건 절대 할 수 없었다. 오직 지워야 한다는 생각뿐이었었다.

그랬는데 결국 지우기는커녕 얼떨결에 태인의 마음이 자신과 같다는 걸 알아 버리자 채원은 대체 어떤 감정으로 얼굴을 들어야 할지 얼글을 감싼 손을 거두지 못하고 갈피를 잡지 못했다.

하지만 한 가지는 누가 뭐라고 하든 명확했다. 심장의 울림이었다. 민망할 정도 울려 대는 심장은 힘차게 뛰다 못해 맥박까지 흔들어 버리며 어지럽게 만들었다.

시간이 지나도 도무지 진정이 되지 않는 자신의 상태가 낯뜨거워 채원은 불분명한 말들만 쏟아 내지만 머리 사이로 보이는 귀는 우스울 정도로 여백 없이 빨개져 있었다.

하루를 온전히 침대 위에서만 보냈더니 몸이 한결 나았다. 하루 꼬박 생각한 덕에 머릿속도 어느 정도 정리되어 기분도 괜찮은 채원은 퇴근 준비를 하던 중 무심코 휴대폰을 보지만

곧 동요 없는 표정으로 트렌치코트 주머니에 넣었다.

단정히 묶어 올렸던 머리를 풀어 빗질로 마무리하며 가방을 드는 그때 문이 벌컥 열리며 선아가 뛰어 들어왔다.

"언니 지금, 지금 밖에 난리 났어요."

잔뜩 흥분한 선아와는 다르게 채원은 무심한 얼굴로 되물었다.

"뭐가 난리 나는데."

"김도한이랑 그년이랑 지금 한판 붙어서 난리라고요!"

평온하던 채원의 눈빛이 김도한의 이름 석 자에 바로 날카롭게 돌변했다. 그 파장은 이루 말할 수 없을 만큼 컸다.

아직도 생생하게 귓바퀴를 타고 내려오는 더러운 숨소리와 힘으로 찍어 누르던 역겨운 체구는 피를 싸늘하게 만들었다.

이대로 절대 넘어갈 생각이 없었던 채원은 잘되었다는 듯 눈빛을 세웠다.

"그것들 어디 있어?"

"네? 가려고요?"

"원래 개싸움이 젤 재미있는 법이잖아. 그걸 놓치면 되겠어?"

"하긴. 제 버릇 개 못 준다던 김도한이나 부메랑 그대로 처맞은 그년이나 아주 이번 기회에 작살나게 당해 봐야 뻔뻔스럽게 그 쌍판을 못 들고 다니지.”

문을 열고 나가자 벌써부터 소란스러움이 들려오는 것 같
았다. 골똘히 생각하며 걷던 채원은 갑자기 걸음을 멈췄다.

“안 가요?”

“어디 좀 들렀다 갈게.”

싱긋 미소를 지으며 돌아서는 채원을 선아가 의아하게 본
다.

가까이 갈수록 선아의 말처럼 정말 아주 가관이었다. 아마
도 한가해와 김도한은 손님들과 직원들이 둘러싸여 있는 저
곳에서 주목받고 있는 듯했다.

가까워질수록 낯익은 고성이 어김없이 들려왔다. 사람들
을 헤치고 안쪽까지 들어가자 한가해가 신입의 머리채를 붙
잡고 패악질을 부리고 있는 게 보였다.

“야, 이 미친년아. 너 내가 누군지 알아! 나 이 남자 부인
이야. 부인! 어디서 주제도 모르고 깝치면서 남의 남자를 꼬
셔!”

“그런 거 아니라고!”

김유미가 머리에 엉켜 붙은 한가해의 손을 떼어 내려 하지
만 한가해는 끄덕도 안 하고 잡은 머리를 붙잡고 흔들기까지
했다.

유미의 비명에 보다 못한 도한이 한가해의 팔을 잡고 막아 세웠지만 표독스러운 눈빛까지 멈추진 못했다.

"지금 내 앞에서 이년 편드는 거야?"

"미쳤어? 여긴 네 직장이야! 돌아도 적당히 돌아!"

짝!

얼마나 세게 때렸는지 도한의 몸이 휘청거렸다.

"야!"

안 그래도 얼굴이 엉망이었던 도한은 아직도 욱신거리던 뺨을 또 맞자 난폭한 민낯을 드러냈다.

"그새를 못 참고 또 딴 년이랑 놀아나? 그것도 모자라 내 가방까지 훔쳐서 저년한테 받치니 좋디? 좋아! 네가 나한테 어떻게 이럴 수 있어? 내가 너한테 어떤 존재인데!"

채원의 시선이 유미 근처에 떨어져 있는 쇼핑백을 발견한다. 자신을 위해 준비했다는 그것이었다.

"어떤 존재? 야, 너 착각도 적당히 해. 네가 무슨 내 마누라야? 우린 그냥 어쩌다 어울리게 된 남남이라고. 알아?"

"어쩌다? 이 새끼 봐라. 뚫린 입으로 말하면 다 말인 줄 아니? 네가 내 몸에서 단물 빨아 먹은게 얼마인데 남남이야!"

그러더니 가해는 직원들을 사납게 둘러보더니 조소 가득한 입술을 뗐다.

"오채원 같은 건 있으나 마나라며 날 못 꼬셔서 안달 내던 새끼는 죽었나? 여기 나 눈앞에 버젓이 있는데 왜 이제 와서 발뺌을 하는지 모르겠네?”

가해의 입에서 탄로 난 사실에 수근거림이 더욱 커졌다. 따가운 직원들의 눈초티를 받은 도한은 생각이 없어지며 이 판사판 발끈 고함을 질렀다.

“네가 날 꼬셨지! 내가 널 꼬셨냐? 말은 똑바로 해. 이 기집애야!”

“너나 똑바로 해! 다짜고짜 비비댄 게 누군데!”

그때였다. 꼭지가 돌아 버린 도한이 날뛰는 가해를 잡으려 손을 뻗는 순간 느닷없이 쏟아진 물벼락을 맞았다. 아니, 정확히 말하면 구정물 벼락을 맞았다.

이게 무슨. 머리는 굴론 젓은 옷에서 뚝뚝 떨어지고 있는 구정물을 얼빠진 얼굴로 내려다보는데 눈앞에서 청소 아줌마들이 들고 다니는 양동이를 든 채원이 서 있었다.

“으으. 이게 무슨 짓이야!”

태인의 말이 번쩍 떠오른 도한은 얼른 채원에게서 시선을 돌려 버렸지만 가해는 분에 찬 악을 지르기 바빴다.

탱탱하게 웨이브 졌던 머리는 한순간 미역 줄기로 변해 버린 건 물론이고 입고 있는 명품 원피스는 구정물로 색이 사라져 악취가 진동을 하고 있었다.

부들부들 온몸을 뜰며 뒤돌아 있던 가해는 아직 채원을 못 봤는지 악다구니만 쓰기 바빴다.

"어떤 년이야! 씨발, 어떤 년이냐고!"

그러자 채원은 뒤에서 물끄러미 대답했다.

"나다, 이년아."

서슬퍼런 눈빛으로 돌아선 가해는 자신을 비웃으며 서 있는 채원을 발견하고 얼굴이 볼썽사납게 일그러지며 손이 분노로 떨렸다.

"너, 너! 이 미친년!"

"똥물이 없어서 화장실 청소한 물로 대신했어. 그것도 뭐 썩 잘 어울리네."

화장실? 가해의 눈이 팽팽하게 벌어지며 입술이 경악스럽게 벌어졌다.

"어차피 더러운 건 마찬가지니까."

"이게 진짜……."

독기 가득한 얼굴로 채원을 태울 듯 보더니 이내 손톱을 흉기로 내세워 가해가 달려들자 채원은 눈 하나 깜짝하지 않고 팔을 잡아챘다.

"악! 이 쌍년이 이, 이거 안 놔!"

"벽에 똥칠할 때까지 저 새끼랑 꼭 백년해로해야지. 아직도 분명 마음이 남아 있을 테니 안 그래?"

미소 짓는 입술과는 다르게 가까이서 마주한 눈빛은 충분히 기가 질리게 만들었다. 가해는 팔이 풀어지기 무섭게 얼른 한 걸음 떨어졌다. 도한도 채원과 눈이 마주치자 헉 숨을 삼키며 재빨리 등을 돌렸다.

"저, 저 미친년이 야! 거기 안 서? 서란 말이야!"

뒤늦게 가해가 당장이라도 달려갈 얼굴로 악을 쓰자 도한이 그녀를 붙잡으며 심각하게 말했다.

"쟤 보지 마. 보면 너도 죽어."

"뭐라는 거야! 지금 저년 편을 드는 거야?!"

뒤에서 또 치고 박는 소리와 자신을 돌아보는 시선들이 느껴지지만 채원은 무심한 얼굴로 가던 길을 계속 갈 뿐이다.

밖으로 나오자 추적추적 비가 오고 있었다. 먹구름으로 물든 잿빛 하늘을 올려다보며 혼잣말이 툭 튀어나왔다.

"나답지 않아."

오늘 비가 온다는 기상 캐스터의 말을 들었음에도 우산을 챙기지 못했다. 머릿속에 꽉 찬 한 사람 때문이었다. 손을 내밀어 통통 튀기는 물방울 들을 손바닥에 담아 보다 문득 예전 어릴 때의 기억이 스쳐 혼자 웃음을 지었다.

단발머리라며 수진이 잘라 주었지만 어쩌다 바가지 머리가 되어 버린 채원은 계단 위에서 쪼그리고 앉아 비 내리는 운동장을 한참이나 응시하고 있었다.

그때 아직 다 가지 않았는지 남은 아이들이 신나게 달려오더니 채원을 지나쳐 동시에 '엄마'라고 부르며 반겨 주는 품 안으로 달려갔다. 그 모습을 물끄러미 보던 채원은 문득 한 사람이 머릿속에 스쳤지만 단념하는 눈치로 고개를 도리도리 흔들었다.

"우산을 빠뜨리고 오다니 나답지 않았어."

시큰둥하게 혼잣말하며 비가 그치기만을 기다렸다.

지치지 않고 떨어지는 물방울을 향해 작은 손을 내미는데 누가 봐도 나 공주요 하는 포스로 세정이 새침하게 걸어와 채원의 옆에 섰다. 새빨간 에나멜 구두가 예쁘기 보다는 헉스러운 채원은 눈이 아파 시선을 절대 바닥으로 내리지 않았다.

"넌 여기서 뭐 하니, 집에 안 가?"
"비 그치면 갈 건데."
"흥, 아마 안 그칠걸? 하여튼 거슬린단 말이야."

거슬리면 그냥 갈 것이지 왜 옆에서 괜히 말을 거는 지 이해가 되지 않았다.

그때 '세정아!' 하고 부르는 목소리가 들려오자 그녀는 환하게 웃으며 손을 방방 흔들었다.

앞을 보니 커다란 검은 차를 뒤에 둔 채 세정의 엄마는 에나멜 구두와 같은 빨간색 챙이 넓은 모자를 쓰고 있었다.

이래저래 보고 있기엔 눈이 아픈 모녀의 모습에 채원은 눈보호막으로 까만 차를 대신해 응시했다.

그 시선을 알아차렸는지 세정이 고개를 빳빳이 들며 자랑했다.

"저거 우리 차다. 엄청 좋지?"

"응, 좋아."

"안에도 엄청 넓다?"

"응."

"얘, 무슨 애가 반응이 그러니? 다른 애들 반응은 안 이랬어. 나 한 번만 태워 주면 안 돼? 차 안에서 누울 수도 있어? 이런 감동적인 반응이 나와야 정상인데 역시 넌 재미없어!"

볼을 부풀려 씩씩대더니 가방끈을 힘주어 잡고는 채원을 지나쳐 갔다. 그렇게 가는가 싶더니 갑자기 채원을 돌아보며 말했다.

“같이 타고 갈래?”

“나?”

“그럼 너지!”

채원은 까만 눈망울을 깜박이며 흠……. 고개를 갸웃거렸다.

그 모습이 또 마음에 안 드는지 세정이 펄쩍 뛰었다.

“너 지금 내 인심에 고민하는 거야?”

“우리 오빠가 모르는 사람은 함부로 따라가지 말라고 했거든.”

“야! 내가 모르는 사람이야?”

“난 너희 엄마 모르는데.”

“이래서 주입식 교육은 위험하다니까!”

“주입식 교육이 뭔데?”

“너 같은 어린애들은 몰라도 돼!”

“너도 어린애잖아.”

“흥, 어려도 너희랑 생각하는 레벨이 달라. 아무튼 갈 거야, 안 갈 거야?”

“그냥 비 그치면 나 혼자서 갈래. 마트에서 살 것도 있어.”

“어유, 나도 몰라! 기껏 생각해 줬더니 거절이나 하고. 으으,

하루 종일 그러고 있어 봐라! 비가 그치나! 쳇."

혼자 성질난 채로 세정이 엄마에게로 뛰어가고 그토록 자랑하던 차가 운동장을 빠져나가는 것까지 지켜보던 채원은 흐리기만 한 하늘을 올려다봤다.

진짜 그치는 비가 아닐까?

불안한 생각이 들어 가방끈만 움켜쥐는데 느닷없이 눈앞으로 익숙한 운동화가 들어왔다.

믿을 수 없어 눈만 깜박이는데 듣고 싶었던 목소리가 머리 위에서 들려왔다.

"그렇게 앉아 있으면 불쌍해 보일 줄 알아?"

보자마자 시비조로 건네는 소리지만 기쁜 나머지 태인의 한쪽 다리를 억세게 끌어안고 말았다.

"야, 이거 안 놔? 쪽팔리게 왜 이래?"
"수학여행 벌써 끝났어? 내일 오잖아."
"내가 괜히 천하무적이겠냐."
"천하무적은 무슨. 또 학주님한테 떼써서 온 거 아니야?"

좋은 마음을 숨기려 다리를 꼬집자 태인이 채원의 머리를 동시에 아프지 않게 콩 때렸다.

"내가 너냐? 아무튼 귀찮게 꼭 내가 우산까지 챙겨 와야 하지. 말했지, 따라다니면서 챙겨 줄 사람 없다고 네 물건은 알아서 챙기라고, 그걸 그새 잊었냐?"

혼내면서도 머리를 쓰다듬어 주는 손길은 멈추지 않았다. 그제야 새침하게 숨겼던 얼굴을 내놓은 채원은 웃고 있는 태인을 확인한다. 그리고 덩달아 한 손에 자신의 것으로 보이는 우산을 들고 있음에도 비에 젖은 머리와 옷을 발견했다.

"그러는 오빠는 우산 있으면서 왜 안 쓰고 오는데, 벌써 건망증이야?"
"그래, 너 뒤치다꺼리하다 벌써 건망증에 걸리셨다. 그럼으로 이 우산은 내가 쓰고 가지. 넌 머리에 새싹이나 쓰고 와!"

삐졌는지 정말로 자신의 덩치보다 작아 보이는 우산을 펼치고 서슴없이 밖으로 나가 버리자 채원은 생각할 것도 없이 재빨리 쫓아 나가 얼른 자리를 차지했다.

"어우 좁아. 저리 좀 가!"

"오빠나 저리 가! 이건 내 전용 우산이라고!"

아웅다웅하면서도 어느새 떨어져 있던 두 손은 늘 제자리처럼 꼭 잡혀 있었다.

비에 젖어 가던 손을 주머니에 넣었다. 급박하게 떨어지던 굵은 빗방울에 가려져 흐릿했던 표정이 점차 약해지는 빗줄기를 따라 표정이 선명하고 명쾌하게 변해 갔다. 아무리 생각해 봐도 답은 이미 정해진 것 같았다.

차츰 비가 그치고 있는 거리로 채원은 힘차게 걸음을 움직였다.

예정된 촬영을 끝내고 늦은 시간임에도 제주도 구경을 하겠다던 스탭들과는 다르게 태인은 곧장 호텔로 돌아와 껍데기만 남은 사람처럼 침대 위에 누워 있었다.

하얀 천장만 보는 두 눈은 잠을 못 자 피로함이 묻어났지만 고집스럽게 뻑뻑하게 떠진 채 한 사람만 그리고 있었다.

이미 채원의 대답에 기대 같은 건 접은 지 오래였다. 차갑게 굳어진 얼굴로 눈도 마주치지 않던 모습이 또다시 가슴

안으로 밀려들자 움직임 없던 눈동자가 한순간 흔들려 버렸다.

이쯤 하면 됐다. 공허한 얼굴 위로 체념의 눈빛이 물들었다. 더 이상 채원을 몰아치고 싶지 않았다. 상처 받을까 이대로 영영 잃어버릴까 겁이 났다. 돌이킬 수 없게 관계를 깨버린 주제에 겁이 난다니 태인은 자신을 향한 조소를 멈출 수가 없었다.

다시 예전처럼 오빠 자리로 돌아가서라도 옆에 있고 싶은 마음에 신물이 났다.

질렸다. 마음이란 게 이렇게 질기고 혹독할 줄은 할 수만 있다면 부서뜨리고 싶었지만 결국 아무것도 달라지지 않는다는 걸 그는 잘 알고 있었다.

이도 저도 할 수 없이 방황하던 눈동자가 길을 찾지 못하고 한심하게 현실 도피나 자청하며 괴롭게 감겨지는데 벨소리가 들려왔다.

하지만 태인은 모든 게 귀찮고 무력한 나머지 꼼짝도 하지 않았다.

그렇게 몇 번의 벨소리가 규칙적으로 들려오더니 이번엔 문까지 두드리자 있는 대로 신경이 날카로워진 태인은 자리에서 일어나 버렸다.

문을 열고 앞에 서 있는 사람을 확인하자 손이 툭 떨어졌

다. 찌푸려졌던 시선이 황당함으로 펴지며 뚫어지게 앞을 응
시했지만 눈에 들어오는 사람은 분명 채원이었다.

꿈인가? 아님 진짜 미쳤나? 보고도 믿을 수 없어 문을 닫
아 버렸다. 서서히 뛰고 있는 가슴을 느끼며 혼란스러운 표
정을 짓고 있는데 귓속으로 똑똑히 채원의 목소리가 파고들
었다.

"아, 문 열어!"

진짜라고? 찬물을 확 뒤집어쓴 얼굴로 태인은 다급히 문
을 열었다.

"너."

"여기까지 오는 데 쓴 돈이 얼마인데 문전박대야?"

평상시와 똑같았다. 자신을 피하고 경계하는 모습 같은거
어디에도 찾을 수 없었다.

그래서 이상했다. 평상시와 같다면 채원은 절대 이곳에 올
리가 없었다. 제 눈앞에 있을 리가 없었다.

아직도 아픈 걸까? 홍조진 뺨을 타고 흐르는 시선이 이유
없는 긴장으로 말라 갔다.

"여기 제주도야."

겨우 내뱉은 목소리가 자신이 듣기에도 엉망이었다.

"알아. 여기 제주도지."

"……."

“나도 미쳤지. 내일 출근도 해야 하는데 무턱대고 여기에 오다니 정말 미쳤어.”

투덜대면서도 채원의 표정은 어느 때보다 밝았다. 태인은 채원이 왜 이러는지 도저히 그 의미를 모르겠어 손목을 잡고 끌어당겼다.

한 뼘 남짓 남겨 둔 공간을 비집고 가까이 마주한 시선이 처음으로 감정을 드러낸 채 서로에게 얽혔다. 채원을 잡고 있는 손도 아플 만큼 보고 있는 눈도 이상할 정도로 힘이 들어갔다.

“왜 왔어.”

“왜 왔다고 생각해?”

채원은 이런 분위기 부끄럽고 어색하게 다가와 애써 퉁명한 소리를 내보지만 지그시 자신만 보고 있는 깊은 눈동자에 숨소리는 떨리고 있었다.

이내 천천히 다가온 두 손이 얼굴을 감싸자 채원은 숨겨 놓았던 떨림과 부끄러움을 온전히 드러내며 태인을 긴장된 눈동자로 보았다.

“장난이면.”

누구의 열인지 모를 뜨거움이 이마 위로 전해졌다.

“진짜 죽는다.”

붉게 물들어 가는 얼굴을 이미 자기 것으로 탐하는 시선은 금방이라도 채원을 집어 삼킬 것같이 위험해 보였다.

"무서워 죽겠네."

겨우 대꾸를 해 보지만 곧 뒤따른 말에 입술이 다물어졌다.

"네가 아니라 내가 죽는다고."

진심만이 느껴지는 얼굴을 흔들리는 시선으로 바라보며 채원은 천천히 입술을 뗐다.

"사귀기 전부터 벌써 죽을 생각만 하는 남잔 별로인데."

모든 소리가 죽고 태인의 귀엔 오직 채원의 목소리만 들려왔다. 숨 쉬는 것도 잊을 만큼 채원만 주시하는 눈동자는 고요했지만 반대로 심장은 송두리째 흔들려 아프도록 뛰고 있었다.

"그런데 어쩌겠어. 이미 물은 엎질러졌고 내 마음은 돌이킬 수가 없는데. 아무리 생각하고 또 생각해 봐도. 다시 예전처럼은 못 돌아갈 것 같은데."

너무 뛰어 이대로 부서져 버릴 것 같았다. 그토록 부서지길 원했던 심장인데 아이러니하게 다른 의미로 부서지려 한다는 사실이 못내 미칠 것 같았다.

"지우지도 못하고 숨기지도 못할 거면 지금 감정에 충실하자. 뒷일 생각해 봤자 달라지지도 않을 것 같고. 그 말, 하려고 여기에 온……!"

빠르게 다가온 입술이 방심하고 있던 입술을 삼켜 버렸다. 놀란 눈동자가 순간 커지지만 곧 아찔할 만큼 부딪혀 오는 체취에 목까지 붉은 기운이 스며들며 눈이 감겼다.

맞닿은 가슴, 허리를 감싸고 있는 단단한 힘, 목을 스치는 손길, 그리고 숨이 할딱거릴 만큼 깊고 집요한 움직임에 신경이란 신경은 죄다 곤두서고 예민해져 갔다. 태인이 거침없이 소유욕을 풀어놓을수록 채원은 이미 저릿해진 손으로 셔츠 자락만 움켜졌다.

그때 사람들의 목소리가 들려오자 채원은 움찔한 눈을 재빨리 뜨고 마는데 정확히 자신을 보고 있는 태인을 발견하고 당황스러움이 번졌다.

짓궂은 눈동자를 말없이 탓하는 그때 뜨거움에 붙잡혔던 입술이 풀어지자 가쁜 숨소리가 눅진한 입술을 타고 흘러나왔다.

그것마저 손에 담고 싶은지 입술 주위를 아쉽게 어루만지며 잠긴 목소리로 말했다.

"자제가 안 돼."

갈라진 목소리가 떨리고 있는 귓불에 멈추자 채원은 고르지 못한 숨을 내뱉었다. 지금 태인은 완전히 다른 사람이었다. 원하는 걸 제대로 못 가져 애가 닳아 있는 남자일 뿐이었다.

떨어지는 입술 사이로 불안정한 숨결이 유혹처럼 느껴질
만큼 그랬다.

"너무 좋아서."

난생처음 발끝이 무너지는 기분을 느꼈다.

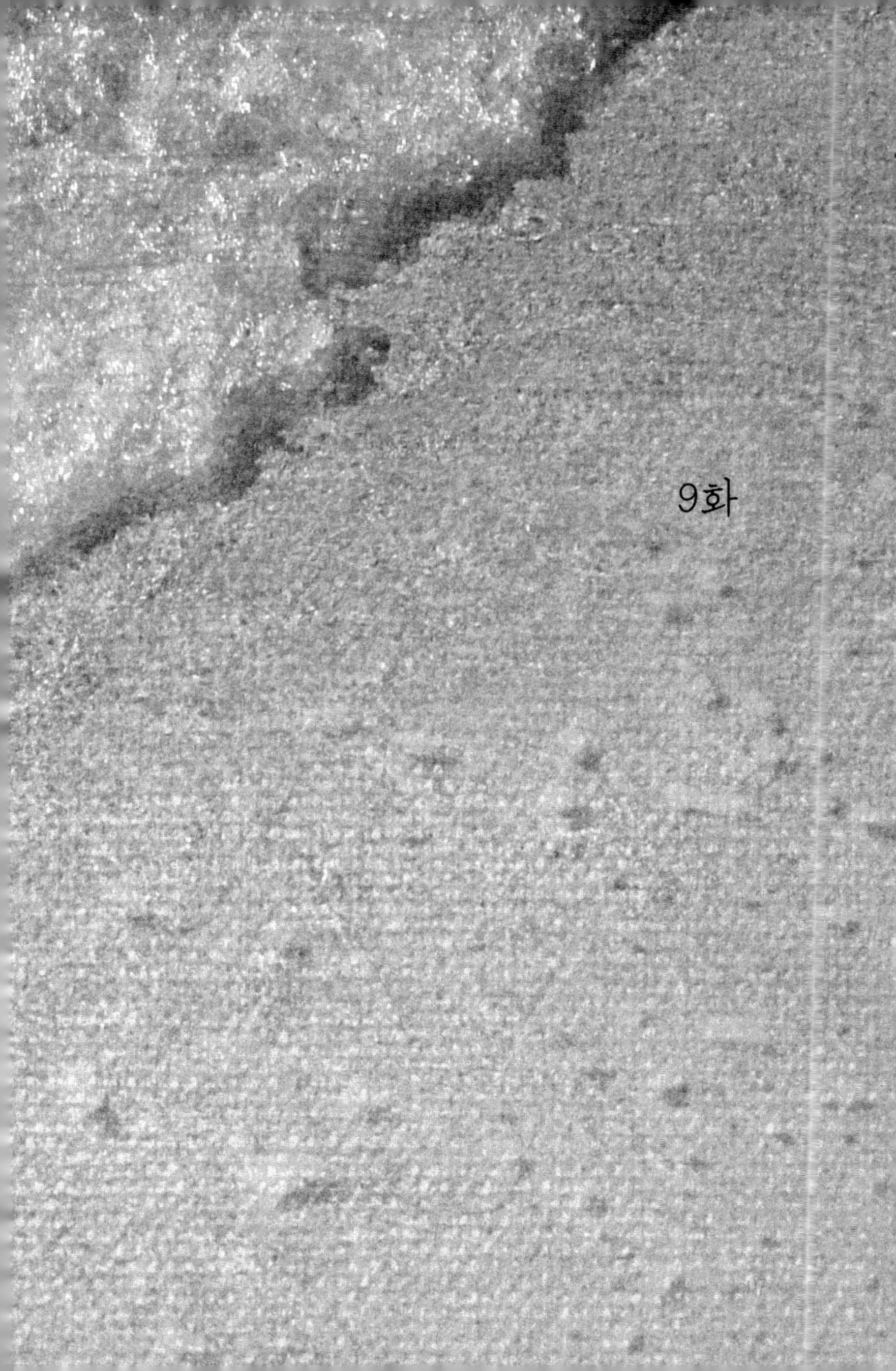
9화

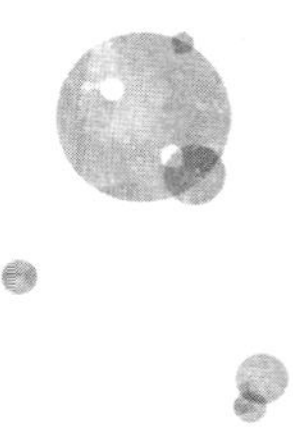

역을 지나칠 때마다 거울을 들여다보는 횟수가 많아지고 있었다. 그럼에도 채원은 좀처럼 긴장된 마음을 숨길 수 없어 달라질 것도 없는 얼굴만 살피고 또 살폈다.

제주도에서 돌아온 후 밖에서 처음 만나는 것도 아닌데 만날 때마다 신경이 쓰였다.

그건 집에서도 마찬가지였다. 안 누르던 초인종을 누르게 만들었고 밤늦게 아무렇게나 드나들던 발길도 줄어들게 되었다. 그 모습을 보고 태인이 내외하냐며 같잖은 듯 말했지만 채원은 예전같이 굴지 못했다. 거기다 원래 연애 스타일이 이런지 태인은 당황스러울 만큼 감정 표현이 솔직하고 직설적이었다.

그리고 무엇보다 그와 함께 있을 땐 스킨십이 너무 자연스럽게 흘러갔다. 그럴 때마다 어떻게 반응을 해야 할지 몰라 당황하는 자신을 알면서도 태인은 어쩐지 더 짓궂게 놀리는 것 같았다. 이런 모습이 어떻게 무정하고 차갑다고 할 수 있겠는가.

태인은 절대적으로 여자를 외롭게 하는 스타일이라며 입버릇처럼 말하던 주겸과 수진의 말이 이해가 되지 않았다. 그땐 그러려니, 평소 하던 행실이 있어 공감을 했지만 여자 친구가 된 입장에서 겪어 본 태인은 진짜 그간 연애가 어땠는지 궁금할 정도로 들었던 이야기와는 전혀 다른 모습을 보였다.

"휘둘려."

콤팩트를 닫고 가방에 넣으며 채원은 말과는 다르게 웃음을 짓고 있었다. 휘둘려도 태인을 만날 생각에 벌써부터 심장이 요동치는 걸 보니 이건 누가 봐도 연애하는 얼굴이었다.

지하철에서 내려 밖으로 나오자 완연한 봄 날씨가 반겼다. 완연하다 못해 곧 더위가 찾아올 것같이 무르익은 날씨였다. 사람들 속에 섞여 약속 장소로 걸어가는 채원의 발걸음이 경쾌하고 가볍다. 그러다 오늘 태인에게 뭔가 해 줄 걸 생각하니 들뜬 마음과 조급한 마음이 뒤섞여 빨라지던 걸음은 어느새 심장처럼 뛰고 있었다.

만나기로 한 백화점 앞에 도착하자 아직 안 왔는지 태인의 모습은 보이지 않았다. 시간을 확인하고 자신이 조금 일찍 도착했다는 걸 깨달은 채원은 힘껏 들어가 있던 기합을 빼며 긴장을 풀었다.

그때 난데없는 봄바람이 심술궂게 불어와 머리를 잔뜩 헝클어뜨리고 지나갔다. 무슨 바람이 이렇게나 강한지 기껏 한 머리가 엉망으로 변해 버리자 짜증이 치밀어 얼른 돌아서 머리를 정리하는데 두 손만큼이나 바쁘게 움직이던 눈동자가 멈칫했다.

"누구한테 예뻐 보이려고 이러는 건데."

지나가는 여자들이 태인을 힐끗거리는 게 수도 없이 보였다. 하지만 태인은 허리를 감싼 팔을 풀지 않은 채 채원에게만 집중하고 있었다.

채원은 엷게 머물고 있는 웃음이 이미 그 대답을 알고 있는 것 같아 태인이 얄미웠다. 그래서 충동적으로 묻고 말았다.

"나 예뻐?"

본인이 생각해도 답이 없는 미친 짓이었다. 하지만 이미 튀어 나간 말은 수습 불가능이었다. 화끈거리는 얼굴을 참으며 눈만 동그랗게 뜨고 있는데 태인이 그런 채원을 빤히 보더니 손을 잡고 돌아서 걸음을 재촉했다.

채원은 지금 자신이 뭘 본 건지 태인의 손에 이끌려 가며 멍하게 눈만 깜박거렸다. 몇 번이고 믿기지 않아 깜빡거렸지만 눈에 들어오고 있는 건 분명 새빨갛게 물든 그의 얼굴과 귀였다.

친절한 직원의 목소리를 들으며 채원은 뿌듯한 마음으로 매장을 벗어났다. 하지만 옆 사람은 그게 아닌지 손목에 찬 시계만 떨떠름하게 보고 있었다.

"우리 결혼하냐?"

"뭐?"

뚱딴지같은 소리에 채원이 멈춰서 태인을 올려다보자 태인은 제법 금액이 나가는 시계를 힐긋 보고는 좋지도 싫지도 않은 애매한 표정으로 말했다.

"예물 같잖아."

"사 줘도 난리야."

"그러니까 갑자기 왜 이런 후한 인심을 쓰냐고."

"시계 오래됐잖아! 그게 언제 건데 아직까지 하고 있어? 다른 건 잘만 바꾸면서 그건 왜 안 바꿔?"

"오래된 게 어때서. 네가 처음 돈 벌어서 날 위해 사 줬다는 게 중요한 거지.”

“그땐 이게 뭐냐고 쥐어박더니 이제 와서 그런 소릴 하나?”

애써 삐져나오려는 웃음을 숨기며 주변을 둘러보는 척 앞장서 걸어가는데 머리를 쓰다듬는 손길이 느껴졌다.

“고마워. 잘하고 다닐게.”

차분하게 내려진 앞머리 아래 부드럽게 접힌 눈동자를 마주하던 채원은 재빨리 시선을 돌렸다. 덥다 더워. 오직 그 생각뿐이었다. 그러면서 깍지를 낀 손에 더욱 힘을 주었다.

여자들의 시선을 물리치기라도 하듯.

백화점에서 나온 둘은 주겸과 수진을 만나기로 한 식당으로 가고 있었다. 그런데 어쩐지 차 안의 분위기가 불편하게 굳어 있었다. 운전만 하는 태인도 창밖만 보는 채원도 각자 다른 곳에 신경을 집중시키고 있었다. 계속되는 침묵 속에 잘만 가는 죄 없는 앞 차만 못마땅하게 보던 태인은 채원을 곁눈질로 보다 시선을 돌렸다.

유치하다는 생각어 턱 끝까지 차오른 말들을 꾹꾹 눌러 삼켜 보려 애쓰고 있었지만 신경이 쓰여 좀처럼 입술을 가만

두질 못하고 괴롭히고 있었다. 태인이 이렇듯 기분이 상한 사건의 발단은 이러했다.

자신의 시계만 사고 가겠다던 채원을 억지로 끌고 여성 옷 매장으로 갔었다. 안 사겠다고 우기던 채원의 시선이 잠시 매장 입구에 있던 마네킹으로 향하는 것을 눈치챘다. 마네킹이 입고 있던 치마를 두고 실랑이를 벌이는데 그를 본 매장 직원의 말이 화근이었다.

"오빠 되시나 봐요. 동생분은 좋으시겠다. 오빠가 옷도 사 주시고."

자꾸만 남매를 운운하는 직원에게 채원이 아니라고 말해 주길 은근히 바랬었다. 하지만 채원은 끝까지 아무 말도 하지 않은 채 매장을 빠져나갔다. 직원의 말 한마디에 사귀는 사이가 안 사귀는 사이가 되진 않지만 자꾸만 확인하고 싶은 마음을 억누를 수가 없었다.

브레이크를 밟은 발에 힘이 들어가고 바뀐 신호 앞에 차를 세운 태인은 습관처럼 고개를 돌렸다. 언제부터 보고 있었는지 채원이 보고 있었다. 멀뚱멀뚱 서로를 보고 있던 두 사람은 더 이상 침묵을 끌 생각이 없는지 동시에 목소리를 냈다.

"말 못 할 이유가 뭐야?"

“그렇게밖에 말 못 해?”

골이 난 뾰족한 목소리를 들으며 태인은 그게 무슨 말이냐는 듯 눈썹을 추켜올리며 되물었다.

“내가 무슨 말을 했는데?”

아무것도 모른다는 얼굴로 묻는 태인을 채원은 어이없는 눈으로 흘겼다. 살 생각 없이 그냥 소재가 좋아 보여 잠깐 만져만 봤을 뿐인데 그걸 사 주겠다면서 태인은 매장으로 데리고 갔었다.

거기서 또 직원이 굳이 입어 보라며 등까지 떠밀어 할 수 없이 입었는데 자신이 살이 쪘는지 아님 치마가 유난히 작게 나왔는지 땀이 날 만큼 힘을 주고서야 허리 부분이 겨우 잠겼다. 솔직히 밥만 덕으면 터질 것 같았다. 그래도 잘 맞는 척 태연하게 입고 나가 태인에게 입은 모습을 보여 줬는데 심각하게 보더니 하는 말이 이랬다.

“작네.”

그때 얼굴이 얼마나 화끈거렸는지 웃음을 참고 있던 직원의 얼굴이 아직도 떠올라 채원은 화가 난 마음을 풀지 못하고 있었다. 꼭 그렇게 망신 주는 말을 할 필요가 있었는지 사귀기 전엔 무슨 말을 들어도 아무렇지 않던 말들이 지금은 다 예민하게 걸려 서운함을 만들어 냈다. 나쁜 의도가 아닌 원래 빈말을 못 하는 성격이란 걸 잘 알면서도 넘어가지 못하고 결국 이렇게 감정을 드러내고 있었다.

"작다고 했잖아. 작다고."

그러자 태인은 채원의 다리 위에 올려져 있는 쇼핑백을 보더니 그게 뭐가 문제냐는 표정으로 말했다.

"작잖아."

"작은 게 아니라 딱 맞았어!"

끝까지 작다고 꼬집어 말하는 태인 때문에 채원은 열이 올라 얼굴이 붉어졌다.

"딱 봐도 불편할 것 같던데 그거 입고 숨이라도 제대로 쉬겠냐?"

"오빠가 옷에 대해 알아? 이 치만 원래 딱 맞게 입는 거야. 이게 정상이라고."

"생각해서 하는 말인데 왜 짜증을 내?"

태인은 그제야 채원이 화가 났다는 걸 눈치챘다. 처음 봤을 때부터 마네킹이 입고 있던 치마는 허리 부분이 유난히 작아 보였다. 저걸 입고 과연 밥을 먹어도 소화를 시킬 수 있을지 진심으로 걱정되어 한 말인데 화를 내다니, 안 그래도 자신의 마음을 몰라주는 채원 때문에 심기가 나빴던 태인도 섭섭함이 터져 나왔다.

“작은 게 뭐 어때서? 너 원래 안 이랬잖아. 뭘 예민하게 반응하는데?”

“그럼 반응 안 해? 내가 그때랑 지금이랑 똑같아? 다른 사람도 아니고 남자 친구가 대놓고 작다고 무안 주는데!”

남자 친구. 방금 남자 친구라고 말한 거 맞지? 태인은 얼굴 근육이 떨리는 걸 느끼며 재차 물었다.

“다시 말해 봐.”

“뭐? 뭐, 뭘 다시 말해?”

“다른 사람도 아니고 그다음에 말한 거 있잖아.”

뭔지 알아차린 채원은 이 상황에 왜 그 말을 해야 하는지 이해가 안 된다는 얼굴로 멀뚱히 말했다.

“남자 친구?”

그랬더니 태인이 채원의 머리를 착한 아이 상 주듯 쓰다듬었다. 그리고 눈을 맞추며 꽁한 마음을 금세 녹여낼 만큼 심장이 덜컥할 미소를 지어 보였다.

“남자 친구가 너무 무신경했네. 미안해.”

채원은 이게 뭔가 싶어 핸들까지 톡톡 두드리며 손가락으로 리듬치고 있는 태인을 빤히 바라보았다. 사과를 듣자고 한 말이 아니었는데. 채원은 민망한 기분을 느끼며 할 일 없이 쇼핑백만 움켜잡고 꼼지락거리는데 불현듯 놓쳤던 태인의 말이 뒤늦게 떠올랐다.

"근데 말 못할 이유가 뭐냐니. 그건 무슨 말이야?"

"이미 들었으니까 됐어."

"뭐야 그게. 근데 왜 자꾸 웃어?"

혼자만 피식 피식 입매를 당기는 태인을 보다 못한 채원이 허리를 콕콕 찌르며 묻자 태인이 그 손을 잡으며 말했다.

"좋은 걸 어떻게 하냐."

"차 막히는 게 그렇게 좋아?"

좀 능숙하게 넘어가 보려 하지만 채원의 얼굴은 또 여백 없이 홍조가 졌다.

"좋지. 이렇게 잡고 싶을 때 잡을 수도 있고."

"……."

"혼자만 독차지해서 마음껏 볼 수도 있고."

"……."

"키스하고 싶을 때도."

긴장한 표정으로 눈만 동그랗게 뜨고 있는 채원을 보며 태인이 은근하게 물었다.

"할까?"

그러자 채원은 활활 타오른 얼굴로 쏘아 보았다.

"하긴 뭘 해!"

태인이 나른한 웃음을 지으며 잡고 있던 손을 입술로 가져 갔다.

“이러니 안 좋을 수가 없지.”

다정한 입맞춤에 채원은 꿀먹은 벙어리가 되고 말았다.

그날 저녁, 간만에 단골 식당으로 모인 네 명은 늘 시키던 것으로 이것저것 푸짐하게 주문하며 잡담을 늘어놓고 있었다.

“오늘 네가 운전해. 이모! 여기 소맥 한 병씩 주세요. 니들 마실 거냐?”

태인과 채원이 동시에 내키지 않는 표정을 짓자 주겸은 미련 없이 고개를 돌려 술을 시키기 바빴다. 옆에 앉아 있던 수진이 젓가락으로 고기를 한 점 집으며 투덜거렸다.

“귀찮게. 그냥 음료수 먹어. 전부 안 마신다는데 꼭 혼자서 지랄이야.”

“속 편한 니들이 내 고단한 속을 알 리가 있겠냐?”

“그 얼어 죽을 고단함, 클럽에서 술 처먹고 놀 때는 없었나 보지?”

주겸이 엄살을 피우며 앓는 소리를 내자 수진이 단호한 목소리로 말했다.

“하여튼 체력도 좋아. 그러고도 안 잘리는 거 보면 정말 용하다. 용해.”

“놀 땐 확실히 놀고 일할 땐 확실히 하니 자를 리가 있나.

나처럼 완벽한 비서를 모셔 가도 모자랄 판에 자르긴. 어림도 없는 소리지.”

“입만 살아서는.”

“그 입 때문에 여지껏 잘 살았으니 걱정 마라.”

술을 따르는 주겸의 어깨가 흥에 겨워 춤을 췄다. 저리도 좋을까. 저건 전생에 한량이 분명했다. 어찌나 놀기를 좋아하는지 속으론 혀를 차면서도 수진은 빈 잔에 가득 찬 술을 부럽다는 듯 응시했다.

“간만에 아저씨 단속 뜨셨냐?”

“내 나이가 몇인데 단속을 당하니? 방목해도 시원찮을 판에.”

“그럼 뭐 땜에 사족을 못 쓰는 술을 두고 헛소리를 하냐고. 혹시 그놈의 세준 씨 만나기로 했냐?”

“그래, 만나기로 했다. 굳이 안 그래도 되는데 야근 끝나고 꼭 오겠다잖아.”

도도하게 말해 보지만 이미 그녀의 얼굴은 벌써부터 기대감에 차 있었다.

“사귀냐?”

“사귀는 건 아니지만 뭐.”

주겸은 쳇, 짧게 혀를 차며 이번엔 맥주를 한가득 부었다.

“저러다 또 안 차이면 다행이지. 근데 고기가 다 어디

갔……. 뭐 하냐?”

안주로 고기를 먹으려던 주겸이 휑한 불판에 인상을 찌푸리며 두리번거리다 채원의 접시에 수북하게 쌓인 고기로 탑을 쌓고 있는 주범을 발견했다.

“뭐가.”

“오빠 접시에 무슨 짓을 하고 있냐고.”

“몰라서 묻냐? 고기잖아.”

태인이 시큰둥하게 대답하자 주겸은 그게 아니라는 듯 답답한 표정으로 불같이 삿대질을 했다.

“그러니까 왜 오빠 접시에 네가 고기를 직접 셔틀하고 있냐고!”

“하면 안 되냐?”

“안 되냐고? 안 되는 게 아니라 하늘이 두 쪽 나도 그런 짓 안 했잖아! 툭하면 많이 먹는다고 구박이나 하던 놈이 너잖아, 너!”

“미친놈.”

사실이라 달리 할 말이 없어 애꿎은 상추만 수북하게 가져와 탑을 쌓았다.

“그건 내가 할 소리다. 미쳤냐? 저, 저 쌈까지 싸는 거 봐라. 사람이 갑자기 변하면 죽을 때라는데 혹시 죽을 병 걸렸냐?”

이쯤에서 입 좀 다물었으면 좋으련만 쓸데없이 긁어 부스럼을 만드는 주겸이었다. 멀뚱히 있던 채원의 입에 쌈을 넣어 주며 주겸에겐 입 다물라는 경고를 매섭게 날렸다.

"부러우면 미어터지게 한번 싸 줘?"

그때 휴대폰을 바쁘게 만지던 수진이 고개를 들고 채원에게 말했다.

"채원아, 소개팅 안 할래? 괜찮은 사람 있는데."

"괜찮기는 무슨. 오빠 남잔 내가 책임져. 내가 또 한 필터링 하잖아? 거르고 걸러서 아주 너한테 안성맞춤인 놈 제대로 소개시켜 줄 테니까 잠자코 대기타고 있어."

주겸이 단단히 결심한 눈빛으로 말하지만 채원은 옆에 있는 태인만 잠깐 돌아보더니 주겸과 수진을 보며 말했다.

"나 사귀는 사람 있어."

"뭐야!"

"진짜야?"

흥분한 목소리가 동시에 튀어 올랐다.

"내가 그렇게 말했건만 말도 지지리 안 듣지. 누구야? 누구냐고? 또 어떤 빌어먹을 시원찮은 놈한테 넘어간 거야!"

그때 잠잠하던 한 목소리가 물끄러미 튀어나왔다.

"나다."

"그래, 나다가 누구……!"

“나라고, 우리 사귄다.”

방금 전 흥분하던 두 사람은 어디 갔는지 태인을 지그시 보던 주겸과 수진은 아무일 없다는 듯 다시 대화를 나누기 시작했다.

“진짜 술 안 마실 거냐?”

“아, 안 마신다니까! 불판이나 갈아야겠다. 이모, 여기 불판 갈아 주세요.”

“야, 우리 사귄다고.”

“캬, 오늘 술이 아주 꿀맛이네. 이 좋은 걸 못 먹어서 어쩌냐.”

“언니, 오빠. 우리 진짜 사귀고 있어.”

들은 척도 않는 둘 앞에 채원까지 나서자 갑자기 주겸은 들고 있던 소주잔을 세게 내려놓았다.

“이것들이 진짜! 야, 내가 암만 바쁘다 해도 오늘이 만우절인 거 다 알고 있거든? 아니, 이 자식은 나이 처먹고 안 하던 짓을 왜 이제야 한다고 이 난리야? 주책이다, 이놈아!”

“그러게. 하물며 양주겸도 안 하는 철 지난 놀이를 왜 이제야 한다고 설쳐? 박태인, 노망났니?”

“언니, 우리 진짜 사귄다니까.”

잠잠한 태인 대신 채원이 적극적으로 테이블 아래에서 잡고 있던 손을 보란 듯이 들어 두 사람에게 보였다.

“이것 봐.”

“얘랑 손 잡으면 우리도 사귀는 거냐? 말도 안 되는 소릴 하고 있어.”

주겸의 코웃음에 또 쓸데없이 오기가 끓어 오른 채원은 잡고 있던 손등 위에 뽀뽀까지 해 버렸다. 그러자 주겸이 펄쩍 날뛰며 태인에게 비난의 화살을 날렸다.

“이 자식아. 애를 얼마나 잡았으면 스트레스로 또라이 짓까지 하게 만든 거냐? 하, 답 없는 자식. 불쌍해서 못 봐주겠다.”

“채원아, 너도 그런 짓하는 거 아니야. 어디 할 게 없어서 박태인 손에 뽀뽀를 하니? 솔직히 너도 지금 속으로 괴로워 죽겠지?”

수진이 다 안다며 채원의 입술을 휴지로 꼼꼼히 닦았다. 채원은 이렇게까지 했는데 믿어 주지 않는 두 사람이 어느 정도 이해는 가지만 그래도 기가 막혀 말없이 태인을 봤다.

“터무니없는 말도 정도껏 해야지.”

“그래, 니들이 사귀면 우리도 사귀겠다!”

“하지 마. 듣는 것도 소름끼치니까.”

“소름뿐이야? 니들은 지구가 두 쪽 나도 가망 없다고 이것들아. 그동안 어떻게 지냈는지 한번 생각해 봐라. 내가 장난 삼아 물었었지? 윗통 까고 돌아다니는 저거 보고 아무런 느낌 안 드냐고. 그랬더니 너 뭐라 했어?"

저럴 때만 기억 좋은 걸 탓하며 자신에게 쏠린 시선을 난감하게 피하는데 주겸이 신나게 말했다.

"중2병 걸린 아들 놈 보는 기분이랬잖아! 아니야?"

젠장. 바로 옆의 따가운 시선이 뜨겁게 와 닿자 채원은 얼른 물컵을 집어 드는데 거기에 그치지 않고 이번엔 태인을 겨냥한 주겸의 폭언이 이어졌다.

"그리고 넌 인간이길 포기했냐?"

저 입을 당장 꼬매 버리고 싶은 태인은 그저 서슬퍼런 눈빛만 날리지만 주겸은 보란 듯이 소리쳤다.

"오채원을 여자로 보면 그건 인간도 아니라면서!"

"그랬어? 내 남자 친구는 인간인데."

"넌 중2병 걸린 아들놈이라면서."

힘이 실린 목소리가 딱딱 끊어지자 채원은 모른 척 눈앞에 있는 고기를 입속으로 밀어넣으며 대답을 피했다.

"흥, 저것 봐. 저것들이 사귀면 내가 너랑 사귀고 말지."

그때 퍽 인정사정없이 날아온 손바닥이 주겸의 뒤통수를 강타했다.

"소름 끼친다고 했지! 어디서 너랑 나랑 붙이고 있어?"

"그만큼 저것들이 사귈 리가 없단 말이잖아!"

한 시간이 넘도록 신명 나는 저녁 식사를 마치고 배가 두둑한 채로 식당을 나오던 주겸은 식당 입구에서 가만히 서 있는 태인을 발견했다.

"안 가냐?"

"아직 안 나왔잖아."

"누구? 오빵? 야아……. 아직도 만우절 놀이냐? 늦게 배운 도둑질에 날 새는 줄 모른다더니, 쯧쯧."

혀를 차며 주겸이 가게를 나가 버리자 그 뒤로 수진이 나오며 마찬가지로 한마디를 거들었다.

"여기서 뭐해? 설마 아직도 만우절 놀이 하니? 우리 박태인 제대로 노망났네, 났어."

밉살스러운 두 놈을 노려보는데 채원이 밖으로 나오자 올라갔던 눈매가 바로 곧게 펴졌다.

"여기서 뭐해?"

"기다렸잖아."

마주보고 서 있는 두 사람은 서로의 얼굴만 뚫어지게 응시했다.

"왜."

"아니야."

싱겁게 다시 옆으로 서며 걸음을 옮기는데 어깨를 감싸는 손이 느껴졌다. 평소 같았으면 벚꽃 나무만 올려다봤을 채원의 시선은 태인에게서 떨어질 줄 몰랐다.

마음 가는 대로 손을 움직여 허리에 팔을 두르자 동시에 쌩둥맞게 웃음이 새어 나왔다. 바람도 시샘 못할 만큼 붙어 선 두 사람의 위로 펼쳐진 그림자는 어느 누가 봐도 연인으로 보였기에.

그때 수진의 차에 타고 있던 주겸이 차문을 열고 소리쳤다.

"이것들아, 거기서 날 밤새울 거냐? 그만 지랄하고 차에 타!"

그러자 채원과 태인은 동시에 외쳤다.

"우리 사귄다고!"

가능할까 싶었던 연애는 현재 진행형으로 잘 이어 가고 있었다. 채원은 함박눈이 내리고 있는 밖을 보며 혼자 싱겁게 웃었다.

"언니는 웃음이 나와요? 그것도 오늘 같이 첫눈 오는 날 애인은커녕 시련당한 과장님 옆에서 뒤치다꺼리나 하고 있는데? 난 정말 우울해 죽겠다고요……."

맑게 찰랑이는 소주를 입술로 쭉 기울이며 선아는 울상을 짓기 바빴다. 충분히 이해하고도 남은 채원은 그저 불판에서 먹음직스럽게 바싹 구워지고 있는 돼지껍데기 한 점만 술잔이 떨어지기 무섭게 놓아줄 뿐이었다.

"한 귀로 듣고 한 귀로 흘리라고 말하기엔 이젠 좀 그렇지?"

"좀 그렇지가 아니라 이건 엄연히 권력 남용이라고요. 가뜩이나 그 말 없는 인간도 회식만은 예민하게 반응하는데 이러다 깨지기라도 하면 과장님이 책임지겠대요? 짜증나, 정말."

"오죽하면 우리한테 속을 털어놓겠냐. 그냥 잠자코 들어 줘."

"그래서 이러고 있잖아요. 안 들어 주면 내일 쫓아다니면서 시비 걸어 올 게 뻔한 데 그게 더 피곤해요."

과장으로 승진한 지경은 승승장구할 것 같았던 미래와 다르게 얼마 전 결혼까지 말이 오갔던 남자와 파국을 맞았었다. 그 사실을 들은 직원들은 과연 믿어야 할지 말아야 할지 잠시 혼란을 느껴야 할 정도로 다들 쉽게 믿지 못했었다.

그도 그럴 게 두 사람의 애정 행각은 공과 사를 막론하고 보는 사람 다 민망할 정도로 대단했다. 최강의 닭살 커플이었으니 바로 믿는 게 누가 봐도 비정상이었다. 처음에는 얼마나 괴로우면 저럴까 하는 생각에 그녀를 따랐지만 매번 끝을 모르는 일장 연설은 이젠 인내심의 한계를 느끼게 했다.

"뭐야, 자기들 나 없어도 술 잘 마시네? 거봐, 남자 같은 건 필요 없다니까! 없이도 이렇게 술만 술술 잘 들어가잖아 그렇지, 응? 응?"

화장실에 다녀온 지경이 자리에 앉자마자 놓인 잔에 술을 따랐다. 그리고 입술이 제일 먼저 툭 튀어나오더니 어김없이 다시 시작되었다.

"그러니까 말이지……. 어디까지 말했더라? 아, 그렇지. 우리가 능력이 없는 것도 아니고 이 얼마나 좋냐고, 응? 감정 소모할 일도 없지……. 데이트에 돈 안 써도 되지……. 옷이며 속옷에 돈 쓸 필요도 없지……. 다이어트 같은 건 더더욱 할 필요 없지……. 이 얼마나 좋아?!"

탕탕 젓가락으로 테이블을 두드리자 주변에 있던 다른 손님들의 시선이 몰려들었다. 그럼에도 팀장은 끝까지 불같은 목소리로 말을 이었다.

"그러니까 남자 같은 건 필요 없어! 혼자가 좋아! 자기들도 그렇게 생각하지? 아, 둘 다 남자 친구 있다고 했나? 절대 믿지 마. 남자란 족속들은 화장실 들어갈 때와 나올 때가 다르니까. 채원 씨는 이미 경험해 봐서 알잖아? 김도한이!"

"과장니임! 술을 드셨으면 안주를 드셔야지. 이 중요한 안주를 깜박하시네."

오래 씹도록 돼지 껍데기 세 점을 겹쳐 입안으로 재빨리 넣어 버리는 선아였다. 이미 지나간 일이지만 굳이 꺼낼 필요도 없는 얘기였다. 질겅질겅 고기를 씹으면서도 중얼거림을 멈추지 않는 지경을 슬쩍 흘겨보던 선아는 고개를 돌려 채원을 어이없는 눈으로 봤다.

"이래도 이해하고 싶어요?"

어깨를 한번 으쓱이며 채원은 마시다 만 술을 마저 마셨다.

이제는 가슴에 담은 한 사람만 생각하기에도 벅차 굳이 다 지나간 얘기를 들어도 그랬었나? 하고 싱거울 만큼 아무렇지 않게 넘어가게 되었다. 그냥 한 사람, 단 한 사람만 생각하고 담기에도 가슴은 이미 벅찼으니까.

그래서 태인이 보고 싶었다.

뭘 하고 있을까? 눈을 맞으며 지나가는 연인들을 보니 괜히 더 보고 싶어 마음이 싱숭생숭해졌다.

"화장실 가요?"

"응."

"빨리 와요, 언니."

저도 한계라고요. 입 모양으로 말하는 선아를 두고 채원은 화장실 쪽으로 걸음을 옮기다 빈 통로를 발견하고 거기서 태인에게 전화를 걸었다.

—어.

밖인지 사람들 목소리가 분주하게 들려와 휴대폰을 귀에
바짝 밀착시켰다.

"어디야? 밖이야?"

—스텝들이랑 회식. 넌?

"나도 회식."

—또 그 과장한테 끌려갔지?

"금방 갈 거야."

어차피 다 알고 있는 태인이었기에 곧장 실토하니 바로 짜
증이 섞인 목소리가 들려왔다.

—서점에 여자는 너밖에 없어? 이게 몇 번째야.

"상사가 없는 오빠는 이해 못 하겠지만 나도 더 이상은 못
해 먹겠다, 어디 남자라도 소개해 주든가 해야지. 끝날 기미
가 안 보여."

남자란 말에 태인이 예민한 반응을 보이며 소리를 높였다.

—네가 왜 남자를 소개해? 아는 남자가 어디 있다고.

"있지. 나는 뭐 사회생활 안 하나? 아는 남자 하나 없게.
서점 안에 고개만 돌려도 수두룩하고만."

—고개 돌리기만 해 봐.

장난기 하나 없는 정색한 목소리를 들으며 채원은 눈웃음
을 지었다.

“돌리면 어쩌게?”

—어쩌긴 뭘 어째. 당연히 안 재우지.

경험상 태인은 정말로 그렇게 하고도 남을 사람이란 걸 알기에 채원은 괜스레 화끈거리는 목을 쓸며 입술을 떼었다.

“불순하긴.”

—내숭은.

“손도 못 대게 할 거야.”

—그럼 손만 아니면 다 되겠네?

“무슨 말이야?”

—잘 알잖아.

절대 돌려 말하는 법이 없었다. 말로든 몸으로든 너무 솔직하게 때론 뻔뻔스러울 정도로 표현해 여전히 어쩔 줄 모르게 만들었다.

“길거리에서 그런 말을 하고 싶어?”

열이 나는 자신과는 다르게 웃음소리는 시원하다 못해 청량해 채원의 표정이 새치름해졌다.

—응, 더 크게 해 줘?

“취했지?”

—전혀. 너나 많이 마시지 마.

“오빠나 술 많이 마시지 마. 담배도 많이 피우지 말고, 알았지?”

─하는 거 봐서.

"내 핑계 대지 마세요. 담배 냄새, 술 냄새 절어 들어와 봐. 진짜 손도…… 아니지 손이 뭐야. 얼굴도 안 보여 줄 거야."

─내가 보면 되지. 일찍 들어가.

통화를 끝냈음에도 채원은 뭐가 아쉬운지 입술을 살짝 내밀며 벽에 기대었다. 원래 첫눈 같은 걸 챙길 만큼 감성적인 사람이 아니었지만 오늘따라 나란히 눈을 맞고 가게 안으로 들어오는 연인들이 부러웠다.

상사의 푸념만 듣다 혼자 집으로 돌아가며 저 눈을 혼자 맞을 걸 생각하니 스스로가 처량했다. 아무튼 이게 다 태인 때문이었다. 이게 뭐라고 쓸쓸한 기분을 느껴야 하는지 자신을 절대 혼자 내버려 두지 않은 탓에 나쁜 버릇만 생긴 것 같았다. 물론 이것 또한 복에 겨운 소리였지만.

피식 웃으며 기대어 있던 몸을 떼고 무심코 고개를 돌리니 그새 취했는지 선아를 붙잡고 눈물바람을 하고 있는 팀장의 모습이 보였다. 주사나 다름없는 소릴 또 귀에 딱지 앉게 듣고 흐느적거리는 몸을 끌고 갈 생각을 하니 과장이고 뭐고 표정이 저절로 구겨졌다.

거기다 울음소리는 또 얼마나 큰지 덩달아 사람들의 시선을 따갑게 받으며 테이블로 다가가니 선아가 먼저 황당한 표정으로 대꾸했다.

"그게요."

"흐엉엉, 병식아! 흑!"

선아와 채원의 뜨악한 시선이 이젠 아예 테이블에 얼굴을 박고 대성통곡하는 지경을 향했다. 그리고 선아가 뒤늦게 말을 이었다.

"돼지 껍데기에 붙은 젖꼭지가 그분과 닮았다고 저리 우시네요."

"추워라."

매서운 찬 바람이 입고 있는 코트 사이로 쉬지 않고 파고 들어 왔다. 어두운 하늘에서 내리는 차가운 눈이 머리와 어깨 위로 쉼 없이 떨어졌다. 하얗고 얇게 뭉친 얼음입자들이 쌓이고 녹아 저들끼리 바삐 움직였다. 하필 오늘 구두를 신고 나와 발걸음은 거북이 못지 않게 느릿느릿했다.

그래도 눈이 덜 쌓인 쪽으로 종종거리며 걷고 있는데 뒤에서 건들거리는 목소리가 대뜸 들려왔다.

"술꾼 뱁새야, 천천히 좀 가지?"

한 걸음 앞을 나아가려던 구두를 다시 제자리로 원위치 시키며 몸을 돌리자 점퍼 후드를 쓴 채 태인이 서 있었다.

"회식 있다면서?"

추위에 어깨를 좁히켜 시계를 보자 이제 막 10시가 지나고 있었다. 주변이 눈밭이라도 제 몸처럼 익숙해진 향기는 알아 보는 듯 채원이 코앞까지 다가온 태인을 반갑게 바라보고 있었다.

"회식 안 했어?"

"중간에 빠졌지. 얼굴 안 보여 준다고 협박을 하는데 내가 별수 있냐고."

어깨 위에서 자꾸만 흘러내리던 가방을 태인이 빼앗아 가져갔다. 동시에 채원이 태인을 끌어안았다. 그러자 의외의 행동에 그의 눈이 동그래졌다.

"진짜 술 안 마셨네? 담배 냄새도 안 나고."

고개만 빼꼼 들어 볼이 패이게 웃자 태인은 귀여운 빨간 콧등을 툭 치며 무뚝뚝한 요구를 했다.

"상은."

잊은 듯 눈을 깜박이자 속눈썹이 가볍게 팔랑거렸다. 작은 움직임조차 사랑스러움이 넘쳐 본인은 의도하지 않았다 해도 태인은 이미 상을 받은 거나 마찬가지였다.

"상? 추워."

코맹맹이 소리와 함께 가슴을 가른 두 손이 깍지를 끼며 얼굴을 장난스럽게 비벼댔다.

설레기만 한 향기가 몸 곳곳에 파고들자 체온이 불필요할 정도로 높아지는 태인은 애써 딴 곳으로 신경을 돌렸다.

"눈 내리는 날 구두 신으니까 좋지?"

아쉬운 눈길이 태인만 졸졸 따라다니는데 점퍼가 코트 위로 따뜻하게 입혀졌다.

"입어, 추워."

"너 보고 있는 게 더 추워."

벗으려 하지만 태인은 들은 체도 안 하고 지퍼까지 끌어 올리며 단단히 여미었다. 그리고 등을 보이며 말했다.

"업혀."

"뭐?"

"업히라고."

"오버야. 걸을 수 있어."

채원이 버티자 태인은 그냥 손을 잡아채고 등 쪽으로 끌어 당겼다. 그러자 중심을 잃고 얼떨결에 업힌 채원은 할 수 없이 추워 보이는 태인의 목을 머플러처럼 따뜻하게 끌어안았다.

"쓸데없이 힘쓰고 있어."

"너한테 쓰는 힘은 하나도 쓸데없지 않지."

채원의 얼굴이 빨갛게 물들었다.

"자꾸 그러면 버릇 나빠진다니까."

첫눈을 혼자 맞는다고 쓸쓸하다니 뭐니 하는 걸 보면 이미 나빠져 있었다. 그만큼 태인의 사랑은 자꾸만 표현하게 만들었다. 지금처럼.

채원이 고개를 옆으로 내밀며 뺨에 쪽 뽀뽀를 했다.

"감당할 수 있으면 자꾸 건드려 봐."

하지만 이기 겹쳐진 입술에서 웃음소리가 간지럽게 흘러나오고 있었다.

"첫눈인가?"

"응, 첫눈이네. 좋다."

그저 좋다는 말밖에 나오지 않는 둘만의 특별한 겨울밤이었다.

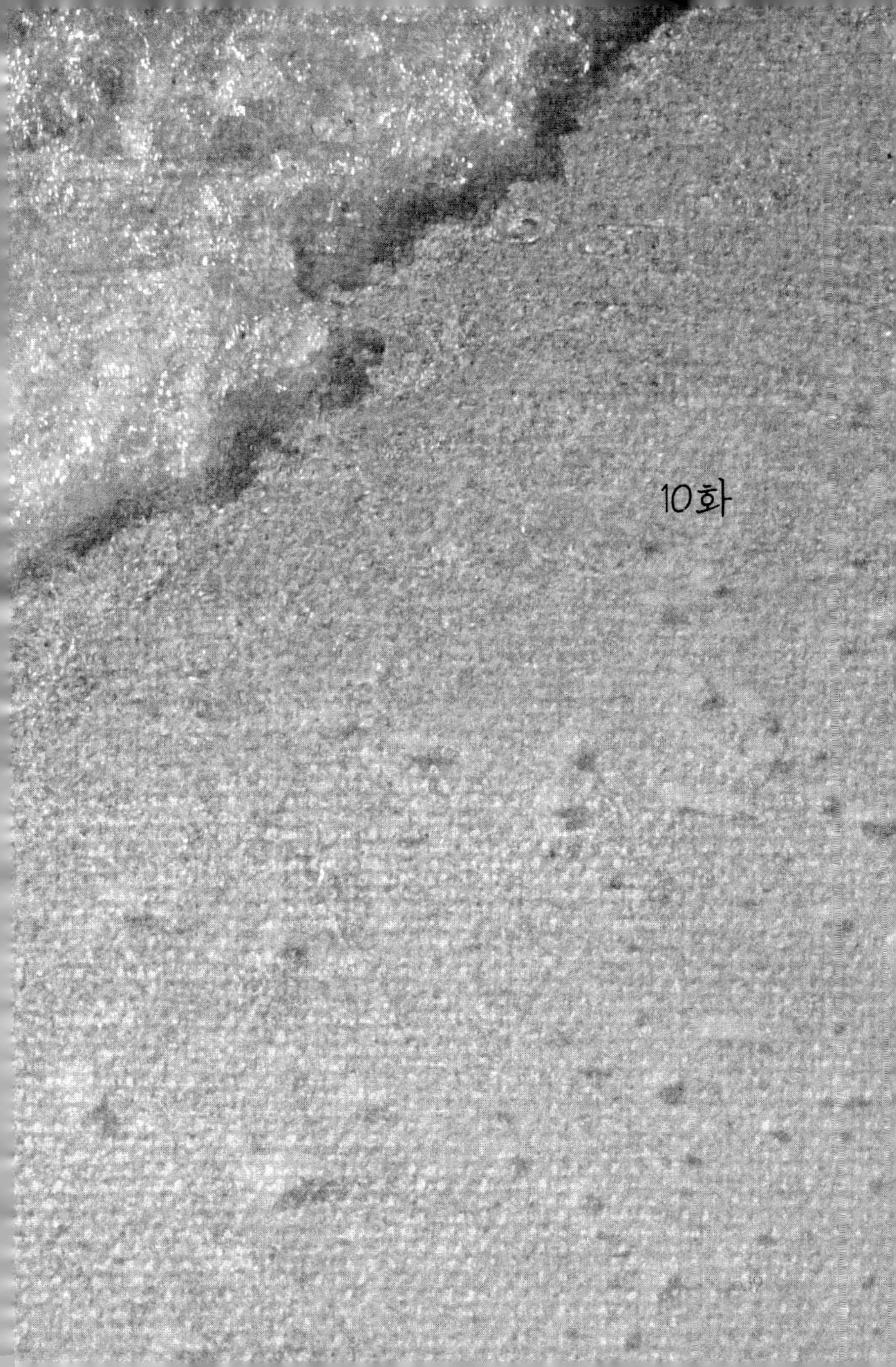
10화

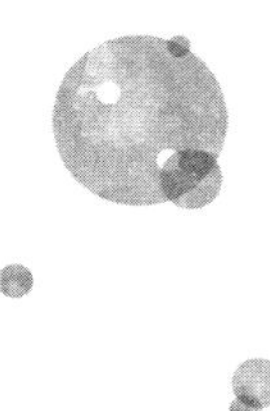

"저것들, 미친 거 아니야? 아주 길바닥에서 생쇼를 해요."

쏟아지는 첫눈 사이로 한창 사랑을 나누는 연인들을 뒤에서 어이없이 바라보는 사람은 바로 주겸이었다. 사귄다는 말을 듣고도 그저 장난이라고 생각했었다. 그러다 키스하는 모습을 우연찮게 보고서야 믿을 수밖에 없던 주겸은 아직까지도 그때의 충격에서 벗어나지 못했다. 사실을 알고도 한동안 그는 진짜 여동생을 시집보낸 듯 채원을 빼앗기는 느낌에 태인만 보면 심술을 주체할 수가 없어 자신이 봐도 유치한 짓을 일삼으며 괴롭혔었다.

그래도 뭐 걱정과는 다르게 잘 사귀고 있는 둘의 모습을 보니 좋아 보였다.

……는 개뿔! 심술이 나지 않을 수가 없었다. 젠장!

"그래, 미쳐도 좋을 때다."

옆구리가 시리다 못해 아픈 주겸이 씁쓸히 입맛만 다시고 있는데 옆으로 누군가 다가왔다.

"양 비서."

젠장. 잠시 잊고 있었던 얼굴이 떠오르며 주겸은 재빨리 표정을 정리했다. 무릎 쪽에 올이 나간 스타킹을 신은 채 매끈한 각선미를 자랑하는 도도한 분위기의 여자, 도인이 사무적인 눈빛으로 그를 주시하고 있었다.

이놈의 퇴근은 대체 언제 할 수 있는지 그것도 하필 첫눈 오는 날, 썰매 끄는 개도 아니고 종일 운전을 하며 서울을 누벼야 했던 주겸은 자신의 신세가 너무 불쌍하게 여겨졌다.

"이사님. 그만 들어가시죠."

"뭘 보고 있었던 거죠?"

도인과 1년을 같이 일했지만 사적인 질문은 처음 받는 주겸이었다. 그래서 저도 모르게 깜짝 놀라고는 이내 백미러로 전해지는 묘한 시선을 의식했다. 왜 날 저리 뚫어져라 보는 거야? 말도 안 하고 가만히 응시하는 시선이 기분 나빠 눈썹을 치켜 올리고 마는데 높지도 낮지도 않은 그녀의 차가운 목소리가 다시 들려왔다.

"대답 안 해요?"

"사적인 일도 대답해야 합니까?"

"좋아하는 여자인가요?"

"네?"

"그런 표정 처음 보네요. 하지만 이미 남자 친구가 있어 보이는 여자에게 양 비서는 가망 없어요."

"지금 무슨 말을."

"첫눈이네요."

못 들을 말을 들은 것처럼 주겸의 표정이 이상하게 변했다. 하지만 말할 틈도 주지 않는 도인의 일방적인 시선이 대뜸 하늘로 올라가는 게 더 먼저였다.

저 여자가 미쳤나, 갑자기 왜 저래? 따라 주겸의 시선도 눈, 코, 입 구멍마다 차갑게 떨어지는 눈을 버겁게 느끼며 올라가는데 다시금 이해할 수 없는 말이 또 들려왔다.

"시기도 딱 좋군요."

그러니까 뭐가 이 여자야! 제발 앞뒤 좀 집어 넣고 말하라고! 라고 소리치고 싶지만 빌어먹을 한사코 갑이 아닌 을의 입장인 눈동자는 아래로만 떨어질 뿐이다.

"양 비서."

"네, 이사님."

문득 주먹을 말아 쥐고 있는 그녀의 손이 주겸의 시선을

잡았다. 피도 눈물도 없을 것 같은 냉혈인 도인이 웅변하는
아이처럼 양 주먹을 쥐고 있는 게 당황스러울 만큼 웃겼다.
그런데 그 웃음을 쏙 들어가게 하는 말이 머리를 일순간 때
렸다.

"데이트 즐거웠어요."

뭐시라? 뭐, 뭐라고? 입술에 수줍은 미소를 짓고 돌아서는
도인을 보며 주겸은 입술을 멍하니 벌리고 말았다.

채원은 소파의 흔들림에 결국 한마디를 하고 만다.

"진정 좀 하지."

하지만 해설자의 흥분한 목소리를 따라 소파에 늘어져 있
는 몸은 몇 번 이고 튀어 오르다 다시 아래로 꺼지고 또, 또
반복의 연속이었다.

"저걸 놓쳐?"

"……."

"동네 마실 나온 것도 아니고."

"오빠."

"뭐야? 저게 왜 골이 아니야!"

한 골 들어간 줄 알고 좋아하던 태인이 몸을 벌떡 일으켜

화를 감추지 못했다. 그 모습을 지켜보던 채원은 짜증나는 몸짓으로 소파에 기대어 팔짱을 꼈다.

축구를 좋아하는 걸 뭐라 하는 게 아니었다. 축구만 봤다 하면 옆에 있어도 소외되는 자신이 문제였지. 다 좋은데 정말 축구. 그놈의 축구만 볼 때면 태인은 그녀가 안중에도 없었다.

그래도 해외까지 돌아다니면서 경기장을 쫓아다니지 않는 게 어디냐며 나름 위안 삼아 경기를 같이 보는데 채원의 눈동자가 한순간 커져 버렸다.

"어떡해. 많이 아프겠다. 피나는 것 좀 봐."

외국인 선수가 상대방 선수의 태클에 넘어져 선혈을 보이고 있었다.

"코뼈 나간 거 아니야?"

엎드리자 피가 주르륵 떨어지는 것이 너무 적나라하게 눈에 들어와 채원은 자신도 모르게 태인을 보고 마는데 태인은 이미 채원을 보고 있는 중이었다. 그것도 아주 숨막히게.

"왜?"

"그렇게 걱정되면 당장 가 보지 그래?"

웃음을 참으며 채원은 짐짓 진지한 얼굴로 다시 TV 쪽으로 시선을 돌렸다.

"그럴까? 안 그래도 잘생겼다고 생각했는데!"

그때였다. 태인에 의해 순식간에 몸이 눕혀진 상태로 채원은 발톱을 드러내고 있는 맹수를 겁 없이 빤히 올려다 봤다. 그 시선을 욕심껏 가두고 있는 태인의 신경엔 축구는 이미 사라진 지 오래였다. 양 볼에 패여 있는 귀여운 미소를 삼키는 게 더 우선인 태인은 후드 티 속으로 손을 밀어 넣으며 눈빛을 세웠다.

"웃어?"

표정과는 반대로 감질나는 손끝이 맨살을 훑으며 간질이자 채원이 소리 내어 웃으며 노골적으로 느껴지는 욕망을 피해 뒤늦게 바르작거렸다. 끝내 지분거리던 목에 자국이 남을 정도로 키스를 퍼부으며 채원의 목소리를 잠재운 태인이 방해만 되는 옷을 벗기려 손을 움직이는데 갑자기 머리 위로 싸한 울림이 들려왔다.

"오빠."

"왜."

"혹시 쌍둥이 동생이나 형이 있었던가?"

태인의 손길에 풀어지던 몸이 그로 인해 뻣뻣해져 갔다. 짧은 순간이었지만 분명 앞쪽에 모자를 쓴 익숙한 얼굴이 카메라에 잡혔었다. 그건 바로 태인이었다. 왜 멈추게 하냐며 소리 없는 아우성을 질러 대는 태인을 밀치며 채원이 똑바로 앉는데 때마침 다시 한번 태인이 화면에 잡혔다.

“저 사람 오빠 맞지?”

태연한 대답이 날아왔다.

“맞네.”

“언제 저기에 갔어? 그런 말 없었잖아.”

“저번 달.”

잊고 있었다. 그러고 보니 어디서 많이 봤던 경기라 했다.

“그럼 촬영 간 게 아니라 축구 보러 간 거야?”

높아진 목소리를 따라 올라간 눈매가 쉽사리 내려오지 않았다. 그냥 축구 보러 간다고 하면 되는 걸 왜 거짓말까지 했는지 채원은 이해가 되지 않는 얼굴로 태인을 봤다.

“왜 거짓말을 해?”

“거짓말 안 했는데.”

“했잖아. 촬영 간다면서? 근데 저게 촬영이야?”

“촬영했어. 같이 간 매거진 쪽에서 티켓을 주길래 갑자기 가게 된 건데. 내가 말 안 했나?”

“안 했어.”

“그래? 근데 굳이 일일이 다 말할 필요 없잖아. 예정된 일도 아니고 갑자기 생긴 일인데.”

“누가 뭐래?”

그래 일일이 말할 필요 없다. 맞는 말이다. 비꼬는 게 아니라 진심 그 이유를 모르겠다는 얼굴인 태인에게 채원은 더 이상 할 말이 없었다.

"왜?"

"아니야."

"어디 가는데?"

자리에서 일어난 채원을 보며 묻자 그녀가 돌아보지도 않고 짧게 대답했다.

"방."

하지만 닫히는 건 화장실 문이었다. 혼자 썰렁한 거실에 남은 태인은 채원이 갑자기 냉랭해진 이유를 몰라 화장실 쪽만 하염없이 응시했다.

며칠 뒤 태인은 한 손에 케이크 상자를 들고 기분 좋게 채원의 집으로 들어갔다. 그런데 당연히 있어야 할 채원은 없고 수진만 거실 바닥에 널브러져 있었다. 긴 머리를 부채꼴로 펼친 채 천장만 멍하니 올려다보고 있던 수진은 천장을 가리는 얼굴을 귀찮다는 듯 응시했다.

"내 앞을 막지 마. 지금 난 눈에 뵈는 게 없으니까."

"나도 네가 내 눈에 좀 안 보였으면 하는데."

태인은 며칠째 집에 들어가지 않고 채원의 집에 붙어 있는 수진 때문에 잔뜩 짜증이 올라 있었다.

"걘 어디 갔어?"

"갔지. 저 멀리. 좋은 곳으로."

"뭐?"

목소리가 높아지자 수진이 누워 있던 몸을 일으켜 양반다리를 하고 앉아 태인을 올려다보며 입술을 뗐다.

"갔다니까?"

"너나 좀 가. 가라고."

"훗. 딱 보니 너도 버림받았나 보군."

"돌았네. 돌았어."

시커멓게 내려온 다크서클이 무서워 보일 지경이었다. 더 이상 말 시켜 봤자 공포감만 커질 것 같아 태인은 돌아서 휴대폰을 꺼내 드는데 수진이 말했다.

"주겸이랑 콘서트 갔잖아. 몰랐어?"

무섭게 돌아선 표정을 보며 수진은 쯧쯧 혀를 찼다.

"콘서트? 농담이지."

들은 적이 없었다. 그것도 오늘 같은 날 자신이 아닌 주겸과 가다니. 태인은 어이가 없어 표정 관리가 되지 않았다.

"농담은 무슨. 갔어. 둘이 신나게 뒤도 안 돌아보고 나가더라."

"……."

"몰랐나 보네?"

수진은 시시각각 변하는 태인의 표정을 지켜보며 간만에 나오려는 웃음을 삼키며 약을 올렸다.

"그것도 남자 아이돌 콘서트 갔는데 정말 몰랐어?"

몰랐다. 알 리가 없었다. 말을 안 하는데 어떻게 알 수가 있을까. 마치 뒤통수를 맞은 기분을 느끼며 태인은 실소만 짓고 말았다.

콘서트 장 앞은 그야말로 팬들로 북새통이었다. 저 끝도 없는 긴 줄로 들어갈 생각을 하니 괜히 왔나 뒤늦은 후회가 들기도 했다. 콘서트에 온 사람 표정치고는 다소 가라앉아 있는 채원은 휴대폰만 만지작거리며 아이돌 콘서트는 굿즈가 필수라며 어딘가로 사라진 주겸을 기다리고 있었다.

역시 이건 아니라며 손을 드는데 휴대폰이 빠져나갔다.

"이왕 할 거 확실히 해!"

주겸은 채원의 머리에 머리띠를 씌워 주었다.

"이걸 왜 써?"

"콘서트에 대한 예의야, 예의."

"별게 다 예의네. 오빠 남자 아이돌 콘서트가 그렇게 좋아?"

그러더니 주겸은 사방팔방 모여 있는 팬들을 의식해 채원에게 힘주어 속삭였다.

"좋겠냐? 오죽하면 내가 남자 아이돌 공연까지 찾아와서 소리 지를 구실을 찾겠어?"

"그럼 오빠 혼자 올 것이지 나는 왜 끌고 와?"

"난 그때 분명 봤어. 너 몰래 침 닦는 거. 나만 봤느? 박태인도 눈에 불을 켜고 봤지."

"가, 가!"

"그러니까 우린 오늘 아무 생각 없이 소리만 지르면 되는 거야, 가자!"

힘껏 기합을 넣은 주겸이 채원을 이끌고 위풍당당 우렁차게 소리쳤다.

"우! 유! 빛! 깔! 이닉스! 사! 랑! 해! 요! 이닉스!"

부끄러움은 온전히 채원의 몫이었다.

이제 막 공연이 끝났는지 사람들이 건물에서 우르르 몰려 나오고 있었다. 그중 채원과 주겸도 섞여 함께 나오고 있었는데 둘의 표정이 들어갈 때와는 반대로 바뀌어 있었다. 주겸은 아직도 헤어 나오지 못하고 잔뜩 상기된 얼굴로 뒤돌아보기 바쁜 채원을 어이없다는 눈빛으로 봤다.

"우리 오빵, 소리를 어찌나 잘 지르시던지."

"오빠가 바라는 대로 했는데 무슨 불만이야."

채원이 쉰 목소리로 대꾸하자 주겸은 헛웃음을 지었다.

"네가 바란 거겠지. 난 너 진심 정신 나간 줄 알았다. 아니 나갔었지."

주겸은 아직도 귀가 지끈거리는 것 같았다. 관심 없는 척은 혼자 다 하더니 공연이 시작되자 채원은 바로 돌변했다. 끝날 때까지 잠시도 쉬지 않고 소리를 지르며 거기다 떼창까지 동참하는데, 이건 뭐 할 말이 없어질 정도였다.

"스트레스 풀러 왔다 더 없어 가는 느낌은 뭐지."

옆에 있던 죄로 수없이 맞았던 팔을 쓸며 주겸이 질렸다는 얼굴로 걸음을 옮기는데 눈에 익은 모습이 보였다.

"저것도 양반은 못 된다니까."

이미 봤는지 채원은 다가오고 있는 태인을 얼떨떨한 눈으로 마냥 보고 있었다.

"복수도 참 귀엽게 한다."

정말 태인이었다. 민망함에 안 그래도 달아올랐던 얼굴이 더욱 붉어지고 있었다. 소리 없이 다가온 그가 채원의 손을 붙잡아 제 품으로 가까이 끌어당겼다.

"넌 알아서 가."

따라붙으려는 주겸을 간단히 제압하며 태인은 꿀 먹은 벙어리가 된 채원을 데리고 차가 세워진 쪽으로 걸어갔다.

그런 둘의 모습을 보며 주겸은 뼈가 시리는 추위를 또다시

느꼈다. 이까지 달달 부딪치는데 그때 덩달아 휴대폰도 주머
니 속에서 덜덜 떨어 댔다.

액정을 확인하는 눈매가 갈등을 담고 찌푸려졌다.

"네, 이사님."

이건 일의 연장선이라며 주저 없이 받았음에도 불구하고
상대방은 말이 없었다.

"이사님?"

다시 한번 사무적인 목소리가 흘러나왔다.

—양 비서.

"네, 이사님. 말씀하시죠."

—나와요.

"네?"

당장 전화를 끊고 싶은 마음이 강하게 흘러나오는데 귀를
의심할 충격적인 말이 또렷하게 들려왔다.

—고백할 거니까 지금 당장 나오세요.

채원은 따뜻한 온기를 느낄 새도 없이 운전에만 집중하고
있는 태인의 눈치를 살폈다. 그러다 태인의 말을 떠올리고는
이건 잘못한 게 아니라며 충분히 그럴 수 있다며 긴장된 표

정을 풀기 위해 애썼다. 하지만 자신도 모르게 아직도 손에 들고 있던 굿즈를 발견하고 가방 속에 넣는 손길은 당황함이 잔뜩 서려 있었다.

"여기 어……."

"좋았나 보네. 목까지 다 쉬고."

냉랭한 목소리가 말문을 막았다. 왜 화를 내는 거냐고 묻고 싶었다. 전부 다 말할 필요 없다고 말한 건 오빠라고 하고 싶었지만 따지고 보면 별것도 아닌 일에 유치하게 굴고 있는 자신도 한심한 건 마찬가지였다. 채원은 입술만 힘주어 물었다.

생각해 보면 화낼 일이 아니었다. 거짓말을 한 것도 아니고 그냥 갑자기 생긴 일정에 본인이 말할 필요성을 못 느꼈을 뿐인데 지나치게 서운해 하는 자신이 문제였다. 평소의 태인을 생각하면 자신은 지금 복에 겨워 한심한 짓을 하고 있는 것과 다름없었다.

오빠처럼 어딜 가면 간다 묻기도 전에 알아서 잘 말해 주는 사람이 어디 있다고. 채원은 다시 풀이 죽은 눈빛으로 슬쩍 태인을 돌아보는데 눈이 딱 마주쳤다.

"딸꾹!"

미안하단 말보다 먼저 튀어나온 참으로 허스키한 딸꾹질 소리는 스스로가 들어도 웃겼다. 하지만 태인은 웃음은커녕 여전히 무표정만 보이고 있었다. 내가 그렇게 잘못했나? 멈추지 않는 딸꾹질로 들썩이는 가슴에 구슬픈 메아리가 울렸다.

그 후로 딸꾹질도 딸꾹질이지만 태인의 표정 앞에 기가 죽은 채원은 집에 도착할 때까지 아무 말도 하지 못하고 어깨만 축 늘인 채 먼저 집으로 들어갔다. 집에 있을 줄 알았던 수진은 집에 갔는지 집 안이 어두웠다.

아직도 멈추지 않는 딸꾹질 때문에 물이라도 마시려 주방에 들어가며 불을 켰는데 식탁을 보고 튀어나오려던 딸꾹질이 도로 들어갔다. 케이크는 물론, 잡채와 불고기 등 여러 음식들이 식탁 위에 빼곡하게 차려져 있었다.

"이걸 누가 다……."

언니가 했나? 얼빠진 얼굴로 식탁만 보고 있는데 문이 열리는 소리가 들리자 어깨가 움찔했다. 등 뒤로 무뚝뚝한 목소리가 들려왔다.

"뭐해? 앉아."

뒤에서 태인이 직접 의자를 빼 주자 채원은 정면만 본 채 엉덩이를 내렸다. 케이크에 꽂힌 초들이 하나둘 불이 붙어 가지만 채원의 시선은 태인에게만 향해 있었다.

그러는 동안 케이크에 꽂힌 촛불들이 두 사람의 얼굴을 밝히며 일렁였다. 동시에 저 음식들을 누가 했는지, 태인의 손가락에 데일 밴드가 왜 붙여져 있었는지 알 것 같아 채원의 눈동자가 촛불처럼 흔들렸다.

맞은편 자리에 앉은 태인은 여전히 변하지 않은 표정으로 채원을 보며 입술을 열었다.

"생일 축하해."

"……."

"안 꺼?"

떨리는 숨소리가 겨우 비집고 나와 촛불을 껐다. 꺼지기 무섭게 채원은 진정되지 않는 목소리로 두서없이 말을 쏟아 내었다.

"나 이렇게 미안해 할 이유 없어. 나도 갑자기 생긴 일이고 전화는 정신 나가서 깜박했어. 나 정말 이렇게 미안해 할 이유 없어. 없다고."

없다면서 채원의 두 눈은 이미 눈물이 그렁그렁 맺혀 울기 직전이었다. 그 모습을 가만히 보던 태인은 자리에서 일어나 채원에게 다가갔다.

"놀려?"

울먹이는 목소리가 웃고 있는 태인을 향했다.

"왜 이렇게."

눈물 자욱이 생긴 두 뺨을 감싸며 태인은 짓궂게 눈을 찡긋 거렸다.

“예뻐 죽겠냐.”

힘이 풀린 손이 코앞에 있는 가슴을 때렸다. 하지만 곧 완전히 갇혀 버린 품 안에서 채원은 일어서 팔을 올려 태인을 마주 안았다.

“도저히 안 되겠다.”

귓속으로 열기가 느껴진 나지막한 한숨이 들려왔다. 얼굴을 드니 태인이 긴장된 눈빛으로 바라보고 있었다. 누구의 것인지 모를 심장 소리가 떨리는 숨결 사이로 빠르게 뛰었다.

그때 태인이 초조하게 몇 번이고 움켜잡고 있는 손과는 다르게 담담한 목소리로 말했다.

“오채원.”

“응.”

“채원아.”

“응.”

“너 그거 아냐?”

“뭘.”

“생각해 보니까 너가 내 인생의 반 이상을 함께했더라.”

태인과 함께한 수많은 날들이 선명하게 눈앞을 스쳐 지나갔다. 어쩌다 만나게 된 인연으로 또 어쩌다 가족이 되어 울고 웃고 혼나고 싸우고 그러다 사랑하게 된 모습들이.

“어지간히 오래도 같이 있었네.”

“너 때문에 여기까지 온 거야.”

“…….”

“앞으로도 그러고 싶은데.”

눈물이 흘렀다. 하지만 채원은 눈도 깜빡이지 않고 태인을 눈에 담았다.

“어이, 꼬맹.”

처음 가족이 되었던 날 그 바닷가에서처럼 태인이 불렀던 그 목소리로 똑같이 부르자 채원은 그때처럼 코를 훌쩍이며 태인을 올려다봤다.

“평생 이러다 너 때문에 죽을 것 같은데.”

채원이 웃음을 지었다.

“사람하나 살리는 셈 치고 나한테 시집올래?”

한 가지는 확실했다. 이 손을 놓을 자신도 없었으며 놓고 싶지 않다는 것. 태인을 제 인생에서 빼 놓고 살아갈 자신이 없다는 건 분명했다.

그리고 이 손을 잡고 함께 미래를 보고 앞을 나아가고 싶은 것도 당연했다. 그게 어디든 어디가 되었든 끝까지 함께 가고 싶었다. 마를 새도 없이 흐르는 눈물을 한 손으로 씩씩하게 닦아 냈다.

“싫어?”

태인이 웃으며 놀리자 채원도 발을 꾹 밟아 버렸다.

"이게 진짜."

동시에 올라간 눈매가 서로를 향하자 벌어진 입술에서 누가 먼저랄 것도 없이 웃음이 나왔다. 그 웃음은 어느새 키스로 바뀌고 장난같이 시작했던 키스는 서로에 대한 끝없는 욕심으로 격정적으로 변하며 진해져 갔다.

그렇게 한참을 집요하게 유영하던 혀는 가쁜 숨결을 느끼고 젖은 입술을 아쉽게 핥아 어루만졌다. 태인이 숨결보다 짙은 목소리로 물었다.

"내가 널 사랑한다면 어떡할래."

긴 여운에 취한 듯 채원의 감겨져 있던 두 눈이 천천히 떠졌다. 이번에도 역시나 생각할 필요가 없는 사랑스러운 물음이었다.

"사랑해."

에필로그

아침부터 뉴스에서 알리던 폭염이 거짓말은 아니었는지 점점 더워지는 열기에 몸살을 앓는 듯 힘차게 울어 대는 매미 소리가 방 안까지 습격하고 있었다. 최근 길었던 머리를 단발로 자른 채원은 거울에 비친 모습을 보며 만족스러운 웃음을 지었다.

이 더운 날씨에 짧은 머리는 탁월한 선택이었다. 물론 긴 머리도 묶으면 그만이었지만 그래도 머리가 길었을 때보다 짧은 지금이 훨씬 분위기도 밝아 보였고, 이건 어디까지나 자신의 생각이었지만 조금 어려 보이기도 했다.

그런 자신의 모습에 기분이 좋으면서 간만에 공들인 메이크업에 옷까지 차려 입은 모습이 어쩐지 낯설게 느껴졌다. 불과 저번 주까지도 작업과 육아 살림에 정신없는 나날을 보내며 자신을 돌아볼 새가 없었다.

긴 머리는 항상 하나로 질끈 묶여 있었고 얼굴은 화장은 커녕 세수만 하면 끝이었다. 옷도 나름 홈웨어라지만 후줄근함, 그 자체였다. 뒤돌아 생각해 보니 그건 긴장을 놓는 것이 아니라 아예 무장 해제를 시킨 거나 다름없었다.

뒤늦게 자기반성을 해 보지만 어느 새 옆으로 비켜간 시선은 이미 흐뭇함을 지우고 찌릿하게 변해 있었다. 바로 눈치 없이 거울 속에서 줄곧 우중충한 표정으로 등을 돌리고 있는 단 한 사람 때문이었다.

"그만 좀 하지?"

"너나 그만해."

목소리가 토라진 아이와 다름이 없어 채원은 기막힌 얼굴로 자리에서 일어났다.

"나 갈 건데 계속 그렇게 삐져 있을 거야?"

"……."

태인의 얼굴 앞에 엉덩이를 걸치고 꼼짝도 않는 몸을 흔들어 보지만 진짜 삐지기라도 했는지 요지부동이다.

"섭섭하다 진짜. 딸한테 삐졌다고 마누라까지 무시하냐? 아빠한테 뽀뽀 안 하겠다는 말이 그렇게 충격이었어?"

대답 대신 솟구치는 눈매를 보며 채원은 터지려는 웃음을 삼키며 말을 이었다.

"이래서 나중에 시집은 어떻게 보내려나 모르겠네."

"시집은 무슨. 벌써부터 이간질하는 그 밤톨은 탈락이야."

나간다고 좀 봐주라며 흔들어도 안 일어나던 사람이 쏜살같이 벌떡 일어나며 진심으로 발끈하자 이번엔 채원의 눈초리가 발끈 올라갔다.

"눈빛 좀 봐. 무서워서 어디 말이라도 꺼내겠어? 난 뒤도 안 돌아 보더니 아직 한참이나 남은 딸 시집보낸다는 소리엔 바로 일어나냐? 딸밖에 안 보여?"

이러면 태인이 다섯 살 난 꼬맹이에게 질투한 행동과 별반 다를 게 없었지만 내심 불만 아닌 불만이 쌓였던 채원은 서운함을 드러내고 만다. 물론 자신의 잘못도 있었지만 그래도 서운한 건 서운한 거였다.

원래도 둘이 붙었다 하면 떨어질 줄 모를 정도로 태인의 딸 사랑은 대단했지만 요즘은 그 기세가 더 했다. 그저 소림이만 눈앞에 있으면 아이에게 신경을 쏟느라 자신이 관심 받으려 별짓을 다 해 봐도 본체만체 신경도 안 썼다. 거기다 얼마 전엔 둘이 같이 잘 거라며 일방적으로 자신을 독수공방까지 시키던 사람이 바로 태인이었다.

그럼에도 어느 정도 자신에게 문제가 있었다며 반성까지

해 보지만 그 마음도 모르고 결국 불씨를 당겨 버리니 열이 안 날 수가 없었다.

"그럼 가지 말던가."

단조로운 한마디에 채원은 입술을 못마땅하게 비트는데 그 순간 방심한 몸이 쭉 딸려가 꼼짝없이 가둬졌다.

"이미 늦었어."

퉁명하게 내뱉어 보지만 이미 얼굴은 열꽃을 피우고 있었다.

"그러니까 왜 꼬셔."

"꼬시긴 누가 꼬셔?"

따갑게 쏘아 대는 말끝이 순간 목선을 따라 흐르는 열기에 너무나 쉽게 흔들렸다. 그러다 뭔가 중간이 없는 느낌이 불안하게 드는 동시에 노련하게 움직이는 혀와 입술을 아찔하게 느끼며 눈동자를 굴려 재빨리 시간을 확인했다.

"진짜 가야 된단 말이야."

"그러니까 왜 꼬시냐고. 가뜩이나 참고 있었는데."

"참아?"

어이없는 물음이 전율하던 순간처럼 높이 올라갔다. 그러자 태인은 달콤한 꿀이라도 빨아 먹는지 좀처럼 입술을 떼지 못하며 붉게 피어오른 살결을 혀끝으로 달랬다.

"참았지. 그런 배려도 모르고."

아이를 키우며 취미 삼아 만들었던 헤어 액세서리를 1년 전부터 수진의 제안으로 블로그를 통해 주문을 받기 시작했다. 평소 판매량은 많이는 아니더라고 소소하게 팔리던 정도였는데 얼마 전 협찬 제의가 들어와 방송을 타더니 방송 효과가 확실히 무서운지 주문량이 눈에 띄게 많아졌다.

그 덕에 요즘 잠도 제대로 못자고 작업에 매달리던 채원이었다. 거기다 자신이 도와준다 해도 촬영가고 없을 땐 육아까지 온전히 채원의 몫이라 힘들 수밖에 없었다.

그렇다고 이제야 하고 싶은 일을 찾아 열심히 하는 사람에게 그만두라는 찬물을 끼얹는 소리는 절대 하고 싶지 않았다. 태인의 입장에선 채원이 잠이라도 맘 편히 잤으면 싶었다. 분명 자신이 옆에 있으면 지금처럼 당장 방해하는 것들을 모두 벗겨 혼자만 독점할 수 있는 부드러움과 자극적인 달콤함을 필사적으로 취하려 들 것이었다. 지금처럼.

작게 들썩이는 가슴을 느끼며 블라우스 아래로 손을 밀어넣자 매끄러운 살결이 그를 반기며 보내 줘야 한다는 걸 알면서도 노골적인 욕망을 드러내며 집착하고 있었다. 굶주린 입술이 말간 살결에 닿는 찰나 눈앞엔 어느새 심장을 미치게 하는 얼굴이 가깝게 다가와 있었다.

"빨리 올게."

괜히 이 순간 웃는 얼굴이 얄미워 진하게 키스를 하고 만다. 그리고 한숨처럼 얼굴을 침대에 파묻는데 그를 웃게 만드는 무서운 경고가 들려왔다.

"그리고 이제부터 그런 쓸데없는 배려는 이쪽에서 사양하겠어."

아파트 단지 앞 나무 아래서 어린이집 버스가 오길 기다리고 있었다. 매미가 귀가 아플 정도로 울어 댔다. 얼마나 시끄럽게 빽빽 우는지 똑같이 어린이집 버스를 기다리는 엄마들의 끈질긴 시선보다 신경을 긁게 만들었다.

계속 듣다가는 없던 두통까지 올 것 같아 나무 아래에서 빠져 나오는데 이번엔 뜨거운 햇볕이 따갑게 내리 쬔다.

여름이 체질적으로 쥐약인 태인은 후덥지근한 공기를 삼키며 쓰고 있던 모자를 아래로 당겼다. 다소 짜증난 시선을 들어 도로변으로 돌리는데 마침 저 멀리 다가오는 노랑 버스를 보며 태인은 짜증을 거짓말처럼 거둬 냈다.

버스가 세워지고 문이 열렸다. 어린이집 선생님이 내리더니 병아리 같이 노란 바탕에 체크무늬가 들어간 귀여운 원복을 입은 아이들이 하나둘 내리기 시작했다. 그 모습을 보며 태인은 자연스레 긴장했다.

“어? 오늘은 아버님이 나오셨네요.”

반가운 웃음을 내짓는 선생님에게 인사를 하고 어김없이 재빨리 버스 안을 살피려 하는데 빈손에 작은 손이 쏙 들어왔다. 시선을 돌리자 놀랍게도 소림이 벌써 버스 안에서 내려 자신을 말똥말똥 보며 서 있었다.

평소 같으면 버스에서 안 내리겠다고 고집 피우며 울음바다 만드는 게 소림의 주특기였다. 그런데 알아서 먼저 내리고 얌전히 서 있자 낯선 시선을 감추지 못하는데 선생님의 난감한 목소리가 들려왔다.

“저기 소림이 아버님.”

“네.”

“그게 오늘 소림이가 조금 충격을 받은 것 같아요.”

“무슨…….”

재빨리 둥근 모자 아래 감춰진 얼굴을 살폈다. 깜찍한 이목구비는 여전했지만 선생님 말처럼 표정은 확실히 이상했다. 소림의 표정은 마치 돌부처 같이 굳어 있었다. 이건 충격을 받아도 아주 단단히 받은 그런 얼굴이었다.

누가 내 딸을! 본능적으로 버스 쪽을 예리하게 살피는데 어제까지만 해도 소림과 소꿉놀이를 하며 놀던 밤톨이 다른 여자아이와 손을 잡고 장난치고 있는 모습이 뜨겁게 들어왔다.

"도현이가 다른 친구랑 뽀뽀를 했는데 그걸 소림이가 보고…… 하하하하. 소림아, 그럼 내일 보자. 오늘 하루도 반짝반짝 행복하세요! 그럼 아버님 가 보겠습니다."

소림과 똑같은 얼굴로 무섭게 굳어지는 태인의 표정을 보며 선생님은 얼른 버스에 올라탔다. 버스가 떠나고 맴맴 속을 뒤집는 매미 소리만 듣고 있는데 소림이 와락 태인의 한쪽 다리를 끌어안는다.

"나 아빠랑 다시 뽀뽀할 거야! 난 아빠밖에 없어! 으앙앙앙앙!"

울어 대던 매미가 기가 눌릴 정도로 우렁찬 울음소리가 터져 나왔다. 태인은 코알라처럼 매달려 울고 있는 소림을 가볍게 안아 올리며 등을 토닥였다.

"우리 딸이 벌써 인생의 쓴맛을 알아 버리다니, 어쩌나."

"훌쩍, 흐흑! 속상해."

"그럼 속상하지. 어떻게 안 속상해? 아빠도 지금 속상한데."

"……아빠도 속상해?"

작은 얼굴이 온통 눈물과 콧물, 땀으로 젖어 있었다. 속상하다는 말이 거짓말은 아닌 듯 소림은 작은 어깨를 들썩이며 좀처럼 진정하지 못했다.

태인은 안고 있던 한 손을 풀어 땀에 젖은 앞머리를 다정하게 쓸어 넘기며 말했다.

"당연히 아빠도 소림이가 우니까 속상하지. 왜 안 속상해."

솔직히 품에 꼭 안고 깨물어 버리고 싶을 만큼 우는 얼굴이 귀여웠지만 까만 머루 같은 눈망울에서 눈물이 뚝뚝 떨어질 때마다 속상한 것도 사실이었다. 그러면서 또 지금처럼 사랑스럽게 안겨 오는 아이의 몸짓이 예뻐 몸서리치게 행복했다.

"다 울었어?"

훌쩍거림은 이어졌지만 우렁찬 울음소리는 더 이상 들려오지 않았다. 어깨에 숨겨 뒀던 얼굴을 소림이 빼꼼하게 다시 보여 주자 태인은 칼같게 열이 오른 통통한 볼을 만져 주며 눈을 맞췄다.

그런 아빠의 얼굴을 빤히 바라보던 소림은 지난 변비를 다시 겪는 것도 아니고 갑자기 눈에 힘을 부릅 주더니 두 주먹을 태인에게 보여 주었다.

"아빠!"

"응."

왠지 평범한 말을 기대하긴 어려울 것 같았다. 그리고 예상대로 소림이 낭랑하게 소리쳤다.

"복수할 거야!"

그럼 그렇지. 또 어떤 장난을 저지를지 진심으로 밤톨이 걱정되었다.

"아빠, 내려 줘."

"내려 주긴 하는데, 박소림."

"응?"

"밤톨 울리면 안 돼, 알았지?"

"벌써 울었는데?"

"뭐?"

바닥에 내린 소림은 언제 울었냐는 듯 다시 쌩쌩한 얼굴로 돌아와 눈빛을 초롱초롱 반짝였다.

"있지. 내가 아빠 시계 다시 가져 왔는데 막 울었어."

시계라니. 설마……. 뒷목이 뻣뻣해졌다.

"시, 시계? 아빠 시계를 도현이한테 줬어?"

말끝이 부자연스럽게 떨렸지만 소림은 끓어오르는 속도 모른 채 앙증맞은 입술을 야무지게 움직이며 대답했다.

"응, 근데 도현이가 딴 애랑 뽀뽀했어! 그래서 내가 다시 가져 왔어. 아빠, 나 잘했지?"

굳어 있는 다리를 끌어안고 해맑게 칭찬을 요구하는 소림과 그 손에 버겁게 들려진 시계를 번갈아 보며 태인은 이를 악물며 소림의 머리를 쓰다듬었다.

"그래, 참 잘했어. 잘했어요."

“그럼 우리 아이스크림 먹읍시다!”

이야기가 왜 또 그리로 새는지 통통 튀는 발걸음처럼 화제 전환도 손바닥 뒤집듯 빠른 소림이다. 그 작은 손에 이끌려 가며 태인은 오늘도 앓는 소리를 삼켜야 했다.

❖   ❖   ❖

“뛰지 마.”

하지만 말이 떨어지기 무섭게 소림은 쾅당 바닥에 엎어지고 만다.

“거봐. 넘어진다고 했지?”

느긋하게 걸어온 태인이 울지도 않고 혼자 스스로 일어나는 소림을 차분히 살피며 꾸짖었다. 눈에 넣어도 안 아플 만큼 사랑스럽고 또 사랑스러운 딸이었지만 잘못된 행동 앞에서는 단호하고 엄격했다.

그런 아빠를 잘 아는 소림도 엄한 눈빛과는 다르게 어느새 빨개진 무릎을 호호 불어 주고 손을 잡아 주는 아빠 옆에서 얌전히 반성을 했다.

“아빠, 안에서 뛰는 거 아니랬지?”

“응. 안에서 뛰어 다니는 건 안 돼. 그건 소림이도 다칠 수 있고 다른 사람들한테도 피해 주는 일이야.”

“피해가 뭐야?”

“피해는 말이지. 주뜨 만화 볼 때 엄마가 청소기 돌리면 어때?”

“안 들려! 싫어!”

얼마나 싫은지 작은 얼굴이 우스꽝스럽게 구겨져 있자 태인은 웃는 얼굴로 말을 이었다.

“싫어, 같은 안 좋은 기분을 느끼게 하는 게 피해라는 거야.”

“이제 안 뛸 거야!”

굳세게 외치는 모습을 보며 정말 알아들었을까 긴가민가한 태인이었지만 연이어 들려 오는 소림의 말에 곧 그런 생각은 단번에 날려 버렸다.

“그리고 엄마한테도 나 주뜨 볼 때 ‘피해’ 하지 말라고 말해야겠어. 엄마도 나 피해 주는 거지, 아빠?”

치우기 무섭게 어지르고 또 어지르는 소림이었다. 채원에게 미안해진 태인은 강한 긍정을 요구하는 해맑은 눈빛을 외면하며 웃음으로 어물쩍 넘겨 버렸다.

마트 입구가 가깝게 보일수록 무한하게 되돌이표 되는 노랫소리가 더욱 흥겨워졌다. 그렇게 좋은가? 주뜨라면 자다가도 벌떡 일어날 정도로 소림은 만화에 아주 푹 빠져 있다 못해 열광하고 있었다.

하지만 채원의 강력한 경고에 태인은 이 열광에 응답해 줄 수 없어 곧 펼쳐진 광경에 골치가 슬슬 아파왔다. 무슨 수로 관심을 돌릴지 진지하게 고민을 하는데 문득 잡고 있던 손이 따라 오질 않자 의아함보다 불안한 표정으로 뒤를 돌아보았다. 역시나 실망시키지 않는 목소리가 명랑하게 들려왔다.

"오빠 몇 살이야?"

저보다 머리 하나는 더 큰 남자아이를 붙잡고 작업을 걸고 있는 소림이었다. 도대체 저 밑도 끝도 없는 돌발 행동은 누굴 닮았는지. 지나가는 사람들의 웃음소리를 들으며 태인은 재빨리 겁먹은 남자아이에게서 소림을 떼어 낸 뒤 안아 들었다.

그러자 소림은 불만스러운 표정으로 벗어나려 낑낑거렸다. 그러고는 뒤를 돌아보더니 태인의 얼굴을 결국 붉게 만들어 버리는 말을 애절한 목소리로 외쳤다.

"오빠, 난 다섯 살밖에 안 살았다구! 내 남자 친구 시켜 해 줄게! 아빠, 나 말리지 마!"

소림의 난리법석을 잠재우느라 한껏 에너지를 소모한 태인은 조금은 피로한 얼굴로 주뜨와 사랑에 빠진 소림을 멀거니 응시하고 있었다.

보기엔 전부 다 똑같은 인형들인데 집에 있는 것과 뭐가 다르다고 쪼그려 앉아 저토록 심각하게 푹 빠져 있는지 괜한 소외감까지 들려 하고 있었다.

그때 와앙, 커다란 아이 울음소리가 장난감 코너에서 들려와 무심코 반대편으로 시선을 돌리니 역시나 같은 자세로 앉아 상자를 붙잡고 울고 있는 여자아이가 보였다.

"나 이거 살 거야, 엉엉, 사 줘! 살 거야!"

"집에 많잖아. 똑같은 거 있는 데 왜 또 사? 너 엄마랑 약속했잖아."

"몰라! 나 이거! 이거 살 거야!"

본격적으로 떼를 쓰려는지 아이는 바닥에 철퍼덕 앉지만 이 상황이 한두 번이 아니라는 듯 엄마로 보이는 여자는 단호하기만 했다. 문제는 그 뒤부터였다. 아이의 울음은 도미노처럼 주변에 있던 아이들에게도 전염되듯 합창 같은 단체 울음소리가 장난감 코너에서 터져 나와 부모들을 난감하게 만들었다. 당황한 엄마들은 저마다 자신의 아이를 달래기 바빴다. 태인은 그 와중에도 들리지 않고 꿋꿋하게 제 몸집만한 상자를 꺼내고 있는 소림을 기가 막힌 눈으로 응시하고 있었다.

"아빠, 나 이거 사려고!"

그것도 두 상자씩이나 뽑아 든 대단한 따님이었다.

"하나만. 둘 중에 하나만 사."

“하나만?”

“응. 하나야. 무조건.”

하나도 태인에게 버거웠다. 채원이 또 얼마나 잔소리를 퍼부을지 생각만 해도 귀가 따가운 태인은 여기서 물러서지 않겠다는 얼굴로 단호한 뜻을 비쳤다.

그러자 소림은 다시 인형이 든 상자로 고개를 돌리더니 인생에서 중대한 결정을 내리는 무척이나 심각한 표정으로 두 상자를 번갈아 보기 바빴다. 그런 복잡한 속내도 모르고 주위의 울음소리가 고민을 방해하자 쪼그렸던 몸을 벌떡 일으켜 바닥에 앉아 발까지 버둥거리며 울고 있는 아이에게 다가갔다.

“아기야, 착하지. 울지 마.”

눈물 콧물로 뒤범벅된 얼굴을 유심히 들여다보던 소림은 앞에 쪼그리고 앉아 머리를 쓰다듬었다. 오늘은 절대 안 된다며 단호하게 맞서던 아이의 엄마는 느닷없는 소림의 등장에 어리둥절한 눈길로 보고만 있었다.

“흐엉엉 저거! 저거……!”

소림은 아이가 가리키는 인형을 봤다. 소림이 제일 좋아하는 주뜨였다. 문득 고사리 같은 손으로 토닥토닥 어깨를 두드려 주던 소림이 말했다.

“있지. 울면 안 되는 거야, 울면 엄마가 선물 안 준다? 우

리 삼촌이 그랬는데 웃는 얼굴에 침 안 뱉는다고 그랬어. 그
렇지요, 아줌마?”

“어?”

“훌쩍, 훌쩍, 침? 그게 뭐야?”

“몰라. 우리 삼촌은 만날 숙모 앞에서 웃으면 선물 받는다
고 그랬어.”

“정말?”

“응!”

소림이 얼굴에 바짝 힘을 주며 고개를 세게 끄덕이자 거짓
말처럼 아이는 울음을 그치며 엄마에게 생글생글 웃었다. 그
하는 양이 귀엽기도 하고 어처구니없어 여자는 아이의 손을
들어주고 만다.

“언니야, 빠이빠이!”

흐뭇하게 손을 마저 흔들어 주던 소림은 기다리고 있는 태
인에게 쪼르르 달려갔다. 궁금한 시선으로 눈을 맞춰 보지만
소림은 의미 모를 웃음만 씩 수상하게 내짓더니 낭랑하게 외
쳤다.

“아빠 아무래도 두 개 다 사야겠어!”

“응, 안 돼.”

“힝.”

“대신 이거 살까? 이게 예쁜 것 같은데. 엄마도 좋아할 것

같고, 어때?”

반신반의하며 태인이 주뜨가 그려진 색칠 놀이 척을 내밀자 소림은 즉각 반응을 보이며 달려들었다.

“와, 이게 예뻐! 예쁘다! 나, 나 이거 할래.”

“이거 할래? 저거 안 하고?”

“응! 이거 할래, 이건 드레스 입었어.”

“알았어. 그럼 이걸로 하자. 엄마도 좋아하겠다.”

“응, 근데 아빠.”

“왜?”

얼떨결에 인형을 놓고 색칠 공부 책을 들고 돌아서던 소림은 본능적으로 이상한 기분을 느끼고 고개를 갸웃하다 왔던 길을 도도도 달려갔다. 그러고는 자신의 덩치만 한 인형 상자를 거뜬히 들며 씩씩하게 외쳤다.

“아빠…… 사랑해!”

이미 태인을 꼬드기는 방법을 일찌감치 터득한 소림이었다.

“내 딸이지만 참 특이해.”

그리고 너무너무 귀엽지. 태인은 벌어진 입술을 좁힐 생각도 못하고 휴대폰을 꺼내 얼른 눈앞에 쇼핑백을 책가방처럼 들어 걸어가고 있는 깜직한 뒷모습을 담기 바빴다.

무거울 텐데도 한사코 자기가 들겠다며 절대 쇼핑백을 내려놓지 않는 소림이었다. 아이에게서 눈을 떼지 않고 걸어가는데 지나가던 사람들도 소림의 모습이 인상적이었는지 웃음소리가 끊임없이 들려왔다.

그때 소림이 뒤돌아보며 그를 가만히 올려다보았다.

"엄마한테 아빠 혼나면 어떡하지?"

이제야 그게 걱정되는지 힘이 들어간 입매와 눈동자는 제법 심각해 보였다.

"걱정 돼?"

"응. 엄마 화나면 눈이 이렇게 많이 올라가고 코도 커져. 무섭잖아."

소림이 직접 손으로 본인의 얼굴을 채원처럼 취해 보이자 태인은 짧게 웃음을 뱉으며 따뜻하기만 한 작은 손을 잡고 다시 거리를 걸었다.

"엄마가 화나면 무섭긴 하지."

"응. 그래도 내가 있으니까 괜찮아."

"괜찮은 거야?"

"괜찮은 거야! 아빠, 오늘 밥은 뭐 먹어?"

"엄마 좋아하는 카레 먹을까?"

“카레 좋아! 또 같이 만들 거야. 그럼 엄마도 화 안 나겠지?”

“글쎄다. 어쩌려나 모르겠네?”

태인이 한쪽 눈을 찡긋 거리자 소림이 그 신호를 알았다는 얼굴로 두 눈을 세게 깜박였다. 뒷일은 일단 미뤄 두고 즐겁기만 한 부녀 사이로 애정이 넘치는 웃음소리가 주위 사람들을 부럽게 만들었다.

“아빠!”

“응?”

태인이 다정한 눈빛으로 시선을 맞추자 소림은 갑자기 걸음을 멈춘 자리에서 발을 동동 굴리며 생각지도 못한 소리를 했다.

“행복해. 행복해!”

태인은 잠시 아이에게서 눈을 떼지 못했다. 행복이 어떤 의미인지 그 뜻을 알고나 하는 말일까. 신기함과 동시에 가슴이 벅차오르는 느낌을 받았다.

“행복이 뭔지 알아?”

나지막하게 묻는 질문을 용케 알아듣고 소림은 제법 단호하게 고개를 끄덕이며 태인에게 말했다.

“음, 아빠 엄마를 내가 많이많이 사랑하고 내가 웃는 거야!”

정말 그 말 그대로 환하게 웃는 얼굴을 보며 태인은 소림이 너무 기특한 나머지 홀쩍 안아들었다.

"아빠도 행복하지?"

까르르 웃으며 자신을 믿고 온전히 몸을 맡기는 아이의 작은 무게가 새털처럼 가볍게 느껴졌다.

"어! 엄마다."

산만하게 고개를 돌리던 소림은 뛰어오고 있는 채원을 발견하고 손을 붕붕 흔들었다.

"부녀가 다정하게 어디 갔다 오실까?"

언제부터 뛰었던 건지 숨을 몰아쉬기 바쁜 채원이 말했다.

"뭐 하러 뛰어와."

"둘이 얼마나 딱 붙어 있었는지 알아? 나 서운해."

흐트러진 머리를 태인에게 맡기는 사이 등을 쓰다듬는 손길이 느껴져 돌아보니 소림이 고사리 손으로 채원을 쓰다듬고 있었다.

"우리 딸, 오늘 재미있게 놀았어?"

손을 붙잡고 뽀뽀를 쪽쪽 해 주자 마음의 안식처 같은 웃음소리가 채원을 행복하게 만들었다.

"일은 잘 됐어?"

"오빠."

잡은 손을 살며시 당기며 채원이 부르자 태인이 입매를 당졌다.

"잘 됐어?"

채원이 웃는 얼굴로 아이같이 힘차게 고개를 끄덕이자 태인은 곧장 한 팔로 가볍게 당겨 안았다.

"우리 마누라 대단하네. 고생했어. 축하해."

진심으로 자기 일처럼 기뻐해 주는 태인을 보며 채원은 품에서 벗어나 팔을 끌어안으며 말했다.

"나 지금 완전 행복해. 다 오빠랑 우리 딸 덕분이야."

그 말에 태인이 가던 길을 멈추고 채원을 빤히 바라봤다. 소림과 똑같은 표정이 채원에게도 온전히 물들어져 있었다.

행복이란 건 따로 없었다. 지금 이 순간이 그에겐 행복이었으니까.

채원과 소림의 손을 잡고 걸었다. 사랑하는 아내와 딸의 행복을 지키는 것이 그에겐 무엇과도 바꿀 수 없는 행복이었다.

"근데 마트는 왜 갔어? 설마."

채원이 태인의 손에 들린 종이봉투를 발견하고 안을 살피려 하자 소림이 얼른 오 쳤다.

"아빠…… 튀자!"

"내가 못살아! 안 된다고 했잖아! 두 사람, 거기 안 서!"

태인이 달리자 와! 하고 소림이 신난 웃음을 터뜨렸다. 쫓아가는 채원의 얼굴에도 이미 태인과 같은 웃음이 번졌다.
채원도 어느새 자신을 기다리고 있는 두 사람에게로 뛰어가
고 있었다.

—fin